無　名　標

MUMEIHYO

中条　卓

NAKAJO Taku

文芸社

語り得ぬことは示されうることである

～ウィトゲンシュタイン「論理哲学論考」～

A.D.（Anno Diaboli）1 day 0（20XX年8月6日）

月末に再稼働を予定していたI県の実験用高速増殖炉「ひたち」の試験運転は1週間ずれ込んで8月5日に施行される。最終チェックは未明から開始されるが、臨界状態の確認は日付をまたいで6日の早朝。目標の出力を達成し、制御棒を炉心に下ろして試運転を終了しようとする矢先に、原子炉の建屋は激しい縦揺れに見まわれ、その直後に立っておられぬほどの激震が襲ってくる。午前8時15分、後にトウキョウ・カタストロフィと呼ばれる大災害の幕開けである。

制御棒の降下が自動停止した直後に、いったん主電源が落ちるが、すぐに予備電源が作動したため制御卓の表示は乱れずに済む。緊急停止作業を続行せよとの所長命令に続いて主任研究員の悲鳴が上がる。

「制御棒下降しません」

「出力上昇中」

「臨界状態持続します」

出力はやがて通常運転の上限を超え、冷却剤である液体ソジウムの温度を示す目盛りはレッドゾーンに入る。地震の衝撃による器械的故障のためか制御棒は微動だにせず、損傷の状況は不明だ。だが所員の耳目が制御機構に集中している間に、別の場所で最悪の事態が着々と進行する。

高速増殖炉が地震に弱いのは専門家の常識だ。原子炉の冷却には水の代わりに腐蝕性の液体ソジウムを用いるため、配管はステンレス製である。ステンレスパイプは温度変化による伸び縮みが激しいので、その影響を排除すべく、配管はうねうねと曲がりくねっている。パイプの全長が増大するにつれて固定箇所が増え、ひいては振動による破断の危険性が増すのだ。配管は最初の揺れを持ちこたえるものの、その数カ所が後続の余震で引き裂かれ、高温の液体ソジウムが漏れ出す。ソジウムは空気に触れると発火するためパイプの周囲には窒素が充填されているのだが、その窒素も同時に漏れ出していて、複数の場所から同時に火の手が上がる。

銀色の蛇は、ずっと解放の時をうかがっていた。蛇は火竜への変容を待ち望んでいた。ようやくその時が訪れたのだ。蛇は歓喜に身をくねらせ、40年もの間封じ込められていた檻を破り、大気中に躍り出た。銀色の蛇は今や黄色い火竜と化して檻を囲み、大量の白煙を吐き出しつつ、ちろちろとその表面を舐めるのだった。

火災によりパイプを循環する液体ソジウムの温度が上昇する。冷却効率が下がり、炉心の温度もまた上昇する。悪循環の完成だ。液温計の数値はソジウムの沸点である８８１℃に近づいていく。ソジウムが沸騰すれば配管は一気に破裂し、大量のソジウムガスが建屋に充満するだろう。

それは建屋の屋根を吹き飛ばし、空気に触れて最初の爆発を引き起こす。かかる事態に至れば職員は総員退避せざるを得ず、その後は誰ひとりとして敷地に踏み込むことはできかねる。そして冷却系を喪失した原子炉は暴走し、核爆発への秒読みを始める。

最初の爆発のあと、政府も原子力機構も考えられる限りのあらゆる手を尽くす。消防庁も自衛隊も、消火のためのあらゆる方法を検討する。だが大地震直後の指揮系統の混乱と交通マヒは消火活動を大きく阻む。ソジウム火災の鎮火に用いる特殊消火剤の調達が難しいため、化学消防車と空自ヘリによる圭素微粉末の噴霧および投下が試みられるが、体重２００トンの燃えさかる火竜はやすやすとそれらを飲み込み、さらに肥え太るばかり。

day 1

情報は錯綜している。震源は東京湾、マグニチュードは安政江戸地震に匹敵する６・９、都心の最大震度は6を超えているらしいが、テレビは映らずラジオも沈黙している。スカイツリーが傾いたとか倒壊したとか、いや停電しただけだとか、あらゆる噂がネットを飛び交っている。そのネットさえ極端に通信速度が低下しており、ニュースサイトの更新は滞りがちだ。いずれにせよ都心では想像を絶する事態が進行中ということだろう。

「ひたち」の方角では激しく煙が噴き上がっている。空間線量がじわじわと上がる。広報車が出動しているらしいが、信号が麻痺していてここらへは入って来られずじまい。外出を控えるよう呼びかけているのか、あるいは直ちに逃げろということか……

逃げると言ってもどこへ？

ここからほぼ真東に位置している「ひたち」の前を通って海岸へ、というのは問題外だ。地震の被害は西へ行くほど大きそうで、西へは向かいづらい。風は目下北から吹いている。残るは北だが、すでに道路は混雑を極めているだろう。ろくに進めずにいるうちに風向きが変わってしまったらアウトだ。せっかく準備しておいたシェルターがあるのだから、ここは籠城を決め込むべきだろう。

水と食料は常備してある。トレーニング用のマシンとバイクも普段から使っているのがそのままだ。AVシアター用のノートパソコンでネット接続も可能。自家発電用の燃料も備蓄済み。汚染の状況次第だが、ひょっとしたら長期間にわたって地下に籠もる必要があるだろう。健康管理用に使い勝手のいい診断機器を運び込んでおこう。この地での開業を夢見て準備したポータブル超音波診断装置が物置の隅で眠っているはず。

シェルターのハッチを閉めてエアコンを作動させる。陽圧で鼓膜が凹むため、唾を飲み込んで耳抜きをする。線量計と外部モニターをチェック。「ひたち」方面を監視するカメラにズームイン。空自のものらしい大型ヘリがホバリングしている。庭と建物はオーケー。今夜からここで寝るべきだろうか？　そうしよう。仕事だってここでできる。そう思ってメールボックスを覗いてみるが、仕事の依頼は未着。首都圏の病院やクリニックからの依頼が途絶えているのは当然としても、関西方面からの依頼すら途絶えているのは、画像データを集約するセンターが壊滅的打撃を被ったせいだろうか。

冷蔵庫で冷やしておいたビールを開ける。しまった、酒とつまみを置いておくのを忘れた。明日自転車で買いに行こうか、と考えて苦笑する。今にも「ひたち」が炎上しそうだというのに……

day 2

寝苦しい。湿度も温度も調節されているはずだが、外界から隔絶された球状の閉鎖空間というのはやはり気詰まりだ。鉢植えとか風景画を忘れずに運び込んでおこう。

空撮した都心の状況が動画サイトにアップされている。これはひどい。住宅が密集した地域ではあちこちから火の手があがり、煙で画面が半分隠れている。消防車が入れず消火が遅れているようだ。オフィス街の道路は飛散した窓ガラスに覆われ、帰宅できずにいる勤め人たちがそれを踏みしめつつ黙々と歩く。倒壊したビル、崩れ落ちた高架、転落した電車、道路という道路は立ち往生した車で埋め尽くされ、その上から盛夏の陽光がじりじりと照りつける。もしもあそこにいたらと思うとゾッとする。

日中、荷物運びと「ひたち」の様子見で家とシェルターを数度往復。今日もひたすら暑い。「ひたち」の火災は収まる気配を見せず、空気にはかすかに刺激臭が混じっている。原子炉はどういう状況だろう。すでに暴走しているとしたら、軽水炉のようにベントして圧を逃がすことは不可能だ。爆発は避けられまい。急いでシェルターに戻る。

day 3

11時2分、I県O町の海岸からキノコ雲が湧き上がる。「ひたち」に蓄えられている原爆級プルトニウムはファットマンのおよそ50発分だが、そのうちどれだけが実際に核爆発を起こしたのかは不明。衛星がとらえた爆心地の状況や発生したキノコ雲の高さからは原爆数発分と推計されているが、燃え残ったプルトニウムによるその後の被害を考えれば、すべてのプルトニウムが爆発してくれた方がましだったと言えよう。

水妖は海底から湧き上がり、衝動に乗って湾岸を舐める。鉄と石油の味。ゼロメートル地帯の家屋を押し倒し、ビルを浸し、塵芥を引きずり出し、意気揚々と引き上げる。その後に続く炎熱の日々、水妖は人々の身体から抜け出して天に昇る。魂を絞った水が天の瓶を満たし、やがて水妖は地上に還ってくる、災厄を海に返却するために。だが地表に固着した重たい微粒子は水妖の誘いを拒み続ける。好きにするがいい、水妖は呟く。私の時間はお前よりもさらに長大だ。幾度でもここを訪れ、地を穿ち骨を溶かして洗ってやろう。

day 4

ようやくキーボードを打てる程度に震えが治まる。どうやってここに辿りついたのか、その記憶が失せている。強い光を見たことは覚えているのだが、どこでだったのか思い出せず、その後に続いたはずの音も聞き逃したきりだ。あるいは音響外傷で聴力が低下しているのだろうか。気がついたらここにいて、蒸し暑いのにタオルケットにくるまって震えている。ここは個人用核シェルター。デスクにはノートパソコン。その前に座り込んでキーボードを叩いている。今は日付が変わったばかりの深夜。これは非公開の日記だ。誰も読むことはできず記入できるのも自分だけ。綴られているのは記録とも創作ともつかぬ雑文だ。タイトルは無名のあるいは無銘の墓標を意味している。ここが墓と化した暁にはこれが墓誌というわけだ。

day 5

「ひたち」の方を向いていた監視カメラは吹き飛んでしまったため、もはや状況を確かめることは不可能だが、衛星からの画像を見る限り、爆心を中心とする同心円状の空白が生じているようだ。円の半径は2キロを超えている。当然、この上にあった我が家もきれいに吹き飛んでいることだろう。

爆発の直前に風は東風に変わり、噴き上げられた放射性物質の塊はまっすぐ都心に向かっていった。今頃はテラベクレル、あるいはペタベクレル級の降下物が降り注ぎ、空間線量を致死レベルまで押し上げていることだろう。エレベーターに閉じ込められ脱水状態で息絶え絶えの人々はプルトニウムに引導を渡される。家路を指して歩き続けるサラリーマンや学生たちも、冷房の切れたオフィスやマンション、アパートや戸建て住宅に閉じこもってスマホやケータイを操作し続ける人たちも、等しくプルトニウムの洗礼を受ける。ここにいてそれを思いやるだけというのはいささか辛い。

day 6

はじめて食事らしい食事を摂る。といっても保存食だが。レトルトの米飯に味噌汁、冷蔵庫にあった和食のおかずセット、デザートにスイカ。スイカをひとりで食べきるのは大変だが、これを食べてしまったらもう果物の入手は不可能だ。味わいつつ食う。

生きている黒い雲、人類に対してはっきりとした敵意を持つ巨大生物のイメージが脳裏にこびりついている。むくむくと大地から湧き上がって高空に達し、そこから一路西に向かう、飢えた巨獣。猛毒のよだれを垂らし、柔らかい触手を建物の内に伸ばし、その胃袋に生き物を、とりわけ人間を貪食しつつ肥え太る。

じっとしているのが耐え難くて闇雲に自転車を漕ぎ、走路を走る。自転車は運動用に運び込み、シェルターの床に固定したもの、走路はリスの檻に仕掛けられた回し車よろしく、シェルターの一部が自由に回転するものだ。このシェルターは真球に近い。球形の壁面はルービックキューブのように分割されていて、自由に配置を変えることができる。宇宙空間用に設計されたものを流用したらしい。床も天井も壁もすべてが置換可能というわけだ。

走りに走って大量の汗をかく。衣類に染みこんだ汗は脱水機で搾り取られ、再循環システムに回収される。尿もまたしかり。糞便は浄化槽で微生物に分解され、肥料として野菜を育ててくれるだろう。光ファイバーで地上から採り入れる陽光と、太陽光および風力発電で得られるエネルギーが循環を助けてくれる。ここはミニチュアの地球、それも裏返った地球というわけだ。

B.C.（Before Catastrophe）2

大叔母の遺産が突然舞い込むという物語めいた出来事がすべての始まりだった。相続の条件は家屋敷を守ること。だいぶ以前からデータ回線を使って自宅で仕事をするスタイルが定着していたから、空気のいい土地、広い家への引っ越しは大歓迎だった。近所にあれがあることを知るまでは。

幸いにも広い庭があり、仕事に使う諸々の物品を買い替えた後にも使い切れぬほどの金が残ったので、朝鮮半島有事の準備として思い切って核シェルターを買ったのだった。イスラエルからはるばる船で運ばれてきた潜水球のごとき球体をトレーラーで移送し、クレーンで吊し上げ、あらかじめ掘削した縦坑に埋め込む。居間の片隅、暖炉の前に設置した扉を開けると非常灯が点り、シェルターへと続く階段を照らすのだ。食料は2年分を備蓄し、1年ごとに半分を交換する。生活用水は基本的に循環させて何度でも使い続けるが、その他にも除染の必要が生じた場合に備えて相当量の水を保管しておく。燃料を用いる自家発電装置の他にも太陽光発電と風力発電の設備を整え、これらは爆風に晒されても壊れぬよう庭に据え付けてある。自宅裏の用水路には密かに水力発電装置を配した。

シェルターにはPCオーディオを持ち込んで、普段はAVシアターとして、また楽器の練習室として使い、非常時にはそのPCで外部と通信できるようにしてある。インターネット接続は光回線以外にも衛星通信でバックアップできるよう手配した。

シェルターに閉じこもった後でも周囲の様子を観察できるよう、数台の監視カメラを敷地に配備した。そのうちの1台は「ひたち」を、1台は自宅の玄関をモニターし、デジタルデータとして24時間分を常時記録している。

day 8

政府の対応を責めるのは酷だろう。震災直後から機能停止していたし、指揮系統は混乱の極みだった。誰が指揮官でも変わりはあるまい。人間の想像を超える事態に対処できるのは人間を超えるものだけだ。
皇族を移送するためにオスプレイが飛んできたという噂が流布している。要求したが断られたとも、飛び立ちはしたがそのままあさっての方向に飛び去ったとも、飛んではきたがスカイツリーに接触して墜落したのだとも、あるいは皇室関係の事務を司る例の省庁があくまでもお召し列車にこだわったとも伝えられている。

木霊は静かに怒っている。またしても土と水が汚されたからだ。毒物が降ってきた、それも大量に。木霊は沈黙する。あるいは沈思黙考する。毒のせいだろうか、木霊の思考はいつにも増して緩徐だ。毒を吸い上げ、葉に蓄えてまた土に還す。季節の移ろいと共に数万回、数億回と反復し、反芻する。

day 9

タルコフスキーの映画、「ノスタルジア」だったろうか、核戦争を恐れて家族と共に家に閉じこもった男の話が出てくる。男は運動のためと称して家に持ち込んだ自転車を漕ぐのだ。続いて彼の遺作「サクリファイス」の一場面を思い出す。核戦争勃発の報を受けて、無神論者だった主人公が咄嗟に神に祈りを捧げる。彼は頭上の一点を凝視しているのだが、その視線はまっすぐにカメラに向かっている。つまり、祈りを捧げられているのは映画を観ている我々ということだ。

主人公は奇譚の収集家でもある郵便配達夫から、家政婦として彼の家で働いている女性が実は魔女であると教えられ、世界を救うためにその家を訪れて彼女と性交する。「ノスタルジア」の主人公も願いを実現するためにある行を修するのだが、その行とは屋外公衆浴場の広い浴槽を端から端まで、手に持った蠟燭の火を消さずに歩いて渡るというものだった。「ノスタルジア」の主人公たる作家（それとも詩人だったか？　いや、詩人は彼の父親だったはず、タルコフスキー自身の境遇と同様に）は行の途中で心臓発作を起こして斃れ、先に世を去っていた愛犬と再会する。「サクリファイス」の主人公は自宅に放火し、狂人として連れ去られていく。

行が必要だ。ありふれていて実行が難しいこと。調息に挑んでみようか。数を数えつつできるだけゆっくり息を吐き、同数だけ息を止め、同数だけ吸って、また同数息を止める。最初はテンカウントから、次第に伸ばしていって、最終目標は60つまり1分間。1回の呼吸に4分かけて、ということは1時間に15回しか呼吸せずに過ごすこと。これができたら呼吸以外のことには意識が向かず、深い瞑想が可能だろう。

day 10

航空管制官のエピソードを拾う。プルームの接近中も羽田空港に残って指示を出し続け、準備の整っていた航空機をすべて出発させせつつ着陸を一切拒み続けたという伝説の人物。着陸を予定していた機はあるいは千歳へ、あるいは関空へ、さらには岡山や福岡へと導かれ、多くの乗客が被曝を免れる。彼あるいは彼女自身は空港の守護神としてヘッドセットを着けたまま白骨化していくのだろう。

あるいは海上保安庁の職員、そして小笠原からの帰路にあったおがさわら丸の船長といった人々も職務を全うし、乗客を救おうとしたはずだ。

day 11

α粒子は2個の陽子と2個の中性子で構成されたヘリウムの原子核イコール2価の陽イオンであり、この粒子の運動がつまりはα線である。電子線であるβ線よりも重くて遅く、電離作用が強大であるぶん飛程は短い。防護服を着ていれば被曝を完全に防げるはずだ。防護服は2着用意してある。時期をみて一度は外に出て作業する必要があるだろう。庭に設置した太陽光発電用のパネルに死の灰が積もってしまったようで効率が落ちているし、爆風で壊れた監視カメラを交換する必要もある。

day 12

大手新聞社のニュースサイトがようやく復活し、報道を再開している。死者数の推計はひどくばらついている。どこも確かめる手段を持っておらず、生存者の証言に頼っているせいだ。あるサイトは都心から命からがら逃げ出し、収容先の病院で死亡した被災者の言葉を紹介している。

「黒い雲が迫ってきたので無我夢中で自転車を漕いで逃げました。マスクをかけていたのですが、途中で息苦しくて捨てました。雲に覆われた辺りからは人間のものとも思えぬ叫びが聞こえてきました。あれが断末魔というものだったんですね」

ひとつだけ確実に言えるのは、被災者の数はこれまでにこの国が経験したあらゆる災害を上回っていること、そして死亡者数が着実に増え続けていることだ。

都心からの風に乗って、耐え難い悪臭とともにおびただしい数の蝿が飛んでくる。蝿は食物を求めて飛び続け、いずれは力尽きて地に落ちる。蝿は身中にプルトニウムを貯えており、核物質の拡散に力を貸しているわけだ。地獄に住まう蝿の王からの贈り物。蝿の発生はすべての死体が白骨化するまで止むまい。あるいは霜が降りて連中の肢と翅を凍えさせるまで？　どちらが早いだろうか？

day 13

無政府状態が続いている。頼りの自衛隊は命令を受け取ることができぬため動こうにも動けず、救援活動は停滞したままだ。民間の有志が決死隊を募って線量計を睨みつつ恐る恐る被災地周辺に忍び寄り、呼びかけに応える者があればその場で除染して連れ帰るというのが精一杯だ。

遺体／遺物の回収も遅々としてはかどらぬ。そもそも高度に汚染された地域に立ち入ることは事実上不可能だ。唯一回収できるのは汚染地域と非汚染地域の境界付近で行き倒れた遺体のみだが、非汚染地域に持ち帰るためには除染が不可欠だし、たとえ持ち帰ったところで身元の確認が難しい。身分証が遺体の胸ポケットに残っていた、といった場合を除けば遺体はひどく損壊されているか、持ち物をことごとく略奪されているのが常だからだ。ＤＮＡや歯科治療歴といった個人を特定しうるデータはその保管場所が高度汚染地域に集中している。

高度汚染地域には未来永劫立ち入ることが許されぬのだから、いっそ遺体ごとコンクリートで固めて墓地にしてしまえという意見がネットに流布している。それもよかろう。この国の中心部に生じた広壮たる空白、１千万柱の無縁墓だ。

day 14

ここに逃げ込んで早くも２週間が過ぎた。住めば都とはよく言ったもので、飼育器か実験装置のごとき球形シェルターでの暮らしもまずまずと言ったところ。来し方行く末を考えると不安に押しつぶされてしまうから、常に目前の課題だけを考えることにしている。で、目下の課題はピクルスの瓶詰めをどうやって開けるかだ。素手ではびくともせず、タオルを巻いても滑ってしまい、輪ゴムの類は見つからず、蓋を温めようにもお湯を沸かすのは手間だし電力の無駄遣いだろう。さてどうするか……ガラスを叩き割る？　破片を取り除くのが大変だし、取り切れずに口に入れてしまう危険性がある。蓋にドリルで穿孔して空気を入れてみる？

「貸して、こうするのよ」

声が聞こえた気がして、瓶の蓋のふちを包丁の背で軽く叩くイメージが鮮やかに浮かび上がる。細い指先、薄い爪。そうだ、こうするんだった。包丁の代わりに缶切りで叩いてみる。蓋の角のところが少しずつ全周にわたって凹んだところで力を加えると、あっさりと開いた。

あれはいつのことで、誰の姿だったろう?

母親から教わったとは考えにくい。妹は家事オンチで包丁の代わりにキッチン鋏を愛用しているくらいだ。誰かと一緒に暮らしていたということだろうか。誰と?　だとしたらどうしてその記憶が欠落しているのか……

day 15

大地震とそれに引き続いて起こった原発事故の原因については憶測が飛び交っている。地震と高潮の原因は実は海底のプレートの軋轢によるものに非ず、宇宙から飛来し、観測網をかいくぐって着水した超小型ブラックホールだったのだ、等々。荒唐無稽ではあるが、イメージとしては秀逸だと思う。光さえも飲み尽くし、周囲のすべてを蕩尽する闇が列島の中心に生じ、日々増大しているイメージ。ブラックホールが増殖するかどうかはともかく、首都圏に生じた空白はいまだに拡大し続けているらしい。北へ、あるいは西へ逃げ延びようとする人と車の群れが幹線道路を埋め尽くし、まるで民族大移動が始まったかのごとき有様だ。

地震後の混乱に乗じて北朝鮮が射出したミサイルが運悪く「ひたち」に命中したのだ、という説もある。かの国の兵器にそれほどの精度があるとは思えぬが、だからこそ「運悪く」だったのだとしたり顔で解説する半可通たち。挙げ句の果ては、これこそ飛来するミサイルであると、どうやら軍事演習のニュースと「ひたち」ＰＲ用のビデオクリップを合成したとおぼしき映像がネットに上げられ、英語のキャプション付きだったせいもあって世界中で20万回以上ダウンロードされるという騒ぎ。

誰もがいよいよ本当にこの国は終わってしまうのではという不安焦燥に駆られて右往左往している。騒ぎの中心地にひっそり蟄居した自分は身動きもとれずにただひたすら、決して走り出さぬ自転車を漕ぐ。

day 16

未明に警報が響き渡る。すわ侵入者か、と飛び起きるが、ドアが破られたとか空間線量が危険域に達したといった事態にはあらず、外気の取り込み口にあるフィルターが目詰まりしかけていて流量が落ちているのを管理システムが検知したのだった。まずは安堵して警報を解除する。二度寝しようとするも目が冴えてしまったので起き出して体操。朝食を摂りつつ本日の作業を列挙する。いずれも防護服を着て外に出る必要がある。

・エアフィルターの交換
・監視カメラ2台の修理または交換
・ソーラーパネルの掃除

久しぶりに外に出られるのはうれしいが、外気を吸うわけにはいかず被曝は恐ろしい。ガイガーカウンター風の警告音を発する線量計を持参することにする。試しに電源を入れると赤いデジタル表示で毎時0・09マイクロシーベルトと表示される。時折――数秒に1回くらい――ピッという短い音がする。宇宙線等によるバックグラウンドの放射だ。

2着ある防護服の1着をパッケージから引っ張り出して念入りに点検。送気孔から空気を吹き込んで膨らまし、気密度をテスト。エア漏れは発見されず。ただし実際の作業時は暑いので、フィルターを通して取り込んだ外気を循環させて冷やす仕様だ。通信設備は不要と判断し、少しでも軽くするために外す。

防護服を着込み、内側からすべてのジッパーを下ろして密閉する。最後に防護手袋をはめ、手首の上までたくし上げる。呼気でマスクが曇りそうだ。換気扇のスイッチを入れる。少し肌寒いが、動いているうちに気温が上がるだろう。気密室まで歩く。防護靴の底には重金属が仕込まれていて重い。帰りにはここで防護服を脱ぎ捨て、シャワーを浴びて除染してからシェルターに入る手はずだ。非常用ＬＥＤライトが濃い影を落とす階段を上り、潜水艦そっくりのハッチを回して蓋を上げる。陽光に目がくらむ。元々は居間の絨毯に隠されていた扉だが、建屋はきれいに吹き飛んでいて、マンホールに似た丸い蓋が剝き出しだ。隠しておいた方がいいだろうか……

目を上げて辺りを見回し、愕然とする。ここはどこだ？　砂漠か、月面か、あるいは空っぽの展示場だろうか。見渡す限りブルドーザーで整地したかのごときだだっ広い更地が続いている。建物も樹木も一切見当たらず、ただ土台の跡と道路が見分けられるのみだ。３６０度ほぼ同一の光景。「ひたち」のあった辺りからはまだ一筋の煙が立ち昇っていて、それが唯一の目印だ。再び地上に目をやると暗灰色の埃が風雨に曝されておどろおどろしい文様を描いている。気がつけばさっきから線量計がけたたましい音を立てているのだった。音量を下げ、表示を読む。防護服の外の空間線量は毎時０・６ミリシーベルト。防護服で多少和らげられているとはいえ、長時間の作業は不可能だ。早速取りかからねば。

ハッチのそばに1カ所、そこから数メートルのところにもうひとつ、シェルターへの空気取り込み口がある。キノコに似た形状で地面からやや盛り上がっていて、地上10センチほどのところで開いた傘の部分から空気を取り込む仕様だ。雨風が直接吹き込まぬようしつらえてあるはずだが、周囲に積もった死の灰をどうしても吸い込んでしまうようだ。白いフィルターがねずみ色に変色している。持参したブロアーで、できる限り広範囲の埃を吹き払い、フィルターを手早く交換する。試しに線量計を近づけるとスケールアウトしてエラーが出る。くわばらくわばら。手袋にもブロアーをかけ、水鉄砲型のウォッシャーで洗う。手袋は二重にしてあるが、破れたら大変だ。

「ひたち」の方を向いていた監視カメラは爆風で見事に吹き飛ばされている。ケーブルが断線していたら厄介だったが、ちょうどコネクタのところが外れていたので、持参した予備のカメラを接続すれば復旧できそうだ。こちらもブロアーで埃を吹き飛ばしてから作業する。埃に触れぬよう、間違っても顔面に浴びたりせぬよう風向きに注意して慎重に……できた！　額の汗を拭いたい。それからもう1台、家の玄関を向いていたカメラのコネクタを探し、新しいカメラをシェルターの出入り口を監視するべく設置……しようとして思いとどまる。時間が惜しい。周囲数キロにわたってまず生存者はおらず、危険を冒してわざわざ侵入してくる者もあるまい。

次はソーラーパネルだ。こちらは低い台に設置してあるのだが、爆風で飛ばずに済んでいて幸いだった。積もった埃を吹き飛ばし、こびりついているものはジェット水流で洗浄する。雑草が生い茂って隠されてしまうのではと心配だったが、爆風と熱線の洗礼を受けた後だ。当分は草一本生えて来ぬはず。

急いで、しかし土埃を蹴立てぬよう慎重にハッチまで戻り、内からしっかり蓋を密閉して階段を下りる。除染室でシャワーの栓を思い切り開けて頭から水を浴びる。水は貴重だが放射性物質をシェルターに持ち込んだらおしまいだ。三度、四度と除染してようやく許容線量以下に到達する。防護服を脱ぎすててドアをくぐる。全身汗だくだがもう一度シャワーを浴びる気は失せ、タオルで拭ってソファに倒れ込み、そのまま昼過ぎまで眠る。

B.C.33

元町で初デート。キミはGパンにTシャツにサンダル履きで登場。こちらは片減りしているとはいえ厚底のテニスシューズ、あちらはぺったんこのサンダルだというのに、横に立つとキミの方がちょっとだけ背が高い。いたずらっぽい猫に似た細い目、すっと通った鼻稜、薄い唇……こうして間近で見るとモデルといっても通用するくらいの美人だ。高頻度で道行く人が振り返る。優越感と劣等感が入り交じる。こちらは当時流行っていた大きめのサングラスをかけ、今では自分でも信じられんが肩まで伸びた長髪に半袖のサファリジャケット、あとは記憶が曖昧だ。腕時計は着けていたかも。ぶらぶらと商店街を冷やかして、紅茶専門店で休んだ。こちらはいつものアールグレイ、キミはダージリンだったか、それともオレンジペコだったろうか。雑貨屋で安い革のブレスレットを見つけておそろいのをふたつ買った。遠慮がちに触れたキミの手は驚くほど薄くてひんやりしていた。元町公園への坂を上る。地元民しか知らぬ隠れたデートスポット。木が生い茂っていて涼しく、人目を気にせずに歩ける。

古い建物がひしめく中華街に比べれば被害は小さかったものの、元町の商店街でもいくつかの建物が倒壊し、歩道には砕けたショーウインドウのガラスが散乱している。信号の消えた道路は脱出を焦る車であふれかえり、渋滞に業を煮やした人々が車を捨てて歩き出す。どこへ？　とにかく西へ。情報は混乱の極みだが、プルームが東から襲ってくることだけは確実だ。元町公園はけが人や半病人がひしめいている。コンビニは略奪され、自販機は片っ端から叩き壊されている。食料も水も不足している。疲れ切ってうずくまる人々の頭上から、もうすぐプルトニウムの雨が降り注ぐ……

day 18

焦燥感に駆られてひたすら自転車を漕ぐ。30分漕いだら足がつりかけたのでソファに倒れ込み、足裏やふくらはぎをマッサージ。少しだけ昼寝。寝過ぎたら夜に眠れず辛かろう。ネットを覗く回数を減らそうと努力しているが、ついついＰＣの前に座ってしまう。といってもほとんど新しい情報は得られずじまい。「ひたち」で実際にどういうことが起きたのか、放出された放射性物質の量はどれほどか、首都圏は今どういう状態か、この国はこの先どこへ行くのか……

気がつけばぶつぶつと独語している。望ましからぬ徴候。今度は腕立て伏せ、それから腹筋、スクワット、体をいじめて、筋肉痛でのたうち回ればようやく自分の体が実感できるだろう。存在が拡散してしまう恐怖。本を、そうだPCにダウンロードしたままほったらかしの医学原書を音読しよう。あるいは翻訳。機械的でいいから脳を強制労働に従事させること。

day 19

その昔ネット通販で購入してそのままシェルター（旧AVシアター）に転がっていたDVDを観る。押井守監督の「パトレイバー」3部作。フランス製の平行輸入盤でリージョンコードは日本と同一だが、NTSCとは違ってPAL規格であるため普通のDVDプレーヤーでは再生できず、ほったらかしてあったのだった。PCであれば再生が可能だ。

映像が粗くて大画面では観るに耐えず、ハガキ大のウインドウに表示してデスクトップの片隅に挿入する。日本語の音声もあるのだが、あえてフランス語で視聴。もちろん理解不能だが、かえって映像に集中できるというものだ。

破壊されていくトウキョウの風景が現在とオーバーラップする。東京湾岸で高潮の被害があったとされているが、してみると震源は東京湾だったのだろうか。直下型だとしたら、このあたりまで被害が及ぶとは考えにくい。ネットでささやかれている複合地震〜海溝型と直下型が連続して起きた、ということか？

day 20

水の備蓄は十分だ。除染に使用した分以外はリサイクルされるし、必要とあれば雨水を濾過して飲むことだってできる。食料もひとりきりであれば節約して5年は保つ。空気はフィルターを交換したので当分はＯＫ。またぞろどこかの原発から死の灰が飛んでくる、といったことがあれば別だが。電気も同様、ソーラーパネルが機能しているかぎりはＯＫだろう。

そういえばこの国の電力と原発は今どういう状態だろうか。電力は最大の消費地が文字通り消滅したので供給が大幅に減ってもバランスは保たれているというところであろう。浜岡原発が運転停止中だったのは不幸中の幸いだ。といっても今回の地震で建屋や原子炉が損傷された可能性は残っている。ひょっとして格納容器崩壊、といった事態が生じたら？

防護服を着て一か八かで海に漕ぎ出すか、北に向かって歩き続けるか、あるいはここでひっそりと死を待つしかあるまい。明日は自殺の方法でも考えることにしよう。

day 21

予定通り自殺について考えている。といってもとりたてて変わった道具や薬物は用意しておらず、ありふれた方法を採るしかあるまい。まず思いつくのは首つり。探せばそこそこしっかりしたロープが見つかるだろうが、あれはどうにも体裁が悪い。排便排尿を済ませたつもりでも、前立腺肥大のせいで残尿があるだろうから、多少の失禁は免れまい。細いカテーテルを前腕の静脈から刺入して心臓まで送り、心房内に直接濃いカリウム溶液を注入して即座に心停止させる、という方法を昔考えたことがあって、放射線科医らしくていいじゃん、と思ったものだが、残念無念、肝心の薬液を用意し損ねた。硫化水素は？　材料は揃えられそうだし、ここで実行するかぎり他人を巻き込む心配は無用だが、あれは案外苦しいものだと聞いている。できれば楽に死にたい。ということで焼死や窒息死は却下。一酸化炭素中毒は……確実に発生させられる燃料を見つけられねば、いたずらに二酸化炭素を発生させて緩慢に窒息するだけだろう。感電死は……これも確実に心臓を止められるだけの電力を消費する器具が必要だろう。あとは餓死か。即身仏を目指して少しずつ飲食を断っていけばあるいは可能かも知れんが、死ぬために根気がいるというのもちょっと妙だ。

ここをそのまま墓にしてしまうという発想を捨てて、いっそ野垂れ死にを目指すのもいいだろう。防護服を着けずに外へ出て、致死量の放射線を浴びるまで歩き続けるのだ。運がよければ海まで辿りつけるだろう。潮騒を聞きつつ死んでいく。いいよ、気に入った。ではスローガンとして書き付けておこう。

「もしもの時は外に出ろ」

day 22

暦を作ろうと思い立つ。笛吹き男の伝説でよく知られているハーメルンでは、130人の子供たちが失踪した事件を記憶にとどめるため、その日から始まる暦を用いていたと聞く。旧約聖書の神をまねるのであれば、6日働いてその次は休み、そしてまた次の週と続いていくのだから、今日は災厄から22日目、三度目の安息日ということか。曜日はどう呼ぼう。6プラス1でひとつのセットとして使える呼称はあるだろうか。陰陽五行、十干十二支、東洋にも多くのセットが存在するが、ちょうど切りのいいものは思いつかぬ。例えば……そう、例えば日月火水木金土から惑星のみを取り出し、それに地球以外の残る惑星を加えてみたらどうだろう。配置も太陽からの距離の順にして、水金火木土天海とするのだ。そうすると今日は水曜日。世界は水曜から終わり始めたわけだ。

あとは月の呼称だ。とりあえずフランス革命暦から盗用しようか。厳密に採用するのであれば週というものは消滅し、旬に変わるはずだが、面倒だから月だけを採用する。今は晩夏、フリュクティドール（果実月）ということにしてしまおう。ここは葡萄や杏、プラムや金柑あるいはメロンや西瓜そしてヤドリギといった果実に似ているだろう？　地中に埋められたストレンジフルーツ。決して芽吹くこと能わぬ倒錯の毬果。

day 23（果実月23日）

地上は雨。光ファイバーを介する採光も弱く、ここは薄暗い。23という数字が昔好きだった。正確に言うと、中学生の時にこの数字を好むことに決めたのだ。深い理由が存在したには非ず、ただの思いつきだったが、それ以来漠然とこの数を気にかけ続けている。２から数えて９番目の素数だ。10進法表記で連続した数字で書ける２桁の素数はこれ以外にふたつあって、最後のやつが89（24番目の素数）だ。こういう具合に書ける３桁の素数は存在し得ぬ（１２３、２３４……はいずれも３で割り切れるから）。４桁の素数はどうだろう？　４から始まる数は素数っぽいが、本当にそうだろうか？

１万以下の素数を列挙したページを見つける。予想通り、４から始まる４桁の数は素数だった。他はどうかというと、１２３４といった奇数番目の数は偶数だから非素数。２３４５は５で割り切れる。６から始まる数は各桁の合計が30であって３の倍数だから３で割り切れる。つまり、こういう形式で書くことができる４桁の素数はひとつだけということだ。５桁では？　６桁では？　さらにその上は？　素数定理だったか、素数の個数は桁が上がるにつれて減っていくはずだから、見つけるのはさぞかし大変だろう。

自然数論だの素数だの、あるいはルート2やらπといった無理数の話題が好きだった。数学の才能があったら、ここに引きこもって暮らすのもずっと楽だったろうに。

気持ちを落ち着かせるために素数を列挙するのはジョジョに登場した神父だ。映画「キューブ」ではトラップの仕掛けられた部屋を見抜くための鍵が部屋の番号が素数かどうか、だった。素数を探したり、2の平方根をひたすら計算したり、πを求めてみたりするのは知的暇つぶしとしては有力候補だろう。

day 24

初日に書いたように、旧暦8月6日に巨大地震が首都圏を襲い、「ひたち」でソジウム火災が発生すると同時に臨界に達した原子炉が制御不能に陥った、ここまではわかっている。そして8月9日には「ひたち」で核爆発が起こり、プルトニウムを主体とする放射性物質のプルームが折からの風に乗って首都圏に拡散していった、これも恐らく事実だろう。だが6日から9日までの「空白の3日間」にどういった事態が起きたのかはまったくもって不明だし、今後も明らかにされる見込みが皆無だ。どこかの時点で「ひたち」の爆発が不可避と判断され、作業員の総員退去が決まると同時に周囲に警報が発令されたはず。もはや記憶があいまいだが、サイレンの音を聞いた気がする。

問題は退避の勧告あるいは命令がどのように徹底され、どこまで届いたか、だ。震災直後で指揮系統が混乱していただろうし、首都圏全体の交通はほぼ麻痺状態だった。放射性物質拡散のシミュレーションも不十分ではあっただろう。仮に20キロ圏に退避命令が下っていたとしても、「ひたち」から都心までは約２００キロの距離があり、危険性が認識されるまでには相応の時間が必要だったと思われる。ＳＰＥＥＤＩが機能していたかどうかも怪しい。結局のところ、首都圏に警報が発令されたとしても、大多数の人々にとっては遅すぎた可能性が高い。警報の意味もわからぬままプルームに飲み込まれていったというのが真相ではあるまいか。

台風が近づいているらしい。マスメディアはほぼ沈黙したままだし、気象庁も頼ることができず、今や海外からの情報を読み解くばかりだが、どうやら相当でかい台風が爆心を目指して来るようだ。強風と大雨が死の灰を洗い落としてくれればいいのだが、重くて水に不溶性のプルトニウムは頑として居座り続けることだろう。海洋汚染を起こさずに済むのが不幸中の幸いだろうか。

day 25

複合型原発災害といっても先の FUKUSHIMA と今回の IBARAKI とはひどく違っている。被害の主たる原因は前者においては高潮、後者では直下型地震による揺れであったし、両者の人口密度は大きく隔たっている。そして今のところ誰も声高に発言することを控えている違いがひとつある。それは文化財の密度だ。周知のごとく首都圏には美術館や博物館の類がひしめいており、そこには国宝級あるいは世界文化遺産級のお宝が所狭しと陳列されている。その多くが厳重に保管されているとはいえ、震災の衝撃でショーケースが破損したり、建物に亀裂を生じたりしているところもあろうし、空調もいかれていることだろう。高温多湿、しかも放射性物質を含んだ外気が侵入してきたら、ただでさえ劣化している古い絵画や美術工芸品はひとたまりもあるまい。さらに心配すべきは屋外に展示されている彫塑やインスタレーションだ。飛程が短いとはいえ高エネルギーのα線を浴び続けたら、どれほどの損害を被ることだろう。もちろん盗まれる可能性だってある。人命最優先は当然としても、こちらも実は早急に手を打つ必要があるのだが、誰も身動きできずにいる。

未確認情報ではあるが、海外から（主に自国の）文化財を保護するため、秘密裏に工作員が派遣されているという噂もある。彼らは重金属の装甲を施したトレーラーで汚染区域に乗り込み、目当ての文化財を除染した上で回収し、運び去っているというのだ。ご丁寧にも後には本物と寸分違わぬレプリカを残していくので、彼らの犯行（？）は当分～ひょっとしたら永久に～発覚せず闇に葬られるというわけだ。いっそのことそうした偽物を一堂に集めて記念館でも作ったらどうだろう。誰も訪れず、静かに朽ちていくばかりのモニュメントだ。

day 26

モニターのそばに直径2センチの銀色の球体が鎮座している。正四角錐の頂点を凹ませたオニキスの台座に載って、トルマリンや黄鉄鉱の鉱物標本そして水晶のクラスターと一緒にミニチュアの博物館を形作っている。球体は銀細工屋で作らせたもので、99パーセントの銀と1パーセントの銅でできている。鋳造したためにこういう組成に落ち着いた。純銀だと膨張率の関係でぴったり鋳型に合わせるのが難しいという説明だった。純銀の立方体から削り出すという方法もあったが、材料費も手間賃も倍近くかかるので断念した。かくの如き出自のせいか、銀玉（こう呼んでいる）の表面はいささか凹凸不整であり、わずかに色むらがある。出来上がってきた当初はその凹凸や色むらを気にしていたが、まさに痘痕もえくぼ、近頃ではその不完全さがむしろ気に入っている。月面を想起させるのだ。

手に取るとずっしりと重い。すぐそばに置いてある、もっと大ぶりの黄鉄鉱といい勝負だ。放っておくと酸化して黒ずんでくるので、ちょくちょく磨いてやる必要がある。メガネ屋でもらった黒い不織布のメガネ拭きで拭いていると輝きを取り戻し、布の黒さと相まって、闇夜に浮かぶ満月を掌にしている気分に浸れる。その表面に浮かぶぼんやりとした人影がこちらを見ている。

どうして銀玉を手に入れようと思い立ったのか？　I高原で開かれた人智学的医療の講座で惑

星と金属について拝聴したのがきっかけだった。太陽は金、月は銀、火星は鉄、水星は水銀、木星は錫、金星は銅、そして土星は……それぞれの金属が臓器と対応しており、例えば金属箔を使って対応する臓器の働きを整えることが可能といった概要だった。その時、自分には銀が、それも球体が必要だと直感したのだ。

あの直感は正しかった、と今にして思う。狂気を鎮め、理性を保つにはこの依代が必要だ。自らにそう言い聞かせつつ、ひたすらに玉を磨く。その表面に映る人影がはっきり姿を現すまで。淡々と、想いを込めて。

B.C.5

完工したシェルターはひんやりとして新車の匂いがする。始動したてのコンプレッサーの低周波を体感する。集光器から降り注ぐ柔らかい光に満たされた球形の空間。それは深海探査艇のようでもあり、映画「２００１年宇宙の旅」に登場する宇宙船のようでもある。

家具らしい家具は搬入しておらず、壁面もほぼ剝き出しでがらんとしている。

「お墓みたい」とキミは呟く。

「住んで都にするのさ」

「千と千尋」の父親みたいだ、と思いつつ答える。

「どう使うの」

「物置き……じゃつまらんから、楽器の練習室とかリスニングルーム、ビデオシアター、カクテルラウンジ、暑い季節の仕事場、あるいはそれこそＤＶシェルターとか」

「ＤＶって？」

「ドメスティックバイオレンス、かみさんの暴力」

キミは肩をすくめる。本当はその後にもうひとつ、「自家用ラブホテル」というのを付け加えようと思ったんだが。

「当然のことだけどバス、トイレ完備だぜ」

先に立ってエアロックをくぐり、バスルームを見せる。未使用の床はからからに乾いている。

特注のばかでかいトイレにキミは驚く。

「うわっ、これどうやって使うの？」

「スペースシャトルのトイレそっくりでさ、水を節約するための吸引式。ま、掃除機とディスペンサーが一体化したと思えばいい」

「そう」

言いつつキミは後ずさりする。きっと一度も使わずに済ませるんだろうという予感がする。メインルームの中央に戻り、床から天井まで（といっても球面だから両者の区分は曖昧だが）ぐるっと平行に走る２本の溝を指差す。

「見てて」

溝の脇に点在するボタンのひとつを踏んでロックを解除し（誤作動を防ぐために、踏むと同時にひねりを加えて回転させる必要があるが）、溝に挟まれた帯状の部分に乗ってゆっくり歩きだすと、歩調に合わせてコンベアーベルトのように滑動し、床に固定された調度もまた動き出す。

「すごいすごい、ＳＦ映画みたい」キミは手を叩く。

もう1本の帯との交点で90度向きを変え、今度は運動用のトラックに移る。適度の弾性で衝撃を吸収する深緑の走路は白いテープで縁取られ、スタートラインまで引かれている。1周約10メートル、１００周してようやく1キロだ。

「走ってみて」

「ああ」

スタンディングスタートから走り出す。キミはその場駆け足をしつつ、両手をメガホンにして声援したり、実況中継のまねごとをしたりする。

「ちょっと待って。そのまま走っててね」

家の冷蔵庫から缶ビールを2本取り出して戻ってくる。

「はい、給水」

走るのはやめにしてソファに腰を下ろし、半分ほど一気に飲み干す。

「ぷはー、昼から飲むビールは格別だねい、おまいさん」

ああこれはきっと岡崎京子のマンガのセリフだろう。でも続きを思い出せず、適当に相づちを打つ。

　陽圧に保たれているシェルターから空き缶を手に家へ戻ると、高いところにエレベーターで急上昇したみたいに耳が詰まる。鼓膜が外側に膨らんでいるのだ。唾を飲み込んで耳管を開き、咽頭と中耳を交通させて鼓膜を元に戻す。追憶の底から現在へと帰還する。


　ところで、キミは誰で今どこにいるのだろう？

day 28

に●んという表記をちょくちょく見かける。日本の中心にぽっかり空いた墓穴《ぼけつ》あるいはブラックホールを表しているのだという。同様の表記として「に　ん」あるいは「に○ん」というのもあり、こちらは墓穴という存在よりも、存在そのものが抜け落ちたことを強調しているのだろう。Ninというのもたまに出てきて、こちらは蔑称のように使われている。忍の一字とでもいおうか、「Ninはもうあかん」「これだからNinは」みたいに。

　海外ではこれらを真似てJAANというのが使われているそうだ。Japanからpeopleあるいはpeaceあるいはpalaceが消滅した残滓というわけだ。

皇居も全滅したという噂が流布している。オスプレイが急遽手配されたが、天皇をはじめ主だった皇族は臣民を見捨てて逃げることを肯んぜず、役人だけが逃げ出したとか、安楽死のために侍医だけが残ったとか。役人たちは命からがら京都に落ち延びた後、海外留学中だった皇位継承権ふた桁の宮様を呼び戻し、福岡経由で帰国した彼を即位させた、というのは本当だろうか。

day 29

閉鎖空間にいるせいか、エレベーターの夢をよく見る。大学病院か、あるいはデパートとおぼしき大建築物のフロントから目的階まで階段で行こうと試みて果たせず、あきらめてエレベーターに乗り込むのだが、乗客は決まってひとりきりだ。エレベーターは全面ガラス張りの巨大水槽のごときもので、毎回ドアが閉まった瞬間に乗ってしまったことを後悔するのだが後の祭り、無情にもドアは閉まり、かごは動き出す。

エレベーターというからにはケーブルでつり下げられているはずだが、このかごは上下左右どの方向へも自在に動くのだ。たいがいの場合かごは横滑りを開始し、建物の外へ飛び出してしまう。それからはアクロバットの連続だ。宙返りこそせねど、遊園地の遊具よろしく円錐状の軌跡を描きつつ建物の周りを半周し、隣接する建物との隙間に飛び込んで右肩上がりに滑走する。床にいたるまですべてがガラス張りだから、足下には道を行く人々の頭や車の屋根が見えている。夢中のため加速度の実感は乏しいが、めまぐるしく揺れ動く景色のせいでめまいがするし、目的地に着くのかどうか、着くとすればいつ頃か見当がつかず、不安と恐怖に苦しめられる。そしてたいがい移動の最中に目が覚める。

鳥がさえずっている、と思ったのは空調の音だった。

day 30

震災から約1ヶ月が過ぎ、首都圏からは人口の移動が続いている。マイカーを操り、あるいは交通機関を乗り継いではるばる東京まで通勤・通学していた人々が、交通手段を喪失し、続いて目的地までも消え失せたために地方への疎開を始めたのだ。群馬、栃木、千葉からは北へ、埼玉からは西へ、通行できる道路を縫うようにして、生活用品を満載した車が列を作っている。地震を予期して拠点をあらかじめ移転していた企業もあるが、そういう企業に勤めていた運のいい人々はごく少数だ。多くは親戚や知人を頼って落ち延びるのだったし、そうした伝手も得られず野宿を重ねる者も多い。だが、当座は支援物資でやり過ごせるだろうというのは甘い見通しだった。被災者の実態はつかめず、交通は麻痺しており、采配をふるうはずの政府は消滅してしまったのだから。

やむを得ずそうした流民たちを受け入れた地方自治体ではトラブルが続出している。物価は高騰し、商店からは食料品と日用品が消え失せた。買い占めのせいもあるが、そもそも流通が滞っているのだ。流民たちは続々と押し寄せ、公共の場を占拠し、はてはそこからあふれ出て周辺の店舗や民家に略奪を働く。

ネット上には読むに堪えぬ呪詛や怨嗟が蔓延している。

「プル都民は東京へ帰れ」

「核ゴミでも漁ってろ」

携帯の電池が切れたのだろう、流民たちからの反論の声は乏しい。


この国に見切りをつけて国外に脱出する者もまた多い。資産家はもちろんのこと、今度という今度は草食系の若者までが、よくいわれる喩えだが沈没寸前の船から逃げ出すネズミのように海外を目指すのだった。人口の流出、資産の移動、まさにこの国は底知れぬ闇にどこまでも沈んでいくかのようだ。

day 31

東京都の昼間人口は約1600万人と推計されている。日本の人口はおよそ1億2千万人だ。プルームの被害がどこまで及んだのかは不明だが、東京都全域を覆って余りある拡がりだっただろうとはいわれている。仮に4分の3が死に絶えたとしたら、ちょうど日本の総人口の一割が死に絶えたわけだ。

とあるシンクタンクの説では、今後1年の間に人口のさらに二割が海外に流出し、その半分は戻らぬであろうとしている。要するに日本の人口はいずれ1億を切り、１９６０年代のレベルに戻ってしまうと予測されている。

国土面積が変わらずに人口だけが減るのであれば、当然人口密度が低下し、無人の国土が広がるわけで、近年の日本政府はこれを警戒して50年後も人口１億を維持していこうというスローガンをぶち上げていた……わけではあるが、都心はもはや半永久的に居住不能であり、首都圏の大半が遺棄されようとしている今、日本の国土は半減とはいわぬにしても、実質的には相当に目減りしてしまったと考えるべきだろう。

問題はそれだけに止まらぬ。日本列島は事実上、北日本と西日本に分断されてしまったのだ。陸路での移動は難しく、両者の連絡は船あるいは航空機によって辛うじて保たれてはいるが、どちらも汚染された海域および空域を大きく迂回するためひどく時間がかかる。日本海側の交通路は残っているものの、あえて利用する者はおらず、遺棄されたけもの道と化しつつある。

day 32

深夜に息苦しさとともに目覚める。東日本大震災の夢を見ていたらしい。あの時はまだ東京にいた。初期微動の後に来た、いつ果てるとも知れぬ長周期の揺れは忘れかけているが、その後つけたままにしておいたテレビで福島第一原発の電源喪失というニュースを耳にした時の底知れぬ不安は今でもありありと覚えている。放射線科医だから、というのもあろうが、医学部に入るずっと以前から、たぶん小学生くらいの頃からすでに放射能の怖さをじわじわと感じていた気がする。ついにこの日が来てしまった、という死刑宣告もかくや、というニュースだった。その時点では周りの誰とも恐怖を分かち合えずにいるのがもどかしかった。電源喪失→原子炉の暴走→メルトダウン→水蒸気爆発→日本全土の汚染という筋書きが瞬く間に脳裏を駆け巡り、絶望的気分に陥った。

数日後、最初の水素爆発が報じられた時には東海道新幹線が復旧したのを幸い、関西方面にいち早く逃げ出したのだった。この次に来るのは水蒸気爆発だろう。すれば大量の核物質が成層圏まで噴き上がり、日本はおろか北半球全域が汚染される可能性がある。ニュージーランドかオーストラリアに逃げるか？　時間に余裕はあるだろうか、といったことばかり考えていた。

関西には3ヶ月近く滞在したろうか。仕事に使う機材は持ち出したので金には困らずに済んだ。放射性ヨウ素の半減期が約1週間として（実際には8・1日だが）10週間あれば2の10乗イコール1000分の1近くに減っただろうという計算だった。

「ひたち」の近くに引っ越すと決めた時、往時の恐怖が当然よみがえった。今度もし事故があったら、この距離では逃げ切れまい。逃げることが不可能であれば籠城するまでだ。シェルターの購入と設置に踏み切ったのはこうしたいきさつからだった。

day 33

プルトニウムについて調べていて、デーモン・コアの記述に行き当たる。デーモン・コアは米国のロスアラモス研究所で数々の実験に使われた重量6・2キロの球状のプルトニウムの塊である。写真によれば恐らく直径4インチ（約10センチ）弱の銀色の玉だ。ちょっと計算してみようか、暇だから。

まず小学校の算数と理科のお時間。6・2キログラムは1000を掛けて6200グラム。プルトニウムの比重が19・8ということだから、これで割って313・131313……ミリリットルあるいは立方センチメートルがコアの体積だ。

お次は中学校の数学だろうか、球の体積は3分の4πr3乗だから、313×3を4×3・14で割って体積を得る。これを開立すればrを求めることができるが、いささか面倒だからPC付属の関数電卓を使う。立方根はと、4・21と出たぞ。単位はセンチだから、直径はその2倍の8・4センチか。やはり写真に写っている物差しの単位はインチだったというわけだ。

プルトニウムの色は「ニッケルに似た銀白色」とあるので、たぶんここに置いた銀の玉に近いだろう。あるいはもうちょっと白っぽいのかも。Agの比重が10・51、Pbでさえ比重は11・43止まりだから、プルトニウムの重さは際立っている。同サイズの銀玉の倍くらい。想像してみよう。この銀玉の4倍の大きさで、5キログラムの米袋よりもさらに二割増しで重いのだ。片手で持つことは可能だが、いささか危うい。両手で支えることにする。α線は皮膚で遮られるから、素手で持っても大丈夫。コアは崩壊熱でほんのりと暖かい。一見すると無害そうではあるが、こいつは冥王の化身、油断は禁物だ。ロスアラモスでこいつはふたりの科学者の命を奪っている。中性子反射体としてひとりはタングステン、もうひとりはベリリウムを用い、コアの臨界条件を探ろうとしたのだが、誤って反射体を近づけ過ぎてしまい、瞬時に臨界に達したコアから照射された致死量の中性子線とγ線を浴びてしまったのだ。東海村で起きた臨界事故と同様、科学者たちはこの時に青い閃光を見たとされている。チェレンコフ光と呼ばれるものだ。

……深呼吸をして掌中の銀玉を見つめる。デーモン・コアによく似た形と色合いのこの球は本物よりもはるかに小さくて軽い。その表面はひんやりと冷たく、暗い部屋で白く輝いている。これは冥王の双子の妹ではあるまいか。例えば空中に跳ね上がった水滴と、その時水中に生じた泡粒のように、ネガとポジの関係にある存在。デーモン・コアはその後核弾頭に組み込まれ、ビキニ環礁で消滅したが、その妹は満ち欠けせぬ地中の月として今ここにあり、正気を保てと励ましてくれる。

day 34

ここには救急箱に毛が生えた程度の医薬品と小外科セット、血液と尿検査用のキット、顕微鏡、ポータブル超音波診断装置のみを置いてある。例えば急性虫垂炎を発症してしまったら、抗生剤を飲んで運を天に任せるのみだ。ブラック・ジャックよろしく局所麻酔で腹腔鏡手術、といった真似は不可能だ。それでも尿道カテーテルは用意してある。前立腺肥大が高じて尿閉を来した時に自分で導尿できるようにというわけだ。学生時代に受けた泌尿器科の講義を覚えている。

「前立腺肥大が進むと排尿後も膀胱に尿が残っていて気持ちが悪いし、頻尿を来します。夜間にしょっちゅうトイレに立つ。しまいには膀胱に尿が溜まっているのに自力で排尿することが不可能という状態が来る。これが尿閉です」

腎臓における尿の生産がストップするのが無尿、腎臓で作られた尿が膀胱まで来ているが、膀胱から出られずにいるのが尿閉、この区別は泌尿器科のイロハのイだという説明のあと、

「尿閉というのはまことに辛いものでして、高齢の男性が前立腺肥大により発症することが一番多いわけですが、その際には尿道からカテーテルを挿入して溜まった尿を出してあげる、これを導尿といいます。男性諸君は想像できると思いますが、導尿というものには相当の苦痛がつきまとう。それでも溜まりに溜まった尿がようやく出て尿閉の苦しみから解放されると、お年寄りは

私どもに手を合わせて、拝むようにして感謝される」
教授の講義はインパクトがあった。それほどまでに苦しいものだとしたら、万一の準備は整えておかねばと思った。それで、男性の導尿に適したチーマンのカテーテルと局所麻酔用のゼリーはここに運んであるのだ。

医療といえば、首都圏の医療機関にはありとあらゆる高額医療機器が遺棄されているはずだ。放射線関係に限ってもCTやMRI、PETといった検査機器、リニアックやベータトロン、古い病院にはコバルト60を用いた放射線治療器がまだあるだろうし、核医学の医薬品もある。ほとんどの装置は電源を喪失してしまえば役立たずの超粗大ゴミだが、例えば超伝導MRIからはやがてヘリウムが漏れ出すだろうし、RI（放射性同位元素）を扱う施設からは放射性物質が周囲にまき散らされる可能性がある。環境汚染をどうするんだ……と考えて、ばかばかしさに笑ってしまう。あたり一帯が半減期2万4千年のプルトニウムに汚染されているのだ、そこに少しばかりの汚染物質が加わったところで誰が気に留めよう？

day 35

上野動物園では動物たちが全滅した。動物たちはそれぞれのねぐらにもぐり込んで互いに寄り添い、あるいは1カ所に固まって静かに死んでいった。

地震そのものではさしたる被害を受けずに済んだ遊園地はスペースを開放して帰宅できずにいる人々を受け入れたが、それがかえって悪い結果をもたらした感がある。風に乗ったプルームが広い敷地全体をすっぽり包み、そのまま停滞して大量の死の灰を落としていったのだ。
今日も地上では強い雨が降っている。だが、どれほどの豪雨が降ろうとも、あるいは颶風が吹き荒れようとも、冥界の王たるプルトニウムはその質量の故に頑としてその場を去ろうとせず、またその化合物は水に不溶であり、地表から洗い去られることも地中に染みこむことも拒んで放射線をまき散らし続ける。

丹沢や箱根山、高尾山や筑波山、いや、いっそ富士山までも切り崩し、被災地を均等に平準化して除染を図ると同時に一大公園墓地にしてしまおうという海野十三ばりの計画がネットですっぱ抜かれている。ゼネコンだけはしぶとく生き残っているようだ。

day 36
北朝鮮からの核ミサイル飛来とか巨大隕石あるいはブラックホールの衝突といった珍説についてはすでに書いたが、日本政府あるいは防衛省あるいは日本原子力研究開発機構の謀略説も根強い。
事故により2００X年5月から運転を停止していた「ひたち」の復旧作業が始まったことは9

年後の201X年5月にひっそりと公表されている。事故というのは実験装置の設計ミスかあるいは操作ミスのため、照射実験用の試料を入れるステンレス製ケースの上部が引きちぎられ、ケースを摑んで移動させる上部機構と呼ばれる移動装置の下面を破損、両者を接続していた6本のピンが原子炉の内側に落下したというもので、上部機構が破損したために燃料棒の交換ができず運転を停止したのだった。総工費50億円を費やし、予定よりも遅れて同年12月には上部機構を修理してどうにかこうにか使えるようにはしたものの、喪失したピンを回収するのにそれからさらに2年を費やしたのだった。

ピンを放置したまま運転を再開することが不可能だったわけは、ピンがどこかに挟まって冷却材である液体ソジウムの循環を妨げると、場合によっては炉心の冷却がうまくいかず原子炉の暴走を招く可能性があるためだった。

さて謀略説というのは東日本大震災の時までさかのぼる。震災当時、福島第一原発で唯一稼働を停止していたはずの4号機で爆発が起きた原因を、東電は隣接する3号機で発生した水素ガスが共通管を介して4号機に逆流したためと説明しているのだが、どうにも嘘くさい。他にも4号機については、定期点検中であったにも関わらず防衛省の赤外線写真で格納容器に熱源つまりは燃料棒が存在していたことが確認されている、とか燃料プールに収容されている燃料棒の本数についての発表が二転三転しているとか疑問点が多い。これらの疑問を説明できる仮説として、4号機では燃料棒を頻繁に出し入れすることにより、ウランから兵器級のプルトニウムを密かに製造していたのではという疑惑が持ち上がっていたのだ。先の大震災によってこの核兵器工場は使用不能に陥ったわけだが、アジアでの覇権を目指す中国に対抗するため、ひょっとしたら米国からの催促もあって、政府は「ひたち」における兵器級プルトニウムの製造に踏み切ったのだ、と謀略説は続けている。

高速増殖炉のシュラウドには核爆弾を製造できる高品質のプルトニウムが貯まることはよく知られている。今回はからずもそれが実証されたわけだ。シュラウド（shroud）・経帷子とはよく言ったものだ。実際に核弾頭までが製造されていたとは考えにくいが、どこかに運び出してテストする予定だった試作品が置かれていた可能性はあろう。

地震の直後にはすでにソジウム火災で相当量の放射性物質が環境中に放出されていたが、続いて起こった核爆発で噴き上げられた量に比べれば微々たるものだ。貯蔵されていた兵器級プルトニウムの量は核爆弾30発分に相当する。そのうちどれだけが現地で爆発し、どれだけが風に乗って首都圏に向かったかは神のみぞ知ることだが、半分と見積もっても十数キロのプルトニウムが飛来したわけである。プルトニウムの半数致死量は吸入摂取の場合13㎎とされているので、ざっと10万人分だ。しかもこれは化学毒性に限った計算だ。すべてが爆発していたら？　局所の被害は甚大だったろうが、人的損害は最小限で済んだだろう。燃え残ったプルトニウムが気化して急速に膨れ上がったこと、さらにはそれが折からの強風に乗ってまっすぐに首都圏に向かったことはまさに悪魔の計算といえよう。

金怪はひたすら喜んでいる。ウランもコバルトも、プルートウさえアトムの朋友だろう？　賑わいは大歓迎だ。終末の金管を高らかに響かせよ。血色素と葉緑素から鉄と銅を取り戻せ。硫黄と水銀から金を、Pbとアルミニウムから銀を、鉄とニッケルから賢者の石を練成して、56億7千万年を踊り明かすのだ。

B.C.35

文化祭のコンサートの夢をよく見る。高校の時はアコースティックギター、大学ではエレキギターを主に弾いていたのに、夢では太くて黒いゴム紐の束に似た、弦だけでできたベースを弾いていることが多い。楽器というよりは大昔に流行ったエキスパンダーのようでトレーニング用品に近い。足で踏みつけて床に固定し、左手で張力を調整しつつ右手で弦をはじくのだ。ステージの上で照明を浴びて、佐藤公彦の「過ぎた時もこれから来る時も」を歌う。キミのことを思い浮かべつつ。間奏は原曲を忠実にコピーしたモリピロ先輩のリードギター。

キミはあのコンサートには来ずじまいだった。卒業試験を控えてすれ違いぎみだった頃のことだ。希望と祈りをこめて歌ったものだ。

過ぎた時もこれから来る時も

今だったら越えられる、君と一緒であれば、と曲は続く。だがキミはどこへ行ったのか？　舞台が暗転するといつの間にかホールの外をさまよっている。空中に浮かび、建物を見下ろす。

県民ホールは廃墟と化している。動くものは見当たらず、風だけが歌い続けている。無数のゴミが通りの向こう側の公園に吹き寄せられ、くるくると相手を探してダンスを踊る。氷川丸は傾き、鳩は死に絶えた。ホールの掲示板を埋めた無数の張り紙。ここよ、ここよ、と密やかに伸びてくる指。放射能で劣化したコンクリートがそこかしこで崩れ落ちる。そして静寂。冷温停止とは全く違った熱量死。

day 38

起き抜けの焦点の合わぬ目で明け方の薄暗がりをぼんやりと見ていたら、視界の右上隅に浮かんでいる物がある。そちらに焦点を合わせようとすると逃げていってしまうので、目を動かさずに周辺視野で捉えようと努める。飛蚊症だ。眼球を満たしている硝子体と呼ばれるゼリー状物質の混濁によって起きるもので、強度近視の場合に生じやすいとされている。ずっと以前からあるもので注意を払わずにきたが、糸屑に似たその形がまるでアラビア語の署名そっくりに見えるのに気づく。

といってもアラビア語の知識はほぼ皆無で、右から左に続けて書くことぐらいしか知らんのだが、ひょっとして意味のある綴りではと考え出すとどうしても気にかかる。まずはその形を明らかにする必要があるだろう

起き出してPCの電源を投入し、画面を覗く。背景が白いと見やすいというので、ワープロソフトを起動して白紙を表示させる。腕組みをしてモニターの後ろを見るようにしていると、そのうちにふわふわと浮かび上がってくる物がある。目を動かしちゃだめだ。しかし、眼球の内側に存在する物に焦点を合わせることができるのだろうか。自分の網膜をのぞき込むくらい難しいことでは？　それでもできるだけ正確にその形をスケッチしてみよう。十字に似ているが、縦の棒がその下端で直角に近い角度で曲がり、向かって右に伸びている。眼球はふたつあるのだから、硝子体の濁りとやらも左右それぞれ別に存在している可能性があるだろう。恐らく両眼で見ているのは左右どちらかの、いわゆる「利き目」の像だ。利き目は確か右だったはず。そう、学生時代の組織学実習で顕微鏡を覗いてプレパラートをスケッチするのが大変だった。手は右利きだから左眼で顕微鏡、右目でノートを見つつスケッチするのが難しく、要領を習得するのに時間がかかったものだ。

右目をつぶり、左目だけでもう一度試してみる。右目と違って焦点をぼかして遠くを見るのがやりづらい。しばらく試みていると、あった、視界のやや上で左寄りのところに一筆で書ける図形。釣り針をひっくり返したよう、あるいはクエスチョンマークの曲線をもっと鋭角に曲げて得

られる形が、視界の底に沈んでいく。
最後にもう一度、両目で試してみよう。右脳と左脳で別々の物を見て、それを重ね合わせるのだ。これまでとは全く違った像が得られるだろうという予感がする。いつの間にか刻まれていた記憶。タイトルを忘れてしまった手塚治虫の短編を唐突に思い出す。船舶事故で海に放り出され、ヒロインの目の前で沈んでいった恋人の姿が折からの落雷で網膜に焼き付けられていて、白いものを見るとそこに現れるというもの。そら、そこに現れた！　今度も十字に似ているが、縦の線が「ノ」の字に似た曲線に変わり、しかもそれが上下に連続している。アラビア語と思ったのは錯覚だった。これはよく知っているはずの言語で書かれたサインではあるまいか。

気がつくとぽたぽたとキーボードの上に温かいものが滴っている。これは血（？）には非ず、どう呼べばいいのか思い出すこともできず、ただ呆然と滴り続けるのに任せている。

day 39
またエレベーターの夢をみる。53階のパーティー会場まで直行するはずのエレベーターに友人の医師たちと4人で乗り込む。最初にエレベーターは自由落下を始め、全員の身体が浮き上がる。その後に急上昇。
「うわぁこりゃすごいGですねえ」

いつも飄然としているヤーマタ先生の声を聞きつつ、全員が床に這いつくばる。それからは例によってエレベーターのかごが建物の外に飛び出して遊園地のアトラクションよろしく上下左右の移動を繰り返すのだが、いつもと違うのは今回のエレベーターが箱というよりも半透明の分厚いプラスチックでできた球形の袋だということで、我々はばかでかいヨーヨーに詰め込まれて誰かに振り回されているのだった。袋の口が開いていたので顔を突き出すと、見知らぬ公園の上を低空飛行中で、子供がこちらを指差し、犬が追いかけてくる。万一袋の底が破けた場合を想定して袋のふちをきつく摑む。やがて袋は再び上昇を始めるのだが、今度はヨーヨーのゴム紐のつけ根にあたる部位から液体が入り込んでくる。液自体は透明だがピンク色の半固形物も混じっていて気味が悪い。気がつくと友人たちは姿を消していて、袋にただひとりで残されている。これは消化液で、友人たちは溶かされてしまったようだ。

しぶきを浴びぬよう袋の壁にへばりついていたらようやく目的地に着いて外に出る。53階のはずがそこは屋上で、床には夜店で売られている類のゴム人形のパーツがたくさん転がっている。そこから好みのパーツを選ぶと変身できるらしいのだが、特撮番組に登場する怪人とおぼしき安物しか見当たらず、適当に見繕って歩き出す。真っ暗い夜空にはプラネタリウムから投影されているかのごとき、くっきりとした星がちりばめられていて見事だ。ここは天国だったんだ、と得心したところで目が覚める。

地上に戻ってきてしまったことが悔やまれた。

格言ふうに呟いてみる。

私にとって夢とは外界全部を合わせたものに匹敵するもうひとつの現実だ。

day 40

インターネットの通信速度は震災直後に比べればやや回復したが、それでもずいぶん遅く感じる。ユーザーが激減してトラフィックは減っているはずだが、回線そのものがあちこちで寸断されて細小化しているのだろう。都心に本拠を置いていた大手新聞社のニュースサイトはろくに更新されず、更新されたとしても載っているのは地方のニュースばかりだ。首都圏の状態は個人のブログやツイッターを追わねば不明だが、それすら大半が北あるいは西を目指して移動中に見聞したことに過ぎず、都心はほぼ沈黙したままだ。

震災直後のツイッターや掲示板のログは携帯やスマホから発信された怨嗟の声に満ちている。プルーム対策のため目張りして冷房を切った部屋に閉じこもり、暑さと渇きに苦しみつつ死んでいった人々の断末魔の叫び。

「水が飲みたい」

「誰か水をくれ」

「マジもう限界。外に出て雨水を飲んでくる」

幸か不幸か水を備蓄していた人々は排泄物の処理に困惑し、飢えに苦しめられ、やがて侵入してきた放射性物質にやられていった。

「どうしよう下痢が止まらん」

「また吐いた」

「一家全滅。オレももうダメかも」

「ごめん、先に逝く」

そして沈黙。沈黙の叫び、静寂の音が世界を満たす。ぎっしりと詰まった静寂に堪えかねて地殻がまた軋み、うめき出す。その繰り返し。

day 41

急性放射線障害による死は被曝線量の多い順に神経死、腸死、骨髄死に大別される。爆心から数キロ圏では熱線による焼死と神経死、東京23区では腸死、横浜あたりでは骨髄死が多かったはずだ。

神経死では脳と脊髄の神経細胞が一斉に発火し、激しい痙攣とともに意識を喪失、そのまま死に至る。青酸カリ服用による死にも似て、死に様は悲惨だが当人は早くから意識を喪失しているので苦痛は最小限のはず。

腸死というのは生殖細胞を除けば人間の身体でいちばん分裂―増殖のサイクルが短く、ために放射線感受性が最も高い腸上皮がやられて死に至るもので、6から8メートルはある小腸の粘膜がごっそりと剝がれ落ちて漿液と血液を溜めた袋と化してしまう。嘔吐と下痢、下血で身体の内側をぶちまけ、いわば裏返しにされて死ぬのだ。映画化もされた傑作SF「海辺にて」ではこのタイプの死が描かれていたと記憶している。停電のためエアコンも扇風機も動かず、場合によっては水道さえ止まり、プルームの侵入を防ぐためドアも窓も閉め切った部屋で汚物にまみれて死んでいった人々の死体から発生する大量の腐敗ガスは随所で爆発と火災を引き起こし、酷暑の炎熱をさらに耐え難いものにしただろう。

骨髄で作られる血球の平均寿命は血小板で10日、顆粒球が2週間、赤血球は120日とされている。全身の骨髄に致死量の放射線を浴びるとまずは出血傾向が現れ、歯肉出血や消化管出血を来す。次いで細菌感染による肺炎や尿路感染、腸炎を経て最後は重症の貧血で命を落とす。緩慢だがノンストップの冥界への直行便だ。

神経死と腸死については治療手段が皆無である。骨髄死については骨髄移植という対抗手段があるものの、施行できる施設はもともと限られている上に、医療スタッフもまた被曝している状況ではまずもって実行不可能だ。危機に際してほとんどの医療者はそれぞれのベストを尽くしたと言っていいだろう。だが、災害はあまりに突然で規模が大きすぎた。血と糞と膿にまみれた死体は盛夏の太陽に照らされて瞬く間に膨張し、崩れ、蛆と蠅の塊に変わっていく。ひとときの間、聞こえてくるのは蠅の羽音ばかり。その蠅もやがては飢えて死に絶え、再び静寂が四辺を制圧する。

day 42

原発を推進せよ、核燃料サイクルを回せと声高に叫んでいた連中はいったいどういう未来を思い描いていたのだろう。技術の力で無尽蔵のエネルギーを手に入れた資源大国？　秘密裏に核兵器を開発し、ハリネズミのように全身を核ミサイルで覆った軍事大国？　そこに至るまでの間、核とのつきあいは過疎地に任せ、万一事故が起きたらさっさと切り捨ててしまえばいいと考えていたのだろうか。真意を糾そうにも連中のほとんどはプルトニウムの郷里に強制送還されてしまった。面倒ごとを周辺に押しつけてふんぞり返っていた中心がごっそり抜け落ちてしまった今、指示を待っているばかりだった周辺もまた途方に暮れている。

そういうお前はどう対処してきたのかと問われれば返答に窮してしまう。選挙のたびに反原発に票を投じてはいたが、この国の針路を揺るがすことは不可能だった。デモには興味を抱いたが多忙を理由に不参加だった。反対の声を上げることはせず、せいぜい愚痴をこぼしているばかりだった。後ろを向いてダチョウのように地面を穿ち、どうにかこうにか身を隠せる巣窟を築いていただけだ。

2万4千年、あるいは4万8千年あるいは9万6千年の後にここを訪れる人はどういった感慨を抱くだろう。それともその頃には人類はすでに絶滅していて、勢いを取り戻した植物が地表を覆い尽くしているだろうか。地中から掘り出されたシェルターを暴き、そこに干からびた死骸を見いだした異星人たちは「卵から出られずに成長し死んでいった」地球人の珍種を持ち帰り、どこかに展示したりするのだろうか。

day 43（第6週1日）

あまりにも馬鹿げたことで、ここに記すのも憚られるのだが、どうやら妊娠しているらしい。高齢妊娠ではあるが、それ自体は別に珍しいことではあるまい。ありふれた現象だ。ただひとつの異常は、妊娠しているのがこの自分自身だということだ。自分の性的アイデンティティーを今まで一度も疑わずにきたというのに。いや、戸籍上の性が男性で、男性として育てられ、自らも周囲も男性であることを疑わずに今日に至ったというだけで、実のところは女性だったのだろうか。染色体検査は未経験だし、今ではもはや検査機器も入手不能であるから、確認もまた不可能だ。あるいは外側が男性、内側は女性といった性分化異常症だったのでは、とも思ったが、超音波で調べるかぎり、骨盤部に子宮や卵巣といった女性性器は見いだせぬ。

検査用のゼリーにも限りがあり、やたらと繰り返すことは不可能だが、もう一度だけ確認してみようか。あまり気持ちのいいものとは言えぬが、今度は直腸から調べてみることにする。その方が解像度の高いくっきりとした画像を得られるからだ。超音波検査装置の端子、プローブと呼ばれる棒状の機器にコンドームをかぶせ、たっぷりとゼリーを塗りたくってそろそろと肛門から挿入する。気分は倒錯者。プローブを囲む風船に温めておいた生理食塩水を注入してふくらませ、直腸壁に密着させると、直腸周囲の画像がモニター上に映し出される。

……あった。前回と同様、6時の方向、仙骨の前面にそいつはへばりついている。膀胱越しにスキャンした時よりもはっきり見える。胎嚢と呼ばれる、液体の入った楕円形の袋だ。水のたまった袋というだけであれば、可能性はいくらでも考えられる。ある種の奇形だとか、神経や腸管由来の嚢胞というやつだ。だが、こいつは違う。袋の一部が規則的に動いているのだ。自身の鼓動とは無関係に、それよりもずっと速く。これは明らかに心臓の拍動だ。

胎嚢のサイズを計測する。標準的発達を記した表と照らし合わせて、2ヶ月の胎児ということが判明する。受胎の時期はちょうどこのシェルターに閉じこもり始めた時と一致する。もちろんこいつが人間の胎児だったとしたらだが。

day 44

ところで、男が妊娠する物語というのはあっただろうか。「乳房と化した男」とかいう小説があったし、親指がペニスに化ける物語もあったが、男の妊娠というのは処女懐胎ぐらい、いやそれよりもさらに珍しい事例じゃあるまいか。そういえばシュワルツェネッガー主演のコメディーがあったか。あるいは「パタリロ！」でマライヒがバンコランの子を宿していた。「イブの息子たち」というマンガもあったが、連中はどうやって繁殖するのだったか……

いや、映画やマンガはともかく、生物学的に男性が妊娠するしくみというのがどうあっても理解不能だ。この胎児は明らかに腹腔に位置している。子宮外妊娠の一種で腹膜妊娠というのはあるが、胎盤が形成されぬ故に妊娠の継続は不可能で、やがて大量出血とともに剝がれ落ちる運命とされている。そういう末路を辿るのだろうか？

そもそも妊娠のためには受精が必要だし、受精とは精子と卵子の結合だ。そりゃ精子は自前のものがいくらでもあるが、どこからどうやって腹腔に入ったんだ？　女性と違って男の腹腔は外界から隔絶された閉鎖環境だ。百歩譲って、例えば輸精管の裂け目から腹膜の裂け目を通って自前の精子が自らの腹腔に迷い込んだとしても、そこにいるはずの、白馬の騎士を待ちつつ眠るお姫様は留守だ。空っぽ、無、不在。それとも気まぐれに減数分裂を起こして卵細胞に変化してくれるご都合主義の細胞がおれの腹腔に巣くっていたとでもいうのか？　どこでどうして生き延びていた？

例えば停留睾丸というものがあったとしても、睾丸から卵子がぽんと排出されるとでも？　そりゃ新手のホラーだろう。

day 45

朝は日の出と共に目を覚ます。地上が晴れていれば集光器から降り注ぐ太陽光がうっすらとシェルター中を照らしてくれるし、雨や曇りであれば蓄電池からの電力供給を受けて天井のLEDが点灯する。パジャマ代わりの肌着からトレーニング用のシャツと短パンに着替え、今朝も壁際に据え付けた自転車のサドルにまたがる。運動不足解消と発電のためにきっかり30分間、心拍数130回／分を維持して自転車を漕ぐ。運動後は汗を吸ったシャツを脱ぎ捨て、バスルームでざっとシャワーを浴びる。排水はすべて簡易濾過器を通して再循環させるので、石鹸やシャンプーは基本的に使用不可。肌着は1週間ずっと着続けて、日曜日に洗濯する。この時だけは重曹を主成分とする洗剤を使う。

朝食は豆乳と蜂蜜をかけたシリアルとビタミンのサプリメント。食料はすべて長期保存できるものを買い込んである。

食器を水洗いして乾かしたらPCに向かってニュースをチェック。その後は日課の翻訳作業を淡々と続け、途中に筋トレとエアロビクス。シェルターを縦断するベルト状の走路を黙々と走ったり歩いたり。午後は音楽を聴いたり電子書籍を読んだり、時には軽く昼寝。震災前には想像もできかねた優雅極まる生活。日が暮れたら晩酌して早々に床に入り、夢シアターの上映を心待ちにする。今晩はどこで誰に会えるだろうか、思いのままとはいわぬまでも、可能性は無限だ。

day 46

深夜にまた余震。シェルターは耐震構造ではあるが、揺れを軽減する仕組みはほとんど有しておらず、地面と同程度には揺れる。いちおうコンクリートの基礎の上に載せてあるとはいえ、盛大に地割れが生じたら基礎ごと地中深くに飲み込まれてしまうだろう。そうしたらもちろん一巻の終わりだ。外気を取り入れるための配管がやられたら、ここはそのまま球形の墓と化す。墓標を持たぬ無縁墓。

最初の揺れに見舞われた時には、今はもう吹き飛ばされてしまった我が家の2階にいた。家全体が二重跳びを繰り返しているかのごとき縦揺れのすぐ後に、立っておられぬほどの横揺れが襲ってきた。無意識のうちに地震を予期していたのだろうか、ずいぶん以前から蔵書の電子化を進めていたので、書架が倒れてきて大量の医学書に埋まる、といった目には遭わずに済んだ。引っ越し前のマンションだったら、と思うとぞっとする。仕事部屋の壁面にはぎっしりと書架がはめ込まれ、そこに大量の医学文献のコピーとやたら重たい専門書、さらには過去の画像データを収めたCD-ROMが所狭しと陳列されていたのだ。音楽のCDやら映画のDVDもやたらと多かった。

それでも固定してあった書架から確定申告関係の伝票を収めたファイルが落ちて散乱し、立てかけてあったウッドベースが倒れてきた。その上、伸び放題だった観葉植物の鉢が床に落ちて土をぶちまけたのだった。

我が家の被害はその程度で済んだが、都心の状況は最悪だった。通勤ラッシュのピークを襲った直下型の大地震、といえばある程度想像がつくだろう。山手線では満員の乗客を詰め込んだ列車が高架から転落し、乗客の40％が圧死した。信号の故障と事故のため交通は麻痺し、身動きのとれぬ車の列からはドライバーが這い出してアリのようにぞろぞろと歩き出す。盛夏の朝ということで火災は少数だったはずだが、出動した消防車はじきに進退窮まってしまい、火は倒壊した建物を飲み込んで延焼し続けた。

２０１３年に発表された首都直下地震の被害想定では火事２千カ所、41万棟が焼失し、倒壊した建物に閉じ込められる人は５万８千人、エレベーターに閉じ込められる人が１万１千人、帰宅に困窮する人は８００万人と推定されていた。これらの推計は概ね正しかったといえよう。死者は最大で２万３千人とされたが、これは桁が違っていたようだ。倒壊した建物、止まったエレベーターそして麻痺した交通のせいで首都圏に閉じ込められた人々の大半が放射能にやられたからだ。実態は誰も知らず、数千年、数万年後まで究明されずに終わるだろうが、１千万人以上が死に絶えたのではあるまいか。

B.C.20

式は挙げずじまいだ。会社から貸し与えられているキミのワンルームマンションに転がり込み、そのまま同棲を始める。キミが仕事に出かけている日中は持ち込んだノートパソコンで自分の仕事に励む。夕方には部屋をざっと掃除して近くのスーパーに買い物に出かけ、レシピ本と首っ引きで夕食を作る。といっても、ただの電熱器が1台据え付けてあるきりのミニサイズのキッチンで、ままごとじみた料理を手探りでやっつけるだけだが。酒は主に缶ビールを毎晩ふたりで競うようによく飲む。空き缶で膨れ上がった40リットルのゴミ袋を持ってエレベーターに乗り、マンションの地階まで運ぶのがいささか恥ずかしい。

食事が済んだらシャワーを浴びるか近くの銭湯に赴き、帰ったらちゃぶ台をしまい、折りたたみ式の簡易ベッドを広げて、引っつきあって横たわる。生理の時以外は日課のようにセックス。ベッドは狭く、部屋は寒く、とれる体位に限りがあるが、飽きもせずに互いのからだを検分し合う。勃起した男根を柔らかくした女陰に挿入し、摩擦しあって互いに果てる。ただそれだけの行為にどうしてあれほど没頭できるのだろう。ともすると四六時中セックスのことばかり考えている。依存症と言っていいくらいだ。今でもきっとそうだろう。

day 48

就寝前にはグリシン大さじ1杯、約3グラムをコップ1杯の水に溶かして飲む。グリシンは最小のアミノ酸であり、甘味があるゆえに「甘い」という意味のギリシア語 glykys から命名されている。サプリメントとして市販されているものはグレープフルーツ味に仕立てられているが、ここに保管してあるのは食品添加物として売られていたもので、無香無着色だ。甘すぎて飲みにくいと感じたらクエン酸を少々加えて酸味をつけよう。1回分あたりの値段はサプリの10分の1以下で済むはずだ。1キロ入りを3袋用意してある。ざっと1000回分、3年近くもつ計算だが、長期保管が可能かどうか。

どうしてグリシンかというと、こいつを服用すると末梢血管が開いて皮膚表面の血流が増加し、その一方で深部体温が低下するのだそうで、この深部体温低下が熟眠をもたらしてくれるのだという。わりとすぐに眠りに落ちはするものの、深夜に目覚めて眠れず考えごとにふけってしまうというパターンを改善したくて飲み始めたのだが、一定の効果はある。睡眠導入剤代わりに試してみた漢方薬よりも安価で効き目があると感じる。

眠りの質といえば目覚めた時の爽快感も大事だろうけれど、一番気にかけているのは夢の深度だ。できるだけ深い夢を見たい。深い夢というのは人類の集合的記憶の根っこに引っかかる、没個性的、無時間的かつ意味深い夢だ。限りある人生の、一晩に1回からせいぜい数回しか上映されぬお宝映像だ。ありきたりの安っぽい夢で満足していたら、あっという間に人生終わってしまう。そうだろう?

……にしても今朝の夢はひどかった。足の裏の皮膚が少しめくれていて、そこを引っ張るとぺりぺりと剝がれる。おもしろがって剝がしているうちに、皮膚片はどんどん巨大化し、ついにはフカヒレを連想させる半透明の物体がらせん状にほどけ出し、みるみるうちに深くえぐれてしまう。痛みは少しも感じず、むしろ快感すら覚えるほどで、このまま続けていくと惨事に至るという予感があるのだが、それでも止めることは不可能だ。足の裏だったはずがいつの間にか尻に変わっていて、自分の肛門がアリジゴクの巣に似たすり鉢状の深い闇と化していくのを真上から俯瞰している。肛門をふさいでいたすべての皮膚片を取り除いた時、闇の底から団子のようにころころした糞塊が現れる。それすらも取り除き、憑かれたように闇を広げていくうちに体はすべて裏返り、皮を剝きすぎたラッキョウよろしく消滅してしまう。闇を凝視する目だけ残して。

day 49

このところ昼は毎日蕎麦を食っている。前の震災で不安と焦燥に駆られて以来、血圧が上がってしまったのだが、いわゆる降圧剤は使わずにどうにかこうにか血圧を正常域に維持すべく努力してきた。その一環が蕎麦を食うことである。今回のカタストロフィまでは箱買いした乾麺をゆでで、刻み海苔を振りかけてざるそばをこしらえていたが、麺をゆでるために毎日大量のお湯を沸かすのが惜しいので、ここにはカップ麺だけを置いてある。飽きが来ぬよう数種類のカップ麺を備蓄してあり、日替わりでカップ蕎麦を食い続けているのだ。地上はまだ暑さが残っているようだが、さいわい地中では年間を通じて温度の変動幅が小さいから、熱々のカップ麺をすすったところで多少汗をかく程度で済む。今日は「茨城けんちんそば」にしよう～IBARAKIも

FUKUSHIMAと同様、今では世界中の誰もが知っている地名だ～湯は光ファイバーで地上から採り込んだ太陽光を用いてソーラークッカーで沸かす。カップ麺の容器が溜まる一方というのが少々問題だが、重ねておけるから備蓄されていた時よりも体積は減る計算だ。食料庫の一部がゴミ置き場に転換されていくだけのこと、と割り切る。

食事にはチタン製の箸を使う。少々値は張るが、耐久性を考えれば安いものだ。割り箸は論外だし、普通の塗り箸は意外と端が欠けてしまいやすい。スペアを複数用意するよりは、一膳を年余にわたって使い続ける方がいい。モノの置き場所は限られているのだから。

day 50

外気温18度。血圧140／90mmHg。体重64kg。

はじめて嘔吐する。すわ被曝かと慌てたが、空間線量計の数値は動いておらず、警報は沈黙を保っている。プルトニウムによる汚染だとしたら検出は難しいが、フィルターは正常に作動しているのでその可能性は低い。しばらく考えてようやく悪阻《つわり》という可能性に思い至る。そういえばここ数日、普段より食欲が落ちていたし、食べ物の匂いが妙に気にかかっていた。麺類はどうにか喉を通りそうだが、パスタや蕎麦ではだめだったので食料庫をかき回して見つけた讃岐うどんを食うことにする。出汁のきいたつゆは匂いが強く吐き気を催すので、釜揚げうどんに生醤油を少しだけ垂らしてかき込む。やたらと眠気に襲われる悪阻もあるそうだが、今のところその兆しは見えず、体重は微増傾向に留まっている。

モニターは見渡す限り篠つく雨。プルトニウムの原子番号は94であり、白金よりも蒼鉛よりも重い。豪雨で地上に川ができようともその場に止まり、水に溶けて地中に染みこみもせず、ただじっとα線を放出し続ける。そのおかげで地中に埋めたシェルターが汚染されずに済んでいるわけだが。

放置されたままの無数の死体はどういう状態だろう。屋外であればこの雨で腐肉は溶け落ち、骨は漂白されていくのだろうか。オフィス街では？　地下ホームでは？　まだ生き延びている人はいるだろうか。

day 51

どうしてかくも辛気くさい文章を書き続けているのだろう。誰かに読んでもらえることを期待している？　だったらハードディスクに記録するだけに留めず、プリントアウトしておくべきだろう。紙の束を持ってここを出るのが面倒だったら、ファイルをＵＳＢメモリにでも落として持参すればいい。そもそもインターネットは使えるのだから、日記あるいはブログとして公開すればアクセスされることもあろうし、コメントしてくれる人だっているだろうに。

怖いのだ。反響が、というよりも反響が皆無だったらと考えると怖くてすくんでしまう。実はこの世界に生き残っているのは自分ひとりではあるまいか、とか、あるいは逆に核汚染が実際には極めて限定的で、この地域だけの問題に過ぎぬのでは、とか考え出すと堂々巡りに陥ってしまう。
メールの問題もある。震災以後、どういうわけか日本語のメールがすべて文字化けして判読不能のままだ。親戚、友人知人と連絡が取れずにいる。だがこれとて対処法はわかっている。こちらからのメールも文字化けしているのであれば、ローマ字か英語でメールを送り、先方からの通信文も同様にしてもらえばいい。テキストファイルの添付を試してもいい。それもだめだったら印刷した文書をスキャンするか写真を撮って画像化し、添付文書にする、あるいはペンや指で直接入力できるアプリを使う……方法はいくらでもあるのに、一歩を踏み出せぬまま内向きの文章を綴るばかりだ。

day 52

胎児らしきものは順調に発育している。今までのところ、ほぼ通常の妊娠経過通りに増大しているし、超音波で観察できる範囲に奇形は見当たらぬ。正常妊娠と言いたいところだが、これほど奇天烈極まる状況はあり得ず、どう表現すればいいのか苦慮してしまう。最終月経（未発来！）から起算することができず、このまま継続できるとも思えぬのだが、いちおう出産予定日を計算してカレンダーに印をつけてみる。逆算すると、受胎日はこのシェルターに逃げ込んだまさにその日だ。まるでここが子宮で、自分自身がそこに迷い込んだ精子みたいに思えてくる。

さてこいつをどうすべきか？　といっても、選択肢は限られている。堕胎は危険すぎるしそもそも開腹手術が必要だ。自分で自分の腹を裂くわけにもいくまい。といってこのまま放置し続けるのも危険すぎる。出産予定のリミットを過ぎた胎児は外に出してやらねば死んでしまうだろうし、さすれば出血や腹膜炎は必発だろう。宿主の命にも関わる。要するに、予定日までにここから出てどこかで手術を受けぬかぎり、ともに生き延びるのは不可能ということだ。

結論を出すまで、猶予はおよそ２００日。

day 53

有酸素運動は自転車漕ぎで十分だが、自転車だけでは上半身や体幹の筋肉が衰えてしまう可能性があるため、毎日筋力トレーニングを欠かさぬよう心がけている。一畳分のスペースがあればできる全身のストレッチをまずは行う。肩、手首、頸部のストレッチのあと体幹をひねり、両手を背後に回して握手を試みる。その際にも無理は禁物だ。けがの治療に使える薬も材料も限られているからだ。その昔、バランスを崩した体勢から横ざまに移動しようとして太ももの内側にある太い筋肉の断裂を起こしてしまったことがある。たかが筋断裂と思ったが、あの時の痛みは想像を絶するものだった。歩行のたびに痛みが走るし、寝返りも不自由だった。しかも、筋肉の修復が進むにつれて、運動時の痛みに安静時の痛がゆさが加わるのだ。かゆみを生じているのは皮膚の下にある筋肉だから、皮膚をかきむしったところでさしたる効果が得られず辛かった。ここであいったことが起きたら、苛立ちのあまり地上に飛び出してしまうかも知れぬ。

筋トレ用品はいくつか持ち込んである。ハンドグリップにブルワーカー、ダンベルといった類だ。でも基本は自分の体重を利用した反復運動だろう。懸垂、腕立て伏せ、腹筋に背筋そしてスクワット……筋肉というものはバカ正直で、負荷さえ適切であれば少しずつだが着実に肥え太る。昔観た「オールドボーイ」という韓国映画（その後ハリウッドでもリメイクされたようだが）は10年間監禁されていた主人公がその間テレビを見つつトレーニングに励んでマッチョに変身するといったストーリーだったと記憶している。あるいはもっと昔の「タクシードライバー」とか「レオン」とか、筋肉増強譚というやつはそれこそ血湧き肉躍る快感を呼び起こしてくれる。愚かしいとは思いつつも、日々増大していく力こぶを愛でるのは気分がいい。そうだ、ネットから「ロッキー」のテーマを引っ張ってきてBGMにしよう。

いずれ腹が出てきたら腹筋を続けるのは難しいだろうか？　経膣分娩だったら腹筋を鍛えておく必要があるが、開腹手術にはむしろ邪魔だろうし……

day 54
観葉植物を準備し忘れたのは失敗だった。環境に緑があるかどうかで精神の安定度が相当に違ってくるだろうに。思案の末、もやしの栽培用に購入しておいたマメを育てることにする。濡らしたティッシュペーパーに撒いておけばやがて発芽するだろうけれど、問題はその後だ。ここでは土を入手することが不可能だ。上下前後左右360度を土に囲まれているというのに、その土を掘り出すのが難しいという矛盾。バチスカーフの乗組員が深海の水を手に入れること能わず、あるいは宇宙ロケットのパイロットが窓の外を漂う未確認発光物体を手に取って確かめられずにいるのと似ている。シェルターの出入り口にはマンホールそっくりのハッチがひとつあるだけで、あとは完全に密封されているのだ。だからこそ直下型地震の揺れにも、至近距離で生じた核爆発にも持ちこたえたわけであるが。

土が無理とくれば水栽培だろう。マメを固定するメッシュと水を入れる容器、あとはいくばくかの栄養素があれば、もやしくらいだったら育ちはしまいか。そう思ってネットで検索すると、あったあった、最もたやすい方法だと「毎日数回水洗いするだけ」でもやしが採れるようだ。これだったらここでも作れる。本当は遮光して育てるのだろうが、食用兼観葉植物でもあるので、集光器の下に置いて光を浴びせよう。少しうきうきしてきたぞ。

day 55

もともとこのユニットは宇宙空間における長期滞在用に設計されたものらしく、無重力状態で球形の壁面を最大限に利用できる仕様に誂えられている。要するに上下前後左右、全方向が同一の造りであるのだ。家具の類はすべて壁面に固定されていて、その上に置かれたものもマグネットあるいはベルクロテープで固定できる。テーブルと椅子を固定したユニットの対面にはエクササイズ用の自転車がくくりつけてある。食事を終え、食器を片付けたら帯状の通路を歩いて自転車に向かう。リスの檻で動く車輪のように、実際には歩行動作にあわせて円筒形の壁面がすべり出し、自転車のところに辿りつく頃には、椅子とテーブルは頭上に移動している。ひとしきり自転車を漕いだ後、たとえばシャワーを浴びたかったら自転車と直行する通路に乗り換えて、円周の1／3だけ移動すればシャワーブースに辿りつく。円周上の他のポイントにはトイレと洗面所が設置されているという寸法。

いずれの設備もモジュール化されているから、やろうと思えば模様替えもできる。デスクの反対側をトイレにしたっていいし、自転車とシャワーブースを隣接したってOKだ。そのままだと区別しづらいから壁面を色鮮やかに塗り分けてみよう。一度ばらばらに分解して、それをひたすら組み換え続けているといつか元に戻る。身体もモジュール化されていたら便利だろうに。頭をへその位置に移動し、右手の先に左足をくくりつけ、ペニスを耳から生やしたり背に目玉を取り付けたり、ボッスの絵に登場する怪物よろしく、寓意に満ちた存在と化すのだ。トポロジーと幻想四次元解剖を駆使して、そう、例えば臍孔を大きく広げたり、鼠径管から手を突っ込んだりして存在し得ぬはずの胎児を探す。見つけたらお白洲に引きずり出して尋問する。

「その方、姓名を申してみよ」

（まだありません）

「答えよと言うておる」

（口と肛門の区別もできておらず、答えようがありませぬ）

「えい、この物に罰を与えよ」

（存在せぬものに罪がありえましょうか？）

「存在を容認するだけで十分じゃ」


これが罰だとしたら、どういう罪が犯されたのか？

day 56

虫歯予防には万全の注意を払う。自己治療は不可能だし、直近の歯科医はおそらく100キロ以上先だろう。万一虫歯をこしらえたら？　鎮痛薬のストックはすぐに底をつくだろうし、虫歯とは自然治癒の起こり得ぬ悪性腫瘍にも似た疾病だ。局所麻酔薬は用意してあるから、いざという時には自分で抜歯する覚悟はあるが、その場合には敗血症の危険が生じる。やはり虫歯は予防が第一だ。基本的には砂糖さえ摂らずにいれば防げるはずだから、砂糖の使用を控える。調理には砂糖は用いず、みりんも最小限にとどめ、どうしても甘味が欲しければ蜂蜜を使う。本物の蜂蜜には抗菌作用があるからだ。

甘味としてドライフルーツをいくつか蓄えてある。レーズン、干しアンズ、イチジク、リンゴそれからミバショウ、これらは砂糖抜きのものを比較的容易に入手できた。他にもキウイ、マンゴー、オレンジ、みかん、イチゴといったものが売られているが、どれも砂糖入りだったので購入を思いとどまる。果物といえば西瓜が大好物だが、当分口にすることはできまい。

食品の流通はどういう状況だろうか。この国は北と西に分断されてしまい、両者の行き来は難しい。人口がだいぶ減ったとはいえ、生き延びた人々は食料を自給できているのだろうか。東京あるいは千葉、川崎、横浜、横須賀といった港湾が機能を停止している今、食料の輸入も大幅に低下していることだろう。ここで気を揉んだところで些かも役立たぬことは重々承知しているけれど。

常温で長期保存できる牛乳のストックがまだあるので、ボウルに混ぜ入れたドライフルーツにたっぷりと注ぎ、蜂蜜をたらせば豪華デザートの出来上がりだ。長期保存といっても恐らくは半年が限界だろうから、それまでに使い切ってしまわねば。そこから先は賞味期限2年の豆乳缶がある。その先は？　粉末ミルクもあるにはあるが、それまでにはここから脱出しておかねば。

干しイチジクはやたらと大きいのでボウルには入れず、直接手に持ってむしゃむしゃと囓る。こういうのはたいがいトルコ産だ。イチジク、ザクロ、アンズと書いていると千一夜物語の世界が眼前に彷彿としてくる。イチジクは無花果と書くが、可食部分の内側にぎっしりと詰まっているのは小果と呼ばれるもので、実際にはこれが生殖器官そのものである。隠頭《いんとう》花序《かじょ》というらしいが、実に意味深だ。内向きに咲き、こぼれること能わぬ花弁。インプロージョンによって開花する原子爆弾を連想させはすまいか。あるいは聖書においてイチジクはしばしば来るべき終末との関連で語られる。その形状が子宮を連想させるせいか、中世では女性のシンボルとして用いられたとも聞く。倒錯の森というサリンジャーの短編をふいに思い出す。原題は"The Inverted Forest"。イチジクは"inverted flower"いや、樹木だから"inverted blossom"と呼べるだろう。反転した性としての女性。外にある精巣と内にある卵巣。ここにもまた水滴と泡粒の関係。原爆―終末―子宮とくれば、いやでも連想は胎児の存在へと向かってしまう。こいつははたして実を結ぶだろうか?

B.C.25

酷暑の季節にはしばしば軽井沢を訪れる。ふたりとも車の運転は苦手だったから、いつも特急を利用する。ペンションに泊まり、自転車を借りて近所を走り回るだけのお気楽避暑。キミは卓球、おれはバドミントンぐらいしか経験しておらず、テニスコートとは無縁だった。キミが前の座席でふたり乗り自転車にまたがった構図が脳裏に浮かぶ。当時流行の濃いサングラスのせいで表情が隠されている。漕ぎだしがうまくいかず、危うく転びそうで、後ろから来た車のクラクションを浴びる。スポーツ万能のキミがふふんと笑ったようで、赤面してしまう。林を走ると汗が引いていく。目的地を決めずにぐるぐる走り回っているだけでも結構楽しい。日差しは強くてすぐに腕がちりちりと痛む。日焼け止めというものはまだ出回っておらず、肌を保護するという発想すら未詳の頃。キミの髪からかすかに柑橘類の香りが漂ってくる。もしかしたら汗のにおいも。どこか喫茶店にでも寄って、白くて小さいテーブルに差し向かいで座って、冷たい飲み物を頼んで、それからどういう話題を切り出そうか。ほら、もうすぐ広い道に出る。

……どこもかしこも都心から逃げてきた車で溢れかえっている。水も食料も不足している。別荘はどこも窓を破られ、不法に占拠されている。遅れて自転車で、また徒歩で脱出してきた人々が到着する。先に着いた者たちとのいざこざ。空はどんよりと暗く、今にも死の灰が降ってきそうだ。ぽつり、と雨粒がシャツに落ち、黒い染みをつける。恐怖に顔を引きつらせて軒下に逃げ込む。暗がりからこちらを凝視している目目目目目目目。避暑地とはいえ、エアコンも扇風機も取り去られた部屋に詰め込まれた人間たちは饐えた匂いを発しつつ過熱していく。

ここからどこへ？　水と食料、ねぐらを求めて漂うばかり。ふたり乗り自転車を抱えて、パンクしたら徒歩で。どこかに定住できる場所、受け入れてくれる土地はあるだろうか？

day 58

酒は貯蔵スペースの関係で蒸留酒のみに限られる。ジンとラム、ウオッカにウィスキー。オンザロックあるいは水割りで少しずつ飲んでいたが、きっぱりと断つことにする。ただでさえまともに育つかどうか怪しい胎児に悪影響を与える可能性は徹底的に排除せねば。

そう思って飲まずに寝たら深夜に目が覚めて明け方まで眠れずにごろごろしてしまう。動悸と寝汗、たぶん血圧上昇。アルコール依存症患者さま御用達の「リダツ」、離脱症状だ。幸い幻覚や妄想には苦しめられずに済みそうではある。無自覚というだけかも知れぬが。

学生時代にドヤ街の診療所で事務当直のバイトをしていた。簡易ベッドを10床ほど置いた狭い病室はいつも行き倒れた労務者で満員だった。ある日の夕方、患者が救急車で運ばれてくる。

サイレンの音が近づき、診療所の玄関へ続く細い路地の入り口で途絶える。そのまま無音で走ってきた車が止まると、事務長が目顔でついてこいと合図し、後を追って走る。バンの後部ドアが開き、救急隊員がストレッチャーを下ろすのをふたりで手伝う。40代の男性。3日前から食物を一切口にせず連続飲酒。今朝から酒も喉を通らず昏倒しているところを同宿者が発見し通報。短い業務連絡の後で救急車は立ち去る。サイレンを止め、回転灯を消したまま。

「ほら、立つぞ」

作業服を着ていたら現場監督といっても通用する、ごま塩頭の事務長はうずくまっていた男の両脇を抱え、玄関脇の水道へ引きずっていく。男は目をつぶったままかすかに呟いている。伸びた髪がべったりと額に貼り付き、土気色のこけた頬には無精ひげ。全身から独特のにおいが立ち昇る。すえた汗のにおい、というよりもすでにアンモニア臭。茶色と黄色のだんだらに染まった歯の間からは糖尿病患者特有のアセトン臭。

「バリカン持ってこい！」

看護婦長が巨体を揺すって現れ、プラスチックの洗面器らしきものを手渡す。待っている間にハイライトに火を点けた事務長は洗面器からバリカンを取り上げ、くわえタバコのまま無言で男の頭を刈り上げる。わざとやっているかのごとき虎刈り。バリカンを放り出し、タバコの灰を落とし、婦長とふたりで手早く男の服をむしり取って素っ裸にしてしまう。どうするのかと目を見張っていると、今度はホースからじゃばじゃばと水を出して刈った髪を洗い落とし、ようやく目を開けた男が抗議の叫び声を上げるのにも構わず、全身の垢をこすり落とす。男は今や作業用のゴム製ブーツを履いているきりだ。

「脱げ」

「脱げねえんです。履いたっきりだったんで」

男はおびえたように首を振る。ドヤ住まいだったはずだが、靴を履いたまま寝起きしていたのだろうか。

「いつからだ？」

「は、半年くらい前から」

事務長は舌打ちしてタバコを吐き捨て、ブーツを無理矢理脱がそうとする。引っ張るのを手伝うが、むくんだ皮膚がブーツの縁からはみ出していて、隙間に指を入れることも難しい。元々は黒かったはずのブーツは雨に晒され陽に焼かれて白茶けており、ぬるぬると滑って扱いづらい。

「ハサミ！」

オペ室の外科医よろしく事務長が吠え、婦長がどこからかブリキ鋏を調達してくる。いいコンビだ。こじ開けた隙間からじゃきじゃきと一気に切り下ろし、両手で引き裂かんばかりにブーツを脱がせた瞬間、さすがの事務長も顔をしかめてのけぞる。そこに現れたのは人間の皮膚とは似ても似つかぬ代物。陽にあたらず汗に蒸されて白くふやけたくず餅のごとき肌は抽象絵画のキャンバスよろしく色とりどりのカビが領土を争う戦場と化し、そこからぽつぽつとか細いすね毛が生えている。パンや餅でよく見かける赤、緑、黒、白、褐色、オレンジや紫に近いものまで、もちろんそこにはいわゆる水虫、白癬菌も混じっていることだろう。事務長は無言でもう片方のブーツも脱がせ、カビ取りは諦めたのか軽く水をかけただけで水道の栓を閉め、すぱすぱと気短にタバコをふかしつつ急ぎ足で退場する。

そう、酒飲みの末路とはああいったものだった。

day 59

悪阻もすっかり治まったところで栄養が偏らぬよう、夕食の際はできるだけ多種類の惣菜を摂るよう心がけている。といってもレトルトの保存食ばかりだが。玉こんにゃく、キノコ、山菜、タケノコ、ゴボウ、根菜の煮物、大和煮といった和風惣菜、あるいは餃子に焼売に春巻、角煮やチャーシュー、搾菜そして春雨といった中華風惣菜、時にはカレーやシチュー、ボルシチにビーフストロガノフ、ポトフ、グラタン、ピラフ……とにかく手を変え目先を変え、飽きずに食べ続けられるようローテーションを組む。もちろん缶詰も豊富に取りそろえてある。鯖の水煮に味噌煮、鰯と鮪のオイル漬け、鮭の背骨、秋刀魚の蒲焼き、それから今や貴重品の鯨の大和煮。

時には刺身や生きのいい野菜を食べたいと切に思うが、ここに囚われているかぎり入手は不可能だし、恐らくは外の食料事情も似たり寄ったりだろう。北海道や九州に渡ればありつけるだろうが、北海道への入国（いずれ独立を宣言するだろうというもっぱらの噂だ）は厳しく制限されているし、そこに至るまでの交通網はずたずただ。ガソリンの輸入はストップしたままだし、そもそも運送会社だって大半が首都とともに消滅してしまっただろう。

レトルト食品は湯煎で温め、キッチン鋏で封を切る。包丁はあるが使用頻度は極端に低い。けがが怖いからだ。今日のメインディッシュはレトルトのおでんだが、それだけでは淋しいので、通販で買ったほうれん草の缶詰を開けてみる。うわぁ、これは……緑というよりもかすかに緑がかった褐色のぐちゃぐちゃのべちょべちょ。これをそのまま食べろというのは無理だろう。麩と一緒に味噌汁にしてみるか。

「旨し糧を」

写真を飾ったあたりに目配せし、手を合わせて呟いてみる。見ようとしても見えぬ誰かの写真。そこにあることはわかっているのに、視線を向けると視界の外へ立ち去ってしまう逃げ水。陽炎、蜃気楼、海市、ファントム、幽霊あるいは飛蚊症の呪符。

day 61

妊娠に気づいた頃、つまりこの閉じた世界にありうべからざるものが存在していることに気づいた頃から、この世界から欠落しているものがあるということにも思い至った。いや、欠落しているものが「ある」というのは形容矛盾だから、あるものの不在あるいは非在（反在だとしても無在）に気づいたというべきだろう。例えてみれば「ド」の鍵が欠損したピアノの演奏を聞かされているみたいに、あるいはキーの抜け落ちたタイプライターで打たれた小説を読んでいるように、居心地が悪いのだ。「残像に口紅を」というよりはジョルジュ・ペレックの「消失」（日本語訳のタイトルは『煙滅』だった）に近いだろうか。あるいは昔流行った吉田拓郎の歌の一節を言い換えて：

どれかが欲しいオイラ
それがどれだかわからねえ
だけどどれかが足りねえよ

という感覚。ここでの問題は世界から欠け落ちてしまったものを、その世界に包摂されている人間が知り得るか、ということだ。その世界とは未知の、不可知の秘密だらけの世界。そこら中がブラックホールだらけで、ホールに落ち込んだものは痕跡も残さずに消滅してしまう。これはあるいは記憶の問題かも知れぬ。忘れてしまったものを思い出せず、忘れてしまったという事実だけを覚えている状態。認知症患者の絶望や焦燥感が少しだけ理解できた気がする。とはいえ、もうひとつ歌を思い出した。

　例えばおれはアホウドリ
　例えばおまえは忘れ貝

喪失したものを思い出すのは「真紅の潮が満ちるとき」らしいが、それはいつ訪れるのだろうか。

ヒントらしきものはいくつかある。たとえば縦横に組み替えられるパズルにも似たこのシェルターで唯一の不動点であるエアコンの真下にしつらえた祭壇のごときスペース、そこに貼られた数枚の写真。どれにも自分が写っているのはいいとして、その横には理解に苦しむ空白があるのだ。そこには誰かが、あるいはどこかが写っているはずであるのに、目を凝らしても見えるのは空白だけ。空白と書いたが、消しゴムで消したみたいに印画紙の白い色が見えているにはあらず、といって背景が透けて見えているのとも違う。見えているのは「不在」そのものだ。欠落したピースを見つけようと目を凝らせば凝らすほど全体が曖昧模糊としてくるジグソーパズルのようだ。これは失認という現象だろうか。左右失認、文字失認、相貌失認……対象から発せられた光は水晶体を通って網膜に達し、そこに結像したものが視神経から脳までは届いているのに、脳がその像を認識できずにいるのだ。「見れども見えず」という状態。

空白を認識することが不可能だとしたら、空白が意味しているものをどうやって知り得るだろう？

ゼロが発明される前の人間はどうやって計算していたのか。彼らはゼロという記号、概念が存在せぬ世界の住人だった。計算は少々面倒だったかも知れぬが、別にそれを不便とも思わず普通に人生を過ごしていたはずだ。彼らの世界におけるゼロの不在を知り得るのは、ゼロの発明以後に生きている我々だけだ。二次元世界の住人に高さとか奥行きといった概念をいくら説明しても理解不要だろう。彼らの世界に欠けているものを認識できるのはより高次の世界に住む者たちであり、それは彼らから見れば神にも等しい。

この世界の外に出て、神の視点を獲得することはできるのだろうか。

day 62

ひとたび始まったら当人の都合とか思惑とは無関係に進行するという点では、妊娠は悪性疾患や放射線障害に似ている。こうして一見順調に妊娠経過を辿っている一方で、外の世界はこれも順調に崩壊の一途を突き進んでいく。どうしてこの国はかくも放射能に偏愛されるのだろう。まるで申し子といった風情。原爆を落とされたふたつの都市、原子炉が溶融した Happy Island、そしてその両方が同時に起きたこの土地。世界は今回の惨事をチェルノブイリ級の災厄と位置づけるだろう。せめてもの幸いは、放出された核種の大部分が冥王であったゆえに、国外への影響は最小限にとどまるだろうということだ。

芥川の「河童」よろしく、ふくらみ始めた下腹部に問いかけてみる。まあ生殖器に口をつけるのはちょっと無理だが。

「お前はこの世界へ生れて来るかどうか、よく考へた上で返事をしろ」

それに対して、

「僕は生れたくはありません」

という返事が返ってきたらどうしようか。いやそもそも胎児の性別だってまだ不明だが、近頃は女子だってボクと言ったりするんだろう? 放っておく? 稽留死産という状況に至り母体もとい父体が危険に晒される可能性がある。『生殖器へ太い硝子の管を突きこみ』吸い出してやろうか。今だったらガラスというよりグラスファイバー製のスコープを使った手術だろうけど。

河童の胎児は続いてこう宣う。

「僕のお父さんの遺伝は精神病だけでも大へんです」

ああこれはいかにもNGだ。精神病というあたりで音声がかき消されてしまう。遺伝ねえ……母方が高血圧、父方が甲状腺機能亢進症と糖尿病、兄妹に悪性疾患とひょっとしたら統合失調症、おじが下垂体性小人症に痛風、おばがアルツハイマー……おやおや結構大変だ。そしてとどめを刺すように、胎児はこう言うのだ。

「その上僕は河童的存在を悪いと信じてゐますから」

ここは人間的存在と読み替えるとして、芥川は人間という存在自体が悪だと言いたかったのだろうか。人間はすべからく原罪を背負っているから？　あらゆる存在は選択という不正義の結果として存在しているのだから、存在はすべて不正であると言ったのは誰だったろうか。生まれてすみません、とか言うよりは潔い姿勢だろうけれど。

悪かどうかに関わらず、胎児はとりあえず外にでることを求めているし、外の世界がどういう状況だろうと、とりあえずそこで生きようとする。生まれたくはありません、というのは傲慢あるいは怠慢にすぎぬ。

day 63

どうして忘れていたのだろう、あの傑作を。「辺境」と題されたその作品では男性だけの世界が描かれている。その世界で子供を産むのは全男性から選ばれ、ホルモン投与によって女性化された「ホウリ・マザ」と呼ばれる存在のみ。女王が存在する蟻または蜂のごとき昆虫型社会の物語だった。そしてもうひとつ、火星を舞台にした物語のクライマックスでは、ひとりの男性が超能力で自らの身体を「子供を産む女性」の身体に変容して、肉体を喪失したヒロインを救い出す。

生物学的に性を決定するのはY染色体の有無だが、その段階でもすでに性染色体異常というエラーが生じうる。Xモノソミーや X染色体過剰が有名だが、その他にもスーパー男性（スーパーマンにあらず）やスーパー女性といった存在が知られている。Y染色体があったとしても男性ホルモンが産生されず、あるいは男性ホルモンに対する反応が悪ければ外見は女性型に止まる。外性器からは男女の判定が難しい場合もある。肉体に限らず精神にまで視野を広げてみると同性愛もあれば性同一性障害もあって、セックスにしてもジェンダーにしても性の境界は実際には曖昧模糊としているのだ。

処女懐胎や男性の妊娠は日常茶飯事とはいわぬにせよ、実際には世界のどこかでひっそりと進行している事態であるのかも知れぬ。そう思って試みに医学文献データベースに"human parthenogenesis"（人間の単為生殖）と打ち込んでみると、４００件あまりの文献にヒットする。だが表題をよく読むと胎児由来の幹細胞の話題がほとんどで、試験管レベルの研究に止まっていることがわかる。そりゃそうだ、クローン人間というのはＳＦではありふれたテーマだが、下手に手を出したらマッド・サイエンティストのレッテルを貼られてしまう。たとえ成功したとしても権威ある医学雑誌に発表できる代物ではあるまい。

で、結局のところこいつはいったいどういう存在だ？

day 64

あの日以来メールボックスは開かずの箱だが、悪阻が落ち着いて食欲が出てくるのと同時に、覗いてみようという勇気が湧く。だがすぐにパンドラの箱を開けたことに後悔してしまう。相変わらず日本語は文字化けしていても、ニュースサイトから定期的に送られてくるダイジェストや特価品のお知らせ、銀行やらレストランからの販促メールはＨＴＭＬメールであって、見覚えのあるフォーマットや組み込まれた画像からそれと知られるのだが、それらが日を追うごとに減少し、ついにはぱったりと途絶えている。その合間に挟まれている短いメールの数々。字面を追うことは不可能でも意味は立ち上ってくる。

「お世話さまでした」
「おわかれのようです」
「ありがとう」
「さらば」

友人、知人、親戚……これまで縁のあった人々の大多数が世を去るか音信不通だ。この国の北と西にわずかに残った人々からは無事を知らせるかまたは安否を尋ねているらしきメールが届いているが、返信しようにも言葉が見つからず、そのまま放置してしまう。

day 65

胎児が静かにしているところを狙って念入りに超音波検査を施行、体表の立体再構成画像を作成する。目を閉じてこぶしを握りしめ、体を丸めた胎児の全身像がモニターに浮かび上がる。ずいぶん人間らしく変貌したその面差しは確かに誰かに似ているのだが、その誰かが思い出せず頭を抱える。自分自身が人にどう呼ばれていたのか、それすらも記憶から欠落している。欠けているもの、missing piece はどこにあるのか、どこへ行ったのか？

ほら、あれだよ、例えば江戸に放火した八百屋の娘、オオカミに食われた子ヤギたち、おおぐま座を構成する星、白雪姫にかしずくこびとたち、カレンダーの曜日、トランプのゲーム、荒野の侍たち……

あるいは白い紙を机に広げ、ロビンソン・クルーソーのように書き出してみる。

我らの大罪

無知および無恥・知ろうとせずに現実から目を背け続けた結果がこれだ
無学・経験から学習もせず
無責任・誰か他人に責任を押しつけ
無理解・弱者の痛みをわかろうとせず
無鉄砲で
無軌道に暴走したあげく
無味無臭の放射性物質に埋もれて呼称を喪失する

day 66

無性に気が塞ぐ。死にたい、という思いがこみ上げてきて喉に詰まり、呼吸苦に陥るのだ。そういう時は自転車漕ぎを延長する。へとへとに疲れて夢も見ずに眠るべく努力するのだ。不眠は大敵だ。死に至る病だ。不眠症に苦しんで早世したカフカの例を見るがいい。

ＰＣに向かっている間はお気に入りの落語を聴く。枝雀の地獄八景、談志のらくだ……そらんじるほど聴き込む。落語さえ耳に障る時には逆療法に転じて暗い音楽に逃げ込む。幻想交響曲、悲歌のシンフォニー、逝ける王女のためのパヴァーヌ、マイルス・デイビス、山崎ハコ、森田童子……

鬱には風呂が効く気がする。ぬるい風呂に浸かっているとリスカの誘惑に駆られるから、うんと熱い風呂。湯をけちってはいかん。蓋を閉めきり首だけ出して限界まで閉じこもり、ひたすら汗をかく。北欧風の蒸し風呂もよろしかろう。蓄熱性のスーツを着込み、集光器を全開にしたサンルームで強い日差しを浴びるのもまたよし。1リットルも汗をかけば4～5グラムの塩が出ていく。減塩で血圧も下がることだろう。汗をかきつつ、書きかけの、というよりもついに書き出すことは能わぬだろう小説の構想を練る。種々の事情で下半身を喪失した3人の男女の物語、仮想世界からの脱出を試みる性別不明の主人公のストーリー、ボトル1本きりの古酒に酔って眠り、夢を見ている間だけ魔法世界の戦士に憑依できるダメ男の回想録、孤島に閉じ込められ1週間にわたって同一の曜日を反復するうちに変容していく男女、2種類の二人称で語られる33年前の夏期休暇、人間に感染するコンピューター・ウィルスと未来から過去への干渉に関する思弁的SF、地球に外接する正十二面体と地球との接点に棲む不死人たち、ゲーム世界に放逐された魔界の王子と引きこもり少女のラブストーリー……いずれもアイデアだけの小ネタでプロットもへったくれもありはせず、ただ夢想の域に止まっているのだが、夢想を紡いでいる間は現実から逃避できるというもの。

いよいよ希死念慮が昂じて思考が停滞し始めたら、またぞろ自殺の手順を考える。決行までに片付けておくべきこと、処分する物品、消去すべきデータ、念入りに身体を洗って、排尿排便を済ませ、倉庫からロープを取ってきて絞首刑に用いられる結び方（要調査）で結び、さてどこにロープを掛けようか、足台はどうするか……下腹が膨れ上がった醜い中年男の死体を衆目に晒すのは耐え難いから、時限装置を仕掛けてすべて焼き尽くそうか、ところで自分が死んだら胎児はどこに行くのだろうか。煉獄にでも？　そこまで考えると死にたいという思いがやや薄らぐ。死ぬのは自分の勝手だが、殺しは嫌だ。こいつをどうにかして取り出してやらねば。取り出したら？　育てぬわけにはいかんだろう？　誰かに預ける？　どうやって？　……かくてまた自転車を漕ぎ出す。

今日もシェルターにグレツキが轟いている。混沌が極まり、ゆるやかに収束した後でピアノがかすかに響き、やがてソプラノの歌声が十字架に架けられた我が子を悼む哀歌を歌い上げ、その絶頂でふたたび湧き上がる雲のごとき音の洪水……気がつけばまた落涙している。

いつかその日は訪れるだろう。シェルターから外へ、黄泉から地上へ脱出する日。忘れていたものを思い出す日。それは2番目にして最後の誕生日であるはず。

B.C.38

学生時代は無医村で医療奉仕活動に従事するサークルに所属する。夏期休暇には看護学生とペアを組んで全戸を回り、自作のパンフレットを片手に健康相談まがいの活動を実施。まだ学生だから医療行為は御法度で、ままごと程度のものだったが、医者の気分を味わう。毎年その時期に数組のカップルが誕生し、冬までに大半が消滅する。その年にペアを組む相手は色白でずんぐりとした愛嬌のある娘で、笑うと細い目が妙に色っぽい。

訪問した家で冷たい飲み物を振る舞われた帰り道、神社の脇でその娘が急に立ち止まり、ちょっと裏まで行ってくるから見張ってて、と頼まれる。

「ああ、おしっこ？」

「……バカ！」

日差しの強い日だ。神社の裏でしゃがみ込む彼女の足元に黒い水たまりができていく。今そこに踏み込んで背後を襲ったら……日陰で汗をぬぐいつつ妄想と股間を膨らませる。

活動が終わり学校に戻ってから、その娘と一度だけ寝るチャンスを得る。部室で開かれた打ち上げコンパを抜け出し、内庭のベンチに寝そべっているところへ彼女がひょっこり現れる。ふたりとも酒豪ランク上位だから、他の連中はあらかた酔いつぶれた頃だろう。

「どうしたの？」

「うーん、星を見てた」

「ここでもよく見える？」

「まあね」

手招きしたら吸い寄せられるように身体を預けてくる。そのまま唇を重ねる。薄くて柔らかい舌。かすかにタバコの匂い。

　下宿までどうやって帰ったのか、記憶が飛んでいる。自転車にふたり乗り？　あの坂を越えて？　あるいはタクシー？　酔った勢いで歩き通した？　これが一番ありそうだ。気がついたら下宿の布団で抱き合っている。彼女は幼児体型で皮膚が異様に薄く、そのくせざらざらとしていて抱き心地は中の下といったところ。生理がきつくて重度の貧血を指摘されており、鉄剤を飲んでいるという、そのせいもあったろう。性器はいわゆるお皿で底が浅く、吐く息にはアセトン臭が混じる。生理が近いというのでコンドームは使わずぶちまける。無頼気取りの怖いもの知らず。性病も妊娠も知識だけの存在で、要するに想像力が不足しているのだ。悪ぶっているというよりはすべてに実感が湧かずふらふらと漂っているばかり。

　医学部の建物は一部を保存してあとは取り壊し、今では医療センターに変わっているはず。そこも被曝者でごった返し、今頃はその大半が世を去っているだろう。設備も薬も足りず、そもそも使える治療手段が限られている。幹細胞移植？　有効かも知れんが、資源はすぐに枯渇する。

day 68

　妊娠の経過は順調だ。といっても前例の見当たらぬことゆえ、これが正しい経過と言えるのかどうか。胎児らしきものは週数相応に育っていて、今のところ父体にさしたる悪影響は及ぼさずにいる、という程度。超音波で覗いてみると胎盤らしきものが仙骨の前面に陣取っていて、そこから臍帯らしきものが胎児らしきものの中央部に伸びている。腹膜からしみ出して溜まった腹水が羊水の代わりを務めているが、胎便で汚されたら腹膜炎を起こしてしまうので、腹腔にチューブを留置して腹膜灌流液を出し入れし、風呂掃除よろしく腹腔を洗う。灌流液は羊水に近い性状を保つべくpHや電解質を調整済み。回収した液体を遠心分離して細胞成分を調べる。染色体はXX、女性だ。染色体異常は見当たらず。

胎児が女性であるということはつまり非クローンということだ。父親の性染色体はXYのはずだから。X染色体の片割れは父親由来のはずだが、もう片方はどこから拾ってきたのだろう。DNAの分析がここでは不可能だから、パズルを解くのは外に出てからのお預けだ。そう、これが妊娠であるにせよ、極めて珍しい腫瘍であるにせよ、永久に持続すること能わぬプロセスであることは確実だ。出産あるいは摘出の日がいつかは確実に訪れる。

day 69

この狭い空間に閉じ込められ、外界から隔絶された状況ではいかにして正気を保つかが大問題だ。まずはとにかく日課を守ること。朝はいつも4時に起き、軽くストレッチしてシャワーを浴びる。5時から6時までは日記その他の文章を書く。1日に400字詰め換算で2枚以上。6時からシェルターの点検保守。3時間かけて綿密に計器をチェックし、数値を記録し、壁面を全部掃除する。自分に考え込む時間を与えぬこと。

9時から晩の5時まで仕事に没頭する。仕事といっても本来の業務を発注していた都心のセンターは壊滅し、H市の病院も閉鎖、C県の病院はかろうじて踏みとどまっているようだが電力不足で撮影装置を動かせずにいる。要するに読影の仕事は途絶えてしまったので、副業として手がけていた翻訳を進める。といって医学関係の出版社も大半が東京にあり、ほぼ全滅だ。そもそも今後日本語の医学書が新たに出版される可能性は低い。医者の仕事は当分敗戦処理だ。トリアージと最低限の治療。あとは増え続けるであろう白血病その他の癌の診断。当座しのぎにインターネットを漁って、いにしえの放射線医学の原書を拾ってくる。出版から何十年も経って著作権が消滅しているはずのテキストだ。それを頭からこつこつと訳していく。博物館の目録を作製するが如き後ろ向きの仕事。誰かの役に立つとも思えぬが、これも正気を保つための仕掛けだ。いや、すでに狂気の沙汰であろうか……

dream 1

Mから弦だけでできたエレキベースを渡される。Mはギターを弾くつもりらしい。お前のより格好いいフレーズを弾いてみせるから、とうそぶく。ベースの弦は例によって黒いゴム紐のごときものでできていて、弦の数がやたら多い。6本以上ありそうだ。両端の弦がどういうわけか一番太く、同一の音を出す仕様らしい。すでにチューニングは済んでいて、直ちに演奏が始まる。ジャングルジムそっくりのステージに陣取った大編成のバンド。まだ見ぬ聴衆に向けて未発表の曲を演奏する。初めて聴く曲だが、コード進行は単純だ。適当にベースを弾いているうちに、ばらけていた演奏が次第に合ってきて、自分がバンド全体を引っ張っている気がして高揚してくる。ベースの一方の端を左足で踏みつけて固定し、左手でもう一方の端を引っ張って音の高さをコントロールする。右手ではじくと野太い音が腹に響く。きっとトロンボーンを吹くのってこういう感じだろう。次の曲は〝Journey To Ixtlan〟サビの部分をハモっているうちに目から水がしみ出してくる。

我らはイクストランへの旅の途上にある
我らはイクストランへの旅の途上にある

曲はいつしか〝Garden Of Senses〟に変わっている。

愛　水のように甘く
愛　ワインのように甘い

このまま死ねたらいいのに、というところで目が覚めると枕が濡れている。

dream 10

Ｓ線沿線の隠れ家をよく夢に見る。私道の奥に引っ込んだ一軒家を間借りして、オーディオやらＰＣやらを持ち込んで仕事ができるようにしたもの。そこに女性を連れ込んでよろしくやろうとするのだが、いつも事に及ぶ直前で目が覚めてしまう。その家は外国人の持ち家を改装したもので、玄関に暖炉があったり壁に開かずのドアが張りついていたりと全体が寄木細工みたいにできている。前の住人が飾っていたらしき数枚の絵が居間の壁に立てかけてあって、値打ちがありそうではあるのだが埃を被っている。その絵の前で、やせて背の高い女性と幼児体型の小さい女性がふたりとも裸のまま、シャワーを浴びる順番で言い争っている。いつ果てるとも知れぬ口論に閉口し、父親と一緒に外へ出て改装される以前のその家を見ている。

「ほら、前に住んでいた家だよ。１階の隅にガラス張りのサンルームがある」

「ああ、そうだった」

認知症の父親は首肯してみせるが、こちらが言ったことを理解している様子は皆無だ。急に便意を催し、父親をほったらかしたままドアの壊れたトイレに駆け込んで便器とおぼしきものにしゃがみ込む。黄色い下痢便が大量に飛び散り、便器の下から吹き込んでくる風に巻き上げられる。大根の葉を包んでいた濡れ新聞紙をちぎって尻を拭くのだが、汚れを薄く広げるばかり。トイレから出ると居間に茣蓙が敷いてあり、老人たちが宴会の準備をしている。右手にスクリーンが置かれていて、どうやら幻灯をやるらしい。Ｍ教授がいたので声をかける。

「先生、お久しぶりです」

「すまんね、キミは誰だったろう」

「覚えておられませんか、昔S大の医局にいた者ですが」

黒々とした長髪できちんとヒゲを剃り、コンタクトレンズをはめていた昔と、刈り上げたごま塩頭にあらゆるヒゲ（髭・鬚・髯）を伸ばし、メガネをかけた現在とではあまりに違いすぎて見分けがつかぬのも当然ではあろう。

教授にこの国が直面している危機的状況に対するコメントをもらおうとしたところで目が覚めてしまう。誰か意味のある言葉を聞かせてくれる人はいるのだろうか。

dream 11

どこまでも続くかに思える旅行の夢だった。誰と一緒かはぼんやりとして不明だが、どうやら家族旅行で、大量の切符を自動販売機で購入するのだが、紙幣を入れたところから遠く隔たった販売機から切符が出るというので、横取りされぬよう、そちらまで走っていく。

「12番だって」

という声がする。ようやく辿りついた自販機からはすでに数十枚の切符が吐き出されていて、それを選り分けるのがまた一苦労。どうやら4人分の行きと帰りの切符らしいが、成人と子供の分が混じっていて、いくつもの乗り物を乗り継ぐ予定でもあり、しかもそのコースがいちいち違っているのだ。列車に乗ってからも切符の選別に苦労しているうちに、目的地に着いてしまう。慌てて荷物をまとめて降りようとするが、ドアが閉じてしまう。それから……それからどうしたのだったろう。とにかくその後も延々と苦労が続くひどい旅行だったことだけを覚えているが、用を足しにＰＣの前から席を外した瞬間に忘れてしまった。またしても記憶の欠落。

dream 100

懲りずに今朝見た夢を書いておこう。これもひどい夢だったが、書き残しておかねばという気がする。高潮というのか、また別の自然現象だろうか、海岸で遊んでいるうちに水位がどんどん上がり始めるのだった。打ち寄せるうねりがひときわ巨大化したかと思うと、その次にはさらに肥大したうねりが押し寄せる。慌てて海岸に設けられたコンクリート製の緊急退避所にもぐり込む。そこは駅のホーム下に設けられた退避空間を思わせる平行四辺形の凹みで、鋼鉄製の手すりがやや高い所に取り付けられている。すでに数人の子供たちがその凹みに逃げ込んでいたが、連中には目もくれず、手すりをたどって一番奥の隅、海面から最も高い位置に陣取る。初めのうちは床に足が着いていたのだが、どんどん水位が上がって体が浮き、ついには右手で手すりにつかまったまま仰向けに浮かんだ状態に陥る。いつの間にか左手に5歳くらいの男の子の手を握っている。もっと低いところにいた子供たちは既に頭のてっぺんまで水没していて、退避所の外へ沈んでいくのがわかる。自分も頭ひとつ分だけ海面から出ていたのが天井との距離がだんだん狭まり、ついには口だけをかろうじて水から突き出して息をしている。できるだけゆっくり深呼吸しようとするのだが焦って浅く呼吸するばかり。空気が減少しているのと同時に酸素濃度も低下するのでひどく息苦しい。とうとう唇まで海水に浸され、次に息を吸おうとしても入ってくるのは海水ばかりという状況に陥る。左手に握ったままの子供の指からはすっかり力が抜けていて、

「もう3分は経ってしまった。助かる見込みはあるまい」

といったことをぼんやりと考えている。天井が目の前に迫り、観念して目を閉じる……


目を開けると常夜灯に照らされたシェルターの壁面が見える。ベッドの対面に固定された机と椅子が天井から突き出している。うっかり仰向けに寝てしまったのが悪夢の原因だろう。obstructive sleep apnea、睡眠時無呼吸症候群というやつだ。仰向けでいると緊張の低下した喉の奥の組織が重力に従って気道に落ち込み、空気の通り道をふさいでしまう。その息苦しさが悪夢を見させたのだろう。(このまま仰向けで寝ているといつか本当に息の根が止まるぞ)という危険信号を体が発したのだ。右手にはベッドの柵を、左手には掛け布団の端を握りしめていた。左手の感触がよみがえる。

(どうして引き寄せずにいたのだろう)

引っ張り上げて居場所を交換するか、海面に横たえてやったら、酸素をさほど必要とせぬ子供の方が持ちこたえただろうに。夢とはいえど、子供を見殺しにしたのだ。いや、夢だからこそ、

自分では制御することの能わぬ本音だからこそ罪深いと言えるだろう。

この夢にはきっと意味がある。例えば、自分は本来守ってやるべき誰かの代わりにここに居座っているのでは？　ここでのうのうと生き延びていること自体が罪ではあるまいか？　ひょっとしたらこの「妊娠」というのは、その罪から目を背けさせ、生存を強要するための方便に過ぎぬのでは？　つまり、

これはいわゆる想像妊娠、つまりは妄想の産物ではあるまいか？

dream 101

しまった、飛び損ねた。夢を見ていることに気づいたらいつでも空を飛ぶよう努めているのに、今回は失敗してしまった。飛ぶといっても鳥のようにはばたくことはできず、助走をつけて走り幅跳びのように跳ねているうちに体が浮いてくるのだ。とん、と地面を蹴って空中に浮き上がれば眼下に見覚えのある景色が広がる。それは緑豊かで、視野の隅々までくっきりとしている。近道をしようと思ったのだ。いったん丘に登ってから左手に下るところを、梢を飛び越えて直線で行こうとした。凧のように浮かんで左に舵を切ろうとしたところでバランスをくずしたらしい。視界がめまぐるしく回りだし、気がついたら地上に倒れ伏している。

lucid dream～覚醒夢と呼ばれる現象に昔から興味があった。夢であることを自覚している夢。

空想や幻覚とどう違うのだと問われたら説明しにくいが、あくまでも眠っている間の体験であって、自由に体を動かせる気がしたとしても、実際に手足を動かしているのとは違う。睡眠中の脳波を計測した実験により、いわゆる「体の眠り」であるレム睡眠中に見る夢だということがわかっている。一度でも覚醒夢を見た人であれば、それが通常の夢とは違った一段「深い」夢だということに同意されるだろう。古来人々はこの深い夢から意味を汲み取ろうと努めてきた。

覚醒夢のもうひとつの特徴は、コントロール可能ということだ。いかに恐ろしい夢であっても、ひとたび夢であることに気づけばその筋書きを変えたり、そこから脱出したりすることができる。難しいのは確かだが、方法はある。落ちる夢を飛ぶ夢に変えてきたという実績もある。以前は落ちる夢をよく見た。やたらと高い塔の上からどこまでも落下する。途中でむき出しの鉄骨にぶつかって肉が削がれ、骨が折れ、手足がもげてそのたびに激痛を覚えるのだが、いつまでたっても地上には届かずに墜ち続ける。その悪夢を繰り返すうちに、ふと自分が夢を見ていることに気づく。夢であればあらゆることが可能だろう。そう気づいて落下のスピードを緩め、ついに空中で静止することに成功する。やがて落下の夢は飛翔の夢に変わる。

最近では覚醒夢だと気づいたら、できるだけその世界を探索する～机上の本を手に取って開いたり、出会った人々に声をかけたりして情報を取りに行くよう心がけている。どこかから、あるいは誰かから、この狂った世界を解明する鍵を得たいから。

人が死ぬとその身体からアストラル体と呼ばれる構成要素が抜けだし、その因ってくるところに還っていくという。実は睡眠中も同様の事態が起きているらしい。であれば、覚醒夢を自在にコントロールすることは、いわゆるアストラル体投射の技を磨くことでもあろう。いよいよ死期が近づいたらすっと肉体から離脱する。これこそ究極の安楽死といえよう。その練習を兼ねて、毎晩夢の深みへとダイブし続ける。

dream 110

また火事の夢だ。

キャビネットのそばに放置してあった熱源から炎が立ち昇る。音も煙も立てずに。バケツに水を汲んできて、少量を振りかければすぐに炎は消えるが、しばらくするとさっきより広い範囲から炎が出て、また水をかけて消すというういたちごっこを繰り返しているうちに、とうとう火はキャビネットに燃え移る。もうバケツでは間に合わず、ホースを引き出して水をかけようとするのだが、テレビやオーディオが水に浸るのが惜しくて躊躇しているうちにどんどん炎が広がる。しかもホースが途中でねじくれているのか、水の出が悪い。ようやくいったんすべての火を消し止める。

思えばどうしてかほどに危うい熱源を家に運び込んでしまったのか。無味無臭無音で熱だけを発する物体がどれほど危険か想像することすら怠ったのだろうか。水に浸った部屋のそこここから湯気が立っている。どこか妙だ。見落としているものがある。知らぬ間に床に設置されたマンホールに似た円形の蓋がかたかたと振動している。おそるおそる蓋を開けた瞬間に破滅を悟る。それは地獄の窯の蓋。床下はすでに高温の炭火に満たされており、焦げ始めた床から刺激臭が立ち昇る。もうじき床一面が火の海と化すだろう。あきらめて床にへたり込み、死を覚悟する。最も忌まわしい死に方を。

day XX

初めて胎動というものを自覚する。胎動初覚というやつだ。子宮壁というクッションを挟まずに直接腹壁を蹴られているせいか、凄い衝撃だ。腹筋を鍛えておいてよかった。胎児にしても、ぷよぷよした低反発クッションを蹴ったって面白くはあるまい。腹筋を緊張させ、ある程度身構えていれば大丈夫だが、不意を突かれると慌ててしまう。下腹壁がぐいんと盛り上がり、はらわたが裏返る気分を味わう。胎動にも周期があって、それは胎児の睡眠と覚醒のリズムそのものらしいが、こちらのリズムと同調してくれるとは限らず、眠っている間もぼんぼん蹴られるせいでいささか寝不足ぎみだ。

いつかどこかで読んだキックゲームというのを試してみる。胎動が始まったらこちらから腹の一部をとんとんと指で叩いて合図するのだ。次のキックが合図したところに来れば胎児の勝ちというわけだ。それだけではおもしろみが薄いので、胎児がキックを外したら攻守交代する。今度は腹を叩かずに、次のキックがどこに来るかを予想するのだ。このあたりに来そうだと感じたら、そこにそっと手を当てて待つ。予想通りのキックが来たらこちらの勝ちで1点。外れたらまた攻守交代。ゲームと呼べるかどうかもわからぬ代物ではあるが、そもそも点がめったに入らず、難しいといえば難しい。30分もやっているとどちらも疲れてしまい、いつの間にか眠り込んでいる。

dream 1000

自転車でだらだらとどこまでも続く坂を下る。次第に加速するとともに向かい風が強まり、車体がふらつき始める。一瞬でもハンドル操作を誤ったら歩道と車道を分かつブロックに激突してしまうだろう。減速しようとして恐ろしい事実が発覚する。ブレーキが壊れているのだ。いくらレバーを引き絞っても手応えが得られず、自転車は加速するばかり。次のカーブはきっと曲がりきれず、道路から放り出されてしまうだろう。そう思った瞬間、魂が後方に抜け出る。そうして走り去っていく自転車とそのサドルにまたがった姿を見ている。自転車はもう自転車の形を保っておらず、軽自動車に変容している。リモコンのようにハンドルを操作することはできるが、それも次第に難しく、車線を大きくはみ出しつつカーブを曲がって視界から消えてしまう。いずれどこかにぶつかって大破し、運転手もろとも炎上するだろう。そもそもブレーキは壊れていたのか？　はじめから欠けていたのでは？　だとすればあれは自転車の姿をした、あるいは自転車に姿を変えた別のもの、乗り物と呼ぶことすらためらわれる殺人機械または処刑具だったのだ。

dream 1001

学校のロッカーにゴミが溜まる。持ち帰って親に見せることもできず、ゴミ箱に捨てることもできぬ答案用紙、汚れに汚れた体操着、履きつぶしてもはやスリッパと化した上履き、処分できずに溜まり続けるゴミがロッカーからあふれ出し、上に置いた段ボール箱も満杯で破れそうだ。体操着は洗えばいいものの、あまりに汚れがひどくて洗濯機に突っ込むわけにいかず、手洗いしようにも場所がふさがっている。増え続けるゴミを横目に見つつ、あえてその存在を無視して学校生活の終わりを待っている。ロッカーも段ボール箱もそのままにして卒業するつもりだ。後のことは後の世代に任せてしまえばいいのさ。そうだろう?

dream 1010

教室らしき所にいる。「妊娠」という単語を一風変わった字体で書くよう命じられ、手近にあった辞書を引いても見つからず、友人と図書館に行く。「辰」という字はハマグリのことだったのでは、とぼんやり考えている（どうやら「蜃気楼」の「蜃」と勘違いしているらしい）。これが第1部。

第2部ではすでに医師として働いているらしく、職場の医師か看護師とおぼしき女性に誘われて山荘風のディスコ（死語の世界！）に来ている。ドレスコードはベスト着用ということで、赤紫の毛糸のベストをワイシャツの上に着ている。女性は白いドレス。広い部屋の半分くらいがダンスフロアで銀色に光る円筒形のスピーカーが設置してある。天井はドーム型で高く、音響はよさそうだ。原木から切り出したと見える歪んだテーブルを丸太のスツールがずらりと囲んでいる。彼女をそのひとつに座らせ、自分はその横に腰掛けようとするが、スツールの丈が高すぎて具合が悪い。結局向かいにあった背もたれ付きの椅子に座るのだが、彼女とはやや距離が空いてしまう。まあいいや、ダンスの時間が来れば嫌でも顔を合わせるさ、そううそぶいて外に出る。

痩せて背の高い男に声をかけられる。

「講習会を受けられましたか」

「ええ、まあ」

「あれは洗脳パターンの典型でしたね」

「そうでしょうか」

「音楽も映像もすべてがある方向を指しているのです」

「それは聞いたことがあります。号砲だとか、汽車の警笛だとか、そういった音を聞かせて決断を迫るわけですね」

男に手招きされ、そばに駐めてあったワゴンの荷台に忍び込む。さりとは知らぬドライバーがやってきて乗り込み、車は動き出す。両手に握っていたたくさんの硬貨が散らばってしまう。男が拾うのを手伝ってくれるが、どういうわけか硬貨は天井近くに貼り付いている（無重力状態？）。男の顔は黄色く、目は爬虫類を思わせる。倉庫らしき場所に着いてドライバーが扉を開けに行ったすきに荷台から跳び降りる。男が指差す方を見ると、半分切り崩した山のてっぺんにばかでかい洋館が建って夕陽を浴びており、右手にはマンションらしき建物の群れ、左手には学校とおぼしき背の低い建物。

「ほらね」

（一大リゾートというわけか。ここに閉じ込められて接待を受けているうちに、気がついたら契約させられるんだろう）

突然、男が悪魔だということがわかるが、既に男は姿を消している。夢から覚めかけていて、そういうことであればもっと色々聞き出しておくべきだったと一瞬思うが、また夢に引きずり込まれてしまう。

Cさんともうひとり、たぶんOさんと会話している。斜面に建てられたクラブハウスの床下、むき出しの材木に囲まれたスペースだ。Cさんは今よりずっと若くて美人だ。肩の出るワンピースを着ている。ここには炊事の手伝いということで来たのだが、待遇があまりに悪いのでOさんと一緒に逃げだそうとしている、というのだ。洋館の向こう側に降り口があり、そこから街までは一本道だ、と地図を見せてくれる。

「でもその格好じゃ寒いですよ。じきに日が暮れたらここはうんと冷えるでしょう。ヤッケが必要です」

そう説得して明日の昼に一緒に下山する計画を立てる。ふたりを残して床下から抜け出すと、先ほど湖だと思った群青色の水がひたひたと建物の近くまで押し寄せており、満ち潮であるらしい。

呼び声の方に歩いていくと食事の配給をしている。冷凍食品らしきポテトとベーコンを炒めたもの、トマトソースのパスタ、コンソメスープ。腹を満たしてはくれるが味がせず、おかわりを勧められるが断る。パスタソースをこぼしてしまうが、いつの間にかエプロンを腰に巻いているのでシャツは汚さずに済む。あとでさぞかし腹が減ることだろう。ディスコは朝まで営業しているとのことだから、そこで食べ物も飲み物も手に入るはず。そしておそらくあの女性と再会し、明け方にはベッドインしてセックスにうつつを抜かし、脱出の約束を忘れてしまう。ここは魔の山だ。逃げ出すことは不可能だろう……

ようやく目が覚める。深い疲労が脳裏に淀んでいる。

day 80

（夢というよりもネット記事をきっかけに想起された夢想あるいは白日夢あるいはビジョンあるいは幻影あるいは挿話あるいはインターリュードあるいはウルトラショートストーリー）

急速に膨張しつつ風に乗って首都へ向かう。放物線を描いて落下しつつ、自分がキノコ雲の一部であったことに気づく。我輩はプルトニウム・プルームあるいはプルーム・プルトニウム、イニシャルはいずれにしてもＰＰだ。黒ずくめの衣装に身を包んだミスター・プルームは黒い山高帽を小粋に持ち上げて逃げまどう群衆に会釈する。それからひとり、またひとりと丁寧に口と鼻孔を覆い、舌を差し入れてディープキスをする。あまりに濃厚にして絢爛たる接吻を受けたご婦人は即座に呼吸を停止し、数分後には天国への階段をよちよちと上りはじめる。幾たびか呼吸する機会に恵まれた青年は鼻粘膜と気道に強烈で猛々しきα線を浴びてサイレンのごとき雄叫びを上げ、けいれんしつつ死のステップを踏む。政府の緊急放送に従い、エアコンを止めた蒸し暑い部屋に閉じこもって息をひそめていた人々は、隙間から速やかに侵入する我輩を少しずつ吸い込んでゆるやかに体調を崩していく。嘔吐のあとを激しい下痢が襲い、地震のあとの断水から復旧できずにいた地域では脱水のためばたばたと人々が斃れていく。自らの汚物の海でのたうち、溺れるようにして。

それからミスター・プルームはラスコーリニコフよろしく大地に接吻し、２万４千年の祝福を与える。

死ねよ、減らせよ、地から去れ！

やがてすべての生き物が姿を消した土地で、色とりどりの化合物が静寂と汚辱のうちに咲き誇ることだろう。

day 81（原子力の日）

酒が飲みたい。野菜が食べたい。誰かと会いたい。セックスしたい。新しい本が読みたい。外の空気を吸いたい。1日中寝ていたい。

日の出を見たい。散歩したい。泳ぎたい。ペットを飼いたい。ヨーグルトを作りたい。壁抜けしたい。裸足で土を踏みたい。

不節制したい。投票したい。公表したい。好評を博したい。講評されたい。ご高評くだされたい。降雹見てみたい。

屈筋支帯、轢断死体、不自由肢体、露悪的姿態、本隊分隊支隊、不吉極まる死胎、ネクタイ渋滞亜熱帯胴体わけもわからぬ四諦。

やりたい。ぶちこみたい。ねぶりたい。はめたい。いれたい。ぬきたい。いきたい。

温泉行きたい卓球やりたい宴会したいカラオケやりたいお土産見たいバーで飲みたいベッドで抱き合いたい。

責任者まとめて銃殺したい。できればリセットしたい。早いとこ始末しちまいたい。腹かっさばいてお詫びしたい。さっさと終わりにしたい。すべてを捨ててしまいたい。出すもの出してすっきりしたい。

day 82

80日間で世界を1周できるとしたら、今日は無事帰国した翌々日ということだ。1週間で世界を創造できるのだったら、作っては壊した11個の試作品がここに転がっていることだろう。だのに、こいつの完成にはあと200日近くかかるってのはどういうわけだ？　もういい加減飽きてきたぞ。

現在にフォーカスするのが嫌だったら過去を掘り返すか未来を予想してみるか、選択肢はふたつきりだ。過去を振り返ってみたところで、いい思い出というのはすぐに尽きてしまい、後悔のタネばかりが記憶の底から浮かび上がってくる。いっそ露悪趣味に走って、思いつく限りの自分の悪事を列挙してみようか。一番古い記憶はどれだろう。三島みたいに産湯に浸かった記憶？　言葉を使えるかどうかぎりぎりの年齢くらいまでは母胎の記憶が残っていると聞いたことがある。絶えず呼びかけてくる母親の声と、それよりも低くてやや遠い父親の声を聞き分けているとか。そしてその後に続く、狭い産道を通る際のいつ果てるとも知れぬ苦痛の記憶。そうさ誕生は苦痛に充ち満ちている。幼年時代が幸福だったか不幸だったか判断するのは難しいが、初めての子供だったから大事にされただろうとは想像できる。高い高いをしつつ笑っている父親と幸福そうにそれを見ている母親、そういった白黒写真を見たことがある。これも記憶といえば記憶だが、記録の記憶つまり間接的あるいは二次的記憶だ。たぶん最古の記憶は三輪車にまたがって路地を走っている光景、だからせいぜい3歳くらいまでが遡航の限界だ。左手に深い下水溝があって、注意はほとんどそっちに向けられている。明らかに前方不注意。車の出入りを気にかけずに済む路地が昔はそこここにあった。剝き出しの深い下水溝も。その底では得体の知れぬ怪物が蠢いている。あと2年もすればこの国初の原子炉が稼働し始めるのだ。

day 83

再び超音波検査。すでに人間の形をしている。ドップラーで心音を聴くこともできる。悪阻は治まってきたようだ。身体を動かす負担が減って、やる気も出てきた。体操でも始めようか。

「鉄腕アトム」を見て育った。まさしく「アトムの子」だった。アトムのワッペンのついた黒いジャンパーが大のお気に入りで、ぼろぼろにすり切れるまで着続けた。父に連れられてボウリングに出かけた帰りの電車で、アトムの放映を見逃すのが悔しくてめそめそした。アトムは米国でも放映されたが、タイトルは原子爆弾を連想させるというので「アストロボーイ」に変更されたという。アトムの妹はウラン、弟はコバルト、敵役にプルートウまで登場する。アトムは原子力の申し子でもあった。アトムの胴には原子炉が格納されているにも関わらず、しばしばエネルギーを補給する必要がある。アトムが口から摂取した食物をこっそりトイレで処分するシーンがあった気もするが、放射性廃棄物に関しては作中でほとんど言及されておらず、夢のエネルギーとしての原子力を喧伝したのは確かだろう。

小学校時代に愛読したマンガは戦記物ばかりだ。「0戦はやと」「紫電改のタカ」、そして忘れえぬ「サブマリンセブンオーセブン」……セブンオーセブンははじめディーゼル艦だったが、後に原潜に改修された、とつい最近まで思い込んでいたが、どうやら改修後も通常動力艦のままであったようだ。原潜は後に発表された「青の6号」の方だった。話題をセブンオーセブンに戻せば、作中の1シーンが印象に残っている。くわしい理由は忘れたが、原潜との戦闘中に（?）被曝してしまった副艦長を艦に収容できず、甲板に腰を下ろした彼を浮上したまま運んでいく場面。あれは子供心に目に見えぬ放射能の恐怖を植え付けるのに十分だった。外見上はまったく無傷に見えるのに、入院して検査と治療を受ける必要があるというのだ。しかもその治療されるべき人物が汚染されているという理由で閉め出されてしまう、まるで伝染病患者のごとき扱い。当事者である副艦長が恬淡としているのが救いであったが、ああこれは軍人らしく感情を殺しているのだろう、不安で一杯だろうに、と慮ったものだ。

史上初の原潜ノーチラス号（ノーチラスはオウム貝であり、ジュール・ベルヌの小説に登場する潜水艦の名称だ）が完成したのは生まれる4年前のことだ。ここでも生い立ちは原子力技術の歩みとシンクロしている。

day 84

中高一貫の私立校に進学する時、知人から「日本原爆詩集」をいただく。幾度か読み返し、感銘を受けた詩もいくつかあったが、愛読書とまではいかず、引っ越しを繰り返すうちにいつしか紛失してしまう。

核戦争、核兵器の負のイメージを払拭し、原子力の平和利用という明るくて・便利で・お洒落で・生産的で・クリーンで・フューチャリスティックで・希望に満ちたイメージを植え付けるために政府そして電力会社は巨額の資金を投じる。「正義のために戦う」「平和の戦士」いわゆるヒーローが続々と登場し、ゴミをエネルギーに転換する物質転換炉を装備した宇宙船が外宇宙に進出し、アポロは月に降り立つ。

かくて我々（おれはもちろんあんたもだ）は原発と核兵器の連続性を忘れ果て、水や空気と同様、無制限に電気を消費し続ける。あの日までは。そしてあの日、激しく揺すぶられ海水の洗礼を受けて一度は目を覚ましたはず。だが我々はまたしても眠りに落ち、そのまま処刑されることを選んでしまう。もはや手遅れではあろう、しかしもう二度と眠りこむわけにはいかぬ。ひとたらしずつ巧妙に血液に送り込まれる毒に抗い、己の身体に毎瞬刃を突き立ててでも、醒めておらねば。

アヤマチハニドトクリカエシマセンカラ

day 85

原子力政策の裏には某国の意図が貼り付いている。極東の島国に核を配備するだけでは不十分であり、核兵器を生産・管理できる技量を持たせてやろうとのありがたい配慮が、地震の巣であるこの狭い国土に50基もの原発を乱立させる。思えばばかげた実験だったのかも知れぬ。

一度だけ「ひたち」の見学に行った。見学といってもスライドの上映やら模型の展示ばかりで、原子炉の近くに立ち寄ることはできず、施設の全貌を摑むことは難しい。発電用の設備を有さぬ実験炉であり、実際に稼働している原発よりはずっと小規模であるにも関わらず、建物のばかばかしいほどの大きさに圧倒される。大型加速器とか石油化学プラント、タンカーとそれを建造するドック、スペースシャトルの打ち上げ施設あるいはピラミッドだの万里の長城にも似た、日常から乖離したスケール感が支配する世界。ここを支配しているのは個人の生活や手仕事とは別の原理だ。これが例えばネバダ砂漠や広漠たるツンドラやステップ、太平洋上だったらさほどの違和感を覚えずに済むと思うが、箱庭のごときこの国にはあまりにもそぐわぬ。

day 86

久しぶりに鏡を覗いたら鼻孔から毛が飛び出しかけている。俗説とは違って、どうやら空気の汚れとは無関係らしい。先の丸い小型の鋏で、できるだけ根本から切り落とす。毛抜きもあるが、毛嚢炎が怖いのでここでは使用禁止。敗血症を起こしたら治療できずアウトだから。ついでに眉も切りそろえる。

いつからだろう、かくも太くて黒々とした眉毛が混じりだしたのは。眉毛の発育は甲状腺ホルモンと男性ホルモンおよび女性ホルモンの影響を受けている。年をとると男性ホルモンの分泌が低下し、ライフサイクルが伸びるに従って眉毛が伸びるのだ。同様にして耳毛も目立つし鼻孔からも毛が飛び出すというわけだ。ひひじじいのできあがり。

外界で人々が生き残りを賭して戦っているというのに、身繕いに精を出すのは後ろめたいが、外見に気を使うのをやめてしまったら、その瞬間に人間界から転落してしまう気がする。ほら、山ごもりした空手家のエピソードがあるだろう？　人恋しさに耐えかねて下山しようかと思った時に片方の眉を剃り落としたというやつ。人の姿を保っていればこそ人と交われるのだ。そう自らに言い聞かせつつ、乳首の周りの毛を抜いたりもする。陰部の白髪を切ったりはせぬが。

B.C.29

ふたりとも車の免許を持たずにいたから、デートはいつも駅のそばで待ち合わせて、遠出する時も電車かバスだった。年の瀬の箱根にはどうやって行ったろう。東海道線？　小田急？　湯本からバスに乗った気がするけれど、記憶が不確かだ。露天風呂を水着ではしごしたのは覚えている。薬湯だの酒風呂、寝湯や打たせ湯、蒸し風呂に炭酸泉、電気風呂というのもあった。キミはライトグレーの水着にショールを羽織り、O脚ぎみの足を気にしつつ歩く。風呂上がりにビールを1杯やってからタクシーで宿へ。

食事のあと貸し切りの露天風呂で抱き合った。危険日だというから膝の上に載せて挿入するだけで射精は後にとっておく。キミは自分の排卵日がわかると言い張る。

「ぽこん、って出てくる感じがするの」

そう、だからキミとはたいがいコンドームを使わずにSEXした。終わった後、ワンテンポ遅れてどろっと出てくるんだよね、と笑う。ああしてほとんどが溢れてしまうのに、妊娠することがあるのは不思議だ。精子にしてみれば宝くじに当たるよりよっぽど難しい、それこそ奇跡的確率だろう。ここにもまたありふれた奇跡。

ふたつ敷かれた布団の上でもう一度。翌朝、出発の間際にもう一度、浴衣を着て立ったまま、後ろから。

会えばたいがいSEXした。手帳に回数を記録した。3日も会わずにいると気が狂いそうだった。時間が限られていること、じきに別れが来ることを互いに了解していたせいだろう。

キミも、キミも、キミも……女性との思い出は数多いのに、ここに一緒にいるはずだった誰かのことを忘れ果てている。最後にめぐりあった女性、たぶんそうだろうけど、それは一体だれのこと？　だめだ、記憶が錯綜していて誰の顔もぼんやりと浮かんでくるだけだ。偽の記憶さえ混じっているようだが、確認不能だ。

day 88

北海道がエゾ共和国として独立を宣言したというニュースが飛び込んでくる。大災厄によって生じた空白地帯から北と西への民族大移動が続いている。これを押しとどめ、ホールボディーカウンターによる「検疫」を強行して「国土」を守ろうという北海道知事の主張に地方議員たちも賛同し、臨時「政府」を樹立したというのだ。これに呼応して東北、北陸、中部および関東の一部を含んだ北日本、静岡以西の西日本、四国、九州、琉球を中心とする離島のそれぞれが独立をもくろんでいるとも伝えられる。原発に対する意識の違いも分裂に一役買っているようだ。人口密度が低く土地も広い北海道は原発の再稼働を進めて工場誘致および「他国」への売電で生き延びる方針を掲げており、これに対してもともと原発フリーだった琉球は反原発を貫くことで人を集めようとしている。この先どういう形に落ち着くにしても、日本国というものが消滅していくことは確かだろう。

day 89

悪魔の検索という都市伝説が囁かれている。通常の検索サイトで悪魔の名称を続けて13回入力したり、あるいは単に「悪魔の検索」と入力すると、おどろおどろしい雰囲気の見知らぬサイトに飛ばされる。Googleをもじったものであろう、Doodleというそのサイトは検索サイトにはあらず、欲望充足サイトである旨が数カ国語で記されているのだが、黒字に赤で読みづらい。画面の中央にぽっかり空いた白抜きのボックスに願いや望みを入力すると、ややあってそれが実現される様子が動画で表示される。といってもそこは悪魔、ちょっとしたひねりが加えてあって、めでたしめでたしというわけにはいかぬ。子供っぽいオチだが、例えば「カニを腹一杯食いたい」と打ち込むと、カニを次々と平らげて満腹で横たわる人物がたどたどしいアニメで描かれ、やがてその腹を食い破って無数のカニが這い出てくる様がリアルに映し出されるといった具合。ボックスの横には腹を抱えて笑う悪魔が登場する。そこで満足して、あるいは嫌気がさしてサイトを去ればさしたる実害を被らずに済むのだが、と伝説は続ける。調子に乗って次々と要求を打ち込むと、そのたびに表示される画像がよりリアルかつブラックにエスカレートしていき、笑い転げる悪魔の姿は鬼気迫るものと化す。仮にそこでも13回連続して入力すると、データを打ち込んでいた人間はそのサイトに取り込まれ、血塗られた闇に沈んで永遠に苦役を続ける。その苦役とは表示される動画への出演だ、というのが伝説のオチである。

そもそもこの災厄そのものが、最初に悪魔の検索サイトを訪れた誰かが「プルートウに会いたい」と打ち込んだ結果だとされている。

day 90

弱いもの、小さいもの、声を立てずに逝ったものたちのことを記しておこう。小児科病棟や保育園に預けられていた子供たち、動物園あるいは家庭や学校で飼育されていた動物たち、介護施設や精神病院に収容されていた人々のことだ。

といって待機児童が数万人いたとか、どこそこの病院に数百人の患者がいたという数字を羅列したところで起きたことを実感するのは難しい。あの時もそうだった。大阪のマンションで母親の育児放棄がもとで3歳と1歳の子供ふたりが餓死していた事件。遺体発見は7月の末だったが、解剖の結果では死後1～2ヶ月と推定される。エアコンは動いておらず、冷蔵庫は空だった。水道はどうだったのかニュース記事を読んでも不明だが、最終的に遺棄された段階ですでに相当衰弱していたであろう3歳児が蛇口をひねって水を出すことは不可能だったろう。ゴミの散乱するリビングの中央付近で互いに寄り添うように仰臥していたふたりの遺体は、暑さの故か裸で腐乱しており、一部白骨化していた。殺人罪に問われた母親の公判中に参考人として証言した医師はふたりの子供が「汗を舐ぶり、尿を飲み、糞を食べたであろう」と述べている。締め切った部屋にこもる腐敗臭。ひからびて茶色く変色した遺体の皮膚。「ママ」という呼び声のままにぽっかり開いた口、眼球の溶け落ちた眼窩、汚れた髪……どれほどディテールを積み上げてもあの部屋には決して辿り着けぬ。上空をぐるぐると旋回するのが関の山だ。

プルームに覆われた地域のそこここで同様の事態が発生した。弱者は置き去りにされ、恨むべき対象さえ知らぬまま斃れていく。想像を絶する事態。だが想像し続けねば。

day 91

雄鳥に変身した夢を見ていた。

冷えたせいだとは思うが、震えている雌鳥とひよこを抱きかかえて温めてやる夢だった。広げた翼にすっぽり包まれた雌鳥たちは、やや息苦しそうではあったが安堵の吐息を漏らす。目を上げるとすぐそばに浅い窪地があって、無数の熱帯魚がうち捨てられている。そのどれもが食いかけと見えて、頭側あるいは尾側の半分だけが転がっているのだ。窪地からはすさまじい瘴気が立ち昇っている。ひどい臭いのはずだが、鶏だからか夢だからか嗅ぐことは不可能だ。ただ、ここにいてはまずいということだけはわかっていて、後ずさりしようとするが背後の高い壁に遮られる。咄嗟に左に向かうことに決めて、雌鳥とひよこを抱えたまたよた歩き出す。瘴気が追いすがってきて息苦しい。その上気温がますます下がってくる。抱えているものたちが次第に冷えていくのがわかる。ざらざらとしたコンクリートの上を、羽を引きずるようにして進む。飛ぶこともできず、ただ歯を食いしばって。

day 92

衣替えを思い立つ。

地上に秋風が吹き始めた頃からTシャツと短パンを作務衣に替えて生活してきたのだが、そろそろ壁や床が冷たく感じられる。冬物の厚手の作務衣に切り替えて靴下を履くこととしよう。まずは柔道着に似た分厚い木綿の布を藍染めにしたもの。腰帯を二重に締めるので腹のあたりは結構暖かい。足には5本指の靴下を履き、さらに布草履を履く。ついでに散髪もしておこう。地下に潜ってから三度目の散髪だ。見てくれを気にしているわけには非ず、ただ単に15ミリ以上髪が伸びるとうっとうしくて苛立ってしまうのだ。

被災地の周辺に踏み止まって生き延びている人はいるのだろうか。衣料も食料も不足しているだろうし、移動手段も持たずに冬を迎えるのは大変だろう。海外から支援物資は大量に届いているようだが、例によって配分が問題であるらしい。

作務衣を着ると反射的に体操と掃除をしてしまう。ぞうきんがけをしていると、たった3ヶ月でも生活の残滓がそこここにこびりついていて驚かされる。この埃や汚れはどこから来るのだろう。そういえば某漫画家が収容されていた刑務所の独房でも毎日掃除をするたびにどこからかゴミが発生する様子が描かれていたっけ。生活とゴミは切っても切れぬ関係ということか。

day 93

残された日々をひとりで乗り切る気力を喪失し、ひどく沈んだ気分で床に入った夜の夢。

自国民をすべて虐殺され、ただひとり生き残った太鼓の名人が敵国王の前で太鼓の腕前を披露する。王と臣民に見守られつつ、男はやおらバチを取り上げ、ゆっくりした八拍子を刻み始める。

「どん、どん、どん、どん、どん、どん、どん、どどん」

音に呪縛され動けずにいる人々の視界の隅に幻の軍勢が現れ、しずしずと近づいてくる。

「どどん」

得物が一閃し、最初の首が飛ぶ。

太鼓のリズムが2拍子に変わると武者たちは頭上で矛を振り回しつつ歩みを進め、廷臣たちの首を次々と切り落とす。

復讐を終えた男ははらはらと落涙し、狂ったように笑いつつ太鼓を乱打する。呪縛が解けた民衆は動きだし、笛と鉦の音がいつの間にか加わる。太鼓の合いの手も入り、全員が乱舞して祭が始まる。やがて名人はいつの間にか姿を消す。

とにもかくにも、生き延びるために書き続けねば。改めてそう思う。

day 94

それはまだ沈黙を保っているが、確かにそこにいて、言いしれぬ違和感をもたらしている。ここにいるぞ、と自己主張しているかのようだ。また夢を見る。

罰として首を切られる事態に至るのだが、手心を加えてくれたものか、右の頸動脈だけを切断される。だらだらと出血するが、噴き出しはせず、辛うじて生き延びる。ずいぶん以前からゆっくりと動脈の閉塞が進んでいたらしく、ちょうど閉塞している区間を刃が横切ったのだ。

首に血のにじんだ包帯を巻き、大荷物を抱えて京急の駅で電車を待つ。乗り込んだ車両はひどく混んでいるが、荷物を通路に置かせてもらえる。けが人ということで配慮してくれたらしい。ドアを開けて入ると浴室だ。右手にひとり用のユニットバスがあり、奥にはもう少し広い浴槽があるのだが、近い方を使うことにして壁を見ると「排便可」と書かれた紙が貼ってある。どうやらここは介護施設で、入浴する年寄りがついでに排泄していくこともあるのだろう。掃除は行き届いていて、大便が付着していたであろう浴槽につかることにさしたる抵抗は覚えぬものの、いかんせん湯がぬるすぎる。そこら中のボタンやらレバーを操作してようやく少し温まってきた。電車は減速し始めている。もう降りる支度をせねば、というところで目が覚める。半分切れたはずの首はまだ残っている。

day 95

今日は特記すべき日だ。１９８９年のこの日にベルリンの壁が崩壊し、２０１６年には悪魔の化身が米国の大統領選を制した。紙牌の家に生まれ世界支配をもくろむ男は、この国から駐留軍を撤退させ、代わりに核を保有させようと画策する。おかげで危険極まるお荷物だった「ひたち」の兵器級プルトニウムが一躍お宝に昇級したのだ。

day 96

外のことはもうどうでもいい。ここにいる自分にも意味があるとは思えぬ。降り注ぐプルトニウムの黒い雪にすべてが埋もれ、重力崩壊してしまえばいいのに。

だのにこいつは声高に自己主張する。自分のために生き延びろとでも言いたげに……わかったよ、とりあえずお前の顔を拝むまではこの世界に止まるとしよう。それにしてもお前は今どのあたりにいるんだ？　生まれてくる子供は黄道十二宮の外側から太陽系にやってきて、惑星を経巡りつつ自らを形成するとされている。土星界～木星界～火星界～太陽界～水星界～金星界そして月界というように、それぞれの星の名称を冠した世界を通過して彼らはやってくる。といってもここで言う惑星は物質界の存在には非ず、霊界のそれであるらしい。霊的には今も太陽が地球の周りを回っているのだ。太陽と月を含む天動説あるいは占星術的惑星は黄道に配された12あるいは13の星座を1年かけて一巡りする。この下腹部に巣くう存在が誕生の瞬間を目指して下降しつつあるというのであれば、こちらは逆に死の瞬間を先取りして迎えに行ってみてはどうだろう。まずはこの地上を見限って月の領域に向かうのだ。瞑想あるいは夢中飛行で魂界参入としゃれこもう。

B.C.25

キミとは11時すぎに駅で待ち合わせたりした。「零時過ぎの恋」とかいう唄が流行った頃だ。深夜営業のバーで軽く酒を飲んで、少し会話したけど、夜勤明けのキミは眠そうだった。冬のことだったと思う。肩を寄せて薄暗い裏通りをラブホテルまで歩き、引きずり込むようにして入る。

シャワーを浴びるキミをマジックミラー越しに観察。キミとはついに一緒に風呂に入るほどの間柄には達せずじまい。でもベッドでは胸骨にかすかに残る手術痕を見せてくれる。定期入れから写真まで取り出して、

「これがあたしの胸から出てきた腫瘍です」

そこには丸い肉色の塊に脂肪組織の尾ひれをつけたものが写っている。うつ伏せに倒れた目玉おやじみたいに見える。

「そ、そうだったんだ」

無理矢理相づちを打つ。たぶん縦隔の奇形腫だったのだろう。とすると袋に入っていたのは毛髪や脂肪、歯といった成分。脳を含む人間ひとり分の材料に形を与えて作られたのがブラック・ジャックの助手を務めるピノコだが、この嚢腫にそれだけの素材を仕込むのは無理だろう。ここにも生まれ損ねた存在がひとつ。

キミは愛液の分泌が盛んだった。行為の後ではシーツが絞れるほど濡れる。

「あーあ、びしょびしょ」

照れ隠しに笑ってみせる。試してみたら潮吹きというのも経験できたかもね。キミにもう一度会いたい。会ってそのしぶきを浴びたいよ。

バドミントン部の部長だったキミは身軽にコートを跳ね回る。一度だけプールに誘って泳いだ時にはキミの方がずっと泳ぎがうまくて焦ったものだ。当時痩せていたおれはすぐに体が冷えて

しまい、その後ベッドで温めてもらった。生理が終わりそうだというのでタンポンを着けて泳いだんだったね。ひもを引っ張ったらするりと出てきたそれは少しだけ赤く染まっている。

day 98

月まではまだ遠いが、成層圏は越えたようだ。眼下に見える地球はどういうわけか、あちこちがしみのように黒ずんでいる。

「プルトニウムのせいだよ」

誰かが耳元で囁く。そうか、原発や処理施設で眠っているプルトニウムが禍々しくも黒光りしているのだ。このところ続いている大地震は、あれを振り払おうとする地球の身震いというわけだろう。

月の光を浴びつつ上昇する。頭の芯が冷えて冴え渡る。目に映るものすべての輪郭がはっきりして、色彩が踊るようだ。至高体験あるいは〝heightened awareness〟というやつ。案外こういうのが狂気の語源かも知れぬ。月のまひる、月光浴、月光仮面のパロディーで仮面以外は全裸のけっこう仮面、月面には太古の宇宙船が遺棄されていると語ったのは誰だったか……衛星にしては大きすぎる月はその引力によって潮汐をもたらし、その満ち欠けは月経周期に近似する約29・5日の周期を地上に与える。人間の構成要素であるエーテル体の周期は1ヶ月だそうだが、これは恐らく月の公転周期だろう。一方、アストラル体の周期は1週間だとか。ところで1ヶ月が4

週だとすれば、1年はおよそ13ヶ月だ（ここで思い出すのは現在の黄道に存在しているのが、へびつかい座を含む13の星座であるという事実）。月の満ち欠けという自然現象に基づく「月」と旧約聖書の記載を元に定められた「週」、さらに地球の公転周期による「年」は我々の体でどう調和しているのだろう？

月読は黙したままだ。今この瞬間も地球から遠ざかり続ける彼または彼女は、常に変わらぬ表情で地球を見つめ、あるいは耳を傾けている。……今宵も月から滴る銀の雫が夜を満たす。巨岩に囚われたまま夢中を飛行する性別不詳の胎児＝ホムンクルスがその雫で唇を湿す夜は果たして訪れるのだろうか？

day 99

週の由来で思い出したが、発生の初期段階は創世記の1週間ときれいに対応するという。神は1週間でこの天地を創造し、次いで休息をとった。造物主が眠り込んでしまったせいか、あるいは盲目であるのかどうかはともかく、破壊の火種は放置され、今から99日前に火を噴いた。

現在妊娠14週。悪阻はほぼ治まった。胎児はすでに人間の形をしているはずだが、下腹部の膨らみは微々たるものだ。こいつはどういう夢を見ているのだろう。走馬燈のように人類の進化を？　あるいはあらかじめこの地上における生を予見する？　我々はすべてを忘れ果てているのかも知れぬが、ウィトゲンシュタイン風に言えば、忘れたことは思い出しうることである。そう、想起こそが大事だ。真珠採りのように、記憶の深みに潜って泥中から光り輝く記憶を掘り起こすのだ。

day 100

死者は最も雄弁だ。決して黙り込んだりせず、絶えず語りかけてくる。百か日の法要がそここで催されているが、儀式というものはせめてその間だけでも死者に沈黙してもらうための手段かも知れぬ。沈黙、セイレーンの最強の武器。闇がすべての色をその底から発し、ホワイトノイズはあらゆる情報を含む。

金星界への上昇を試みよう。愛の女神と同一視されるその惑星は、温かみのある光沢を持っただひとつの金属、銅をその属性としている。その領域にしばし止まり、まどろむことを許し給え。

day 101

ディズニーのアニメのタイトルがどうして101匹だったのかは不明だが（2足す99イコール101ではあるものの）、101は素数であり、しかも101と103は双子素数である。

感情を交えず思考に没頭することによって鬱を遠ざけるべく、このところ暇に任せて数学の問題を解くことにしている。といっても高校の復習程度ではあるが。今日は指数と対数について考えている。指数関数のグラフの形は覚えているが、x＝0の時、つまり指数関数のグラフとy軸の交点がどうして1であるかが説明できず焦った。仮にも医学部を卒業しているのに。どうやらこれはxのn乗を再帰的に定義することから導かれるようだ。つまり、

x の1乗＝x
x の（n＋1）乗＝x の n 乗×x

これがn＝0の時にも成立するとすれば、

x の（0＋1）乗＝x の0乗×x＝x

ゆえに、

x の0乗＝1

というわけだ。
同様にしてnに負の数を当てはめた場合も導くことができる。

xの（−1＋1）乗＝xの−1乗×x

ここで（−1＋1）はゼロであり、xの0乗はさきほどの計算から1であることがわかっているので、両辺をxで割って、

xの−1乗＝1割るx＝1／x

ようやく指数関数グラフの左半分に辿りついた。明日は対数を復習しよう。できたら自然対数の底であるe（ネイピア数）が無理数であることの証明まで辿りつきたいものだが、現在の理解力では高望みというものだろうか。

day 102

小説あるいは映画「博士の愛した数式」にも登場する、よく知られたオイラーの等式について半日調べていた。これは最も美しい等式とも呼ばれていて、これまたよく知られたアインシュタインの方程式

$E=mc^2$

の数学版とでもいったところだろうか。この式は、

$e^{i\pi}+1=0$

あるいはｅのｉπ乗＝－1という形で表される。大学生の時だったと思うが、初めてこの式を見た時にはショックを受けた。代表的無理数にして超越数でもあるｅとπとが結びついて単一の整数を導くという事実（？）には感動したものの、この式がそもそもどういう意味であるのかがさっぱり理解不能で、そのことにも感銘を受けた。真理は簡素にして深遠すぎる、というわけだ。少しずつ解きほぐしていこう。ｅのπ乗だけだったら意味はわかるし、どれほどの数かもある程度は見当がつく。ｅは2と3の間、πは3と4の間にあるから、ｅのπ乗というのは2の3乗つまり8よりは大きくて3の4乗つまり81よりは小さい数で、恐らく3の3乗に近い数だろう。指数関数のグラフ上でこのあたり、という点を指すことだってできる。問題はｅとπの間にこっそり挿入された虚数単位「ｉ」だ。ｉの意味くらいは説明できるよ。2乗したら－1が得られる数だ。じゃあｅのｉ乗ってどういうこと？「いーのあいじょう」と書くと意味深だけど。

虚数について追求するのはやめて、オイラーの等式がいかにして導かれるかを調べる。どうやらオイラーの「公」式というものからわりと簡単に引き出されるらしい。でもこの公式も相当に厄介だ。

$$e^{ix} = \cos x + i \sin x$$

だいたいどうして指数関数の等式に三角関数が突然出てくるんだ？　このｘはラジアンで表した角度だから、πを代入するとコサインπ＝－1、サインπ＝0より等式が導かれるというのだが……。この一歩手前にｅのｘ乗の無限級数への展開が立ちはだかる。マクローリン展開というやつだ。幸いにして高校生向けにマクローリン展開を解説したページが見つかる。更新が滞っているようだが、作者は無事だったろうか。これによるとｅのｘ乗をｘの多項式の形で書くことから始まるらしい（実際に可能かどうかは証明が必要だろうけれど）。こういう具合に、

$$e^{x} = a + bx^{2} + cx^{3} + dx^{4} + \cdots$$

ｘ＝0を代入すると左辺はｅの0乗イコール1（実数の0乗が1であることはすでに考察済み）、右辺は初項ａ以外すべてゼロだから、ａ＝1であることがわかる。ここからがキモだが、

次は式の両辺を微分してしまうのだ。左辺は微分しても不変だが、右辺は、

$$2bx+3cx^2+4dx^3+\cdots$$

という形に変わるので、ここでまたｘ＝０を代入して２ｂ＝１よりｂ＝１／２、以下同様に微分を繰り返して、

$$e^x=1+x+\frac{1}{2!}x^2+\frac{1}{3!}x^3+\frac{1}{4!}x^4+\cdots$$

という結果を得る。余談だがここでｘ＝１を代入するとネイピア数ｅを無限級数の形で書くことができる。つまり、

$$e=1+1+\frac{1}{2!}+\frac{1}{3!}+\frac{1}{4!}+\cdots$$

コサインｘとサインｘについても同様に展開すると、

$$cos(x) = 1 - \frac{1}{2!}x^2 + \frac{1}{4!}x^4 - \frac{1}{6!}x^6 + \frac{1}{8!}x^8 + \cdots$$

$$sin(x) = x - \frac{1}{3!}x^3 + \frac{1}{5!}x^5 - \frac{1}{7!}x^7 + \frac{1}{9!}x^9 + \cdots$$

ここまで来たら結果は予想できるだろう。ｅのｘ乗、コサインｘおよびサインｘのすべてのｘにｉｘを代入するのだ。

$$e^{ix} = 1 + ix + \frac{1}{2!}(ix)^2 + \frac{1}{3!}(ix)^3 + \frac{1}{4!}(ix)^4 + \cdots = 1 + ix - \frac{1}{2!}x^2 + \frac{1}{3!}ix^3 - \frac{1}{4!}x^4 + \cdots$$

実数部分とｉのついた虚数部分をそれぞれひとくくりにして書くと、偶数番目の項は係数が負で奇数番目の係数が正であることがわかる。そう、さきほどのサインｘとコサインｘの展開式を見比べれば、実数部分はコサインｘ、虚数部分はｉサインｘに一致するのだ。確かにねえ、と感心しつつも狐につままれた感じが残る。ｅの虚数乗がどういうものか、その定義がすっぽり抜け落ちているのだ。ノーベル物理学賞を受賞したＴ博士はエッセイでこの辺の違和感に触れておられる。要するにこの公式そのものが虚数ベキの定義である、と考える「べき」らしい。凡人には理解し難いが、ネットではこういう説明もされている。複素平面において半径1の単位円を考えるとeのix乗という数は角度xだけ円の上を反時計回りにたどった円周上の点に相当し、その実数部分がサインx、虚数部分がiコサインxだというのだ。いずれにせよ、指数関数と三角関数という一見して無関係に思える関数どうしが虚数あるいは複素数を介して密接にリンクしているということらしい。無限級数を用いた証明以外にも証明方法は多数あるようだが、微分方程式だの行列だのを持ち出されても、ちんぷんかんぷんの度合いが増すばかりだから、この辺が限界だろう。

こうして日暮らしPCに向かって、小難しい数学の問題に没頭していると、その間だけは自分の境遇を忘れていられる。こうしている間にもこの国は崩壊し続け、国際社会における地盤沈下を続けているだろうけれど。

day 103

ネイピア数eは（1＋1／n）のn乗の極限、つまり、

$$\lim_{n \to \infty}\left(1+\frac{1}{n}\right)^n$$

として与えられるというのを見かけて、無限級数にマクローリン展開したeの式から導こうと試みて挫折。二項定理ぐらいまでは辛うじて理解できるのだが……まあゼロの階乗が1であることはわかったからよしとしよう。どうやら二項定理というのも相当に重要らしいという匂いは嗅ぎ取れる。πを無限級数に展開できるという、いわゆるライプニッツの公式もこれまでに調べたことがらと関連していそうだ。

無限等比数列の和（無限等比級数）が有限の値を取り得るということを教わって感動したのはいつだったろう。たぶん数学Iだったから高校1年の時だろうか。ゼノンのアポリアとして知られるアキレスと亀の競走にまつわる問題も、これを使えば解くことができるというのだ。説明を試みよう。仮にアキレスが秒速1メートル、亀がその半分つまり秒速50センチで走るとして、亀がアキレスの1メートル前方からスタートしたとしよう。アキレスが亀のスタート地点に到達するのは競走開始の1秒後だ。その時亀はアキレスの1／2メートル前方にいる。次にアキレスが亀のいた地点に到達するのはさらに1／2秒後で、その時亀はアキレスの1／4メートル前方にいる。このようにしてアキレスに対する亀のリードは刻々縮まっていくものの、アキレスが亀のいた地点に着くまでに亀は常にその先に移動しているのだから、アキレスは決して亀を追い越すこと能わぬ、とゼノンは宣うのだ。

本当にそうだろうか？　アキレスが亀のいた地点まで到達するのに要する時間は、

$$1+\frac{1}{2}+\frac{1}{4}+\frac{1}{8}+\frac{1}{16}+\cdots=Sn$$

つまり初項1、公比1／2の等比数列の和として表される。第n項までの和は、

$$Sn=\frac{a(1-r^{n+1})}{(1-r)}=2(1-\frac{1}{2^{n+1}})$$

ここでnを無限に大きくした時、つまり極限においては2のn＋1乗分の1の値がどこまでも0に近づくので、総和は2。要するにスタートからわずか2秒後にアキレスは亀に追いつき、次の瞬間には追い越してしまうのだ。不思議といえば不思議だが、これが真実。無限＝永遠にはあらずして、無限回の試みが有限の時間で完了してしまうのだ。

公比の絶対値が1未満の等比級数は常に定数に収束する。無限に続くかのように思われたとしても、限りある資産を食いつぶしつつ反復される日々はある日突然終末を迎えるのだ。我々に与

えられている時間は常に有限だ。

前のエントリーでは等比級数の総和を導く公式を唐突に引用してしまったので、噂ではガウスが10歳の時に見いだしたという証明を試みる。初項a、公比rの等比級数の第n項はaかけるrの（n—1）乗と書くことができ、初項から第n項までの総和Snは、

$$Sn = a + ar + ar^2 + ar^3 + \cdot\cdot\cdot\cdot\cdot\cdot + ar^{n-1}$$

ここで先の等式の両辺に公比rをかけてやると、

$$rSn = ar + ar^2 + ar^3 + ar^4 \cdot\cdot\cdot\cdot\cdot\cdot + ar^n$$

前の式から後の式を引いてやると、

$$Sn = a + ar + ar^2 + ar^3 + \cdot\cdot\cdot\cdot\cdot\cdot + ar^{n-1}$$
$$rSn = \quad ar + ar^2 + ar^3 + \cdot\cdot\cdot\cdot\cdot\cdot + ar^{n-1} + ar^n$$
$$(1 - r)Sn = a - ar^n = a(1 - r^n)$$

$$\therefore Sn=\frac{a(1-r^n)}{(1-r)}$$

とまあこういうわけだ。上の式の初項と下の式の最後の項以外は引き算で消えてしまうというのがミソ。しつこいようだが繰り返しておくと、ここでｎを無限大に近づけていった場合、ｒが1よりも小さければ分数で表したＳｎの分子はどこまでもａに近づいていく。

day 104

紙はＦＡＸ用紙があったものの筆記用具が見つからず、込み入った筆算をあきらめていたのだが、デスクの引き出しを掻き回していたらメタルチップのペンが出てきた。以前に誰からだったか、誕生日のプレゼントにもらったものだ。メタルチップペンというのは特殊合金製のペン先が紙との摩擦で酸化して跡を残すというもので、少しずつ摩滅はするもののインクの補充が不要で半永久的に筆記を続けることができる。物珍しさに惹かれて使い出したものの、その後タブレットＰＣを使い始めてメモの類も手書きで記入する習慣がついてしまい、いつしか引き出しの奥で眠らせていたものだ。使ってみると、最初は独特の摩擦感〜引っ掻くというよりもこする感じ〜が気にかかるが、すぐに勘を取り戻してすいすいと書くことができた。舶来ものゆえ、アルファベットや数字を書くのに適しているようだ。こいつで先日挫折した二項定理に再挑戦してみよう。

$$(x+y)^n = \sum_{k=0}^{n} \binom{n}{k} x^n y^{n-k}$$

ここで $\binom{n}{k} = nCk = \dfrac{n!}{(n-k)!k!}$

xに1、yに1／nを代入して展開するとk＝0およびk＝1の時は式の値がともに1であることが判明する。k＝2の時は係数がn（n—1）、それに1／n2乗をかけて……というように計算していくと、

$$\left(1+\frac{1}{n}\right)^n = \frac{1}{0!} + \frac{1}{1!} + \frac{n(n-1)}{2!n^2} + \frac{n(n-1)(n-2)}{3!n^3} + \frac{n(n-1)(n-2)(n-3)}{4!n^4} + \cdots$$

ここで第3項に着目すると、分子と分母を通分すれば1／2×n分の（n—1）であることがわかる。n分の（n—1）はつまり1—1／nであってnが無限大に近づくにつれてどこまでも1に近づいていく。同様に第4項以降も係数以外のnに関する部分はすべて1に近づくため、

$$\lim_{n \to \infty}\left(1+\frac{1}{n}\right)^n=\frac{1}{0!}+\frac{1}{1!}+\frac{1}{2!}+\frac{1}{3!}+\cdots=\sum_{n=0}^{\infty}\frac{1}{n!}$$

これはまさにネイピア数eを無限級数の形で書き表したものと一致する。できたできた。決してスマートとは言えぬが上出来だろう。深く自己満足して眠りにつくとしよう。

day 105

迷宮をさまよう夢を見る。らせん状の階段は下りるにつれて次第に幅が狭まり、ついには片足を載せるのが精一杯、あと一歩で底に着く、というところで突然世界がひっくり返り、底と見えたものが天井であることに気づく。天井には×が記されてあるだけで上げ蓋らしきものは見当たらず、×印を押してみるとぶよぶよしたゴムまりに似た感触。えい、とばかりに力を込めると自分のへそがぽっこり膨らむ。自分の腹腔に囚われていて、へそからの脱出を試みていたのだ。しかし、へそは確かに腹壁の最も薄い部分であるとはいえ、外界との間には腹膜というものが厳然と立ちはだかっている。メスを振るって切り裂けば出られるのだろうが、その痛みに耐えられるだろうか。そもそも「自分のへそから抜け出そうとしている自分」のへそはどこにあるのだ？

産道というものが存在せぬ以上、腹膜に貼り付いている胎児を取り出すためには開腹手術が必要だ。わかりきった理屈だ。ブラック・ジャックよろしく自分で自分を手術するというのはまず不可能だろう。であれば、近い将来、ここを出て手術室に向けて歩き出すのだろう。それ以外の選択肢はあり得ぬ。

腹腔といえば、女性の腹腔が外界に開かれているという事実を解剖学の講義で知った時の衝撃を思い出す。男女の解剖学的差異のうちでも最大の決定的相違だと感じたものだ。だってそうだろう？　片方は閉じていて、もう片方は開いている。0と1の違いに匹敵する。トポロジカルにも全くの別物だ。このゆえに精子は女性の腹腔に迷い込むことがあり、そこで卵子と出会えば腹腔妊娠というわけだ。その際、精子は膣から子宮口を通り、卵管も通り抜けて腹腔に出る。もちろんこの経路は、ふだんは頸管粘液栓によって封鎖されていて、封鎖が解かれるのは排卵日前後に限られている。この封鎖の故にこそバクテリアの侵入による腹膜炎から女性の体は守られている。パスツールが考案した、白鳥の首に似たフラスコの屈曲部に貯留した水によって、フラスコに入れられたスープの無菌状態が保たれたように。この胎児は出口を持たぬ男性的腹腔に囚われている。首尾よく宝物蔵への侵入に成功したものの脱出方法を失念した間の抜けた怪盗のように。「開け、ゴマ！」の呪文を忘れて洞窟から出られず、盗賊どもに処刑されたアリババの兄のように。

day 106

講談社から刊行された手塚治虫全集４００巻をハードディスクに格納しておいてよかった。紙の本だったら壁面を埋め尽くしていただろう。おまけにここの壁面は壁にも天井にも変わりうるのだ。「鉄腕アトム」を読み返している。生まれる前から連載が始まり、小学校に上がるまで連載を続けたこの作品に対する思い入れは極めて深い。この国で最初に放映されたモノクロのテレビアニメーションもこの作品だった。DVDはおろかビデオデッキさえ未発明だった当時、テレビ番組の視聴を逃すということは今では思惟も及ばぬほどの喪失感をもたらしたものだ。前にも書いたが、父に連れられてボウリングに出かけた時のことを覚えている。放映に間に合うよう帰宅するという約束を破られ、無情に走り続ける電車に閉じ込められた。ぼろぼろと落涙し、父の足をこぶしで殴打しつつ地団駄を踏んで叫んだものだ。その時にはいずれ再放送というものがあろうとは知り得ず、あれほどの無念は後にも先にも未経験だ。

この国への原爆投下そして「終戦」からたった10年後に書き始められたこの作品は原子力へのほのめかしに充ち満ちている。

「鉄腕アトム」には随所に「原子」兵器が登場する。アトムの前身たる「アトム大使」では地球人の天馬博士が発明した「収縮薬X」によって滅ぼされかけた宇宙人たちが報復のために使用したのが「新型爆弾」であり、爆弾を落とされた跡を見たお茶の水博士は「こりゃ驚いた原爆でもふらせたか」と述懐する。さらに宇宙人たちは「24時間のうちに全大陸をあけわたせ」という最後通告を発した上で攻撃用ロケットに「水素爆弾」を積み込む。

「コバルトの巻」では日本近海に沈没した水素爆弾によって日本が存亡の危機に立たされ、アトムが爆弾を回収するために深海に赴く。「火星探検の巻」では火星探検基地を襲ったヒトデ型エイリアンは「原子銃」を携えていた。「ミドロが沼の巻」に登場する反陽子波という怪光線もここに含めてよかろう。こうして見るとこれらの原子兵器は基本的に外からやってくる脅威として描かれている。

他方で原子爆弾が平和目的、というよりは外敵に対抗するための手段として用いられる場合もある。「アトラスの巻」では溶岩流の進行方向を変えるためにアトムが爆発させるのが酸素ボンべあるいは万年筆を連想させる形状をした「小型原子弾」であった。

B.C.15

キミとは一夜かぎりの縁だった。嘘つき、と言われたのだったか、いや、

「ずるい」

と幾度も言われたのだった。騙すつもりが皆無だったと言えば嘘だろう。キミがおれのことを独身と思い込んでいて、その上で好意を寄せていることには気づいていた。……ということは、おれは結婚していたのか？　誰と？　いつ？　またしても記憶が欠落している。

S横浜に通っていた頃のことだが、飲みに行ったのは勝手知ったるM町界隈。こじゃれたレストランで食事して、ワインをしこたま飲んで、その勢いで駅近くのラブホテルに連れ込む、いつものパターン。ジゴロを気取っていたのだろう。たらし込むのはお手の物だと思っていた。成功

率はせいぜい五割だったが。指輪は外していた。結婚式では安物の金メッキのやつを使って、新婚旅行から戻ってきたところで外したんだ。血管造影の検査に入るため手を洗う必要がある、とか適当に理由をつけて。

彼女とはその晩、二度事に及んだ。初回は正常位で、二度目は背後から。性器がどういう具合だったか、例によって記憶が欠落している。やせ形でやや色黒で、背に産毛が生えていて、意外に毛深いんだと思ったことだけは覚えている。どこでどうやって別れたのだったか。駅で？　再会を約したりもせずに？

とあるオカルティストによれば、人はその死後に生前の他人との関わりを相手の側から追体験するのだという。さぞかし恨み辛みを味わうことだろう。薄情者の報いってわけだ。

day 108

「ひたち」の爆発は某国から飛来したミサイルのせいだった、という謀略説のことはすでに書いたが、それ以前に大地震そのものが地下における核爆発を利用した地震兵器によるものだったという、輪をかけた謀略説を流布している輩もいる。この国の滅亡を願う某大国の仕業だというのだ。それほどの兵器が存在するのであればそもそも核は不要だろうとも思うが、さにあらず、地震兵器そのものが核の応用であり進化形態であるのだ、と某氏はのたまう。

day 109

米軍は完全に日本から撤退した。というよりも我先に逃げ出したというのが真実だろう。琉球にはまだ一部が残っているが、あそこはもはや日本とは別の独立国だ。自前の核の傘にすっぽり覆われてしまった日本の国土への侵攻はあまりにも無謀である。かくしてこの国は2万4千年の安全が保障された。いや、半減期の10倍、24万年後でさえ放射能は現在の1千分の1が留まるのだ。

day 110

某国在住の唯一の友人、Tim Bruck 氏からメールが来る。

"Are you OK?"

とたった一言。こちらも、

「無事だ」

と一言返信する。

「手助けできることがあったら遠慮せずに言ってくれ」

とも。ありがたいことだ。思わず落涙する。

ティムとは彼が創設したＳＦ俳句《サイファイク》のメーリングリストで知り合った。サイファイクというのは説明が難しいが、要するに季語の代わりにタイムマシンやらテレパシーといったSF用語をちりばめた英語俳句だ。某国では小学校で誰もが一度はハイクを作らされるのだそうで、彼らが学習する俳句というのは上五が5音節―下五も5音節というように日本語の1文字に英語の1音節をあてるものらしい。ところが日本語の「古池や」は5文字だが〝old pond〟だったらたった2音節である。「蛙飛びこむ」に相当する〝A flog jumps in〟にしたって4音節に過ぎぬ。要するに1文字に1音節では情報量が多すぎるのである。ゆえに、かのメーリングリストのメンバーはできるだけ少数の音節で3行詩を書くという方針を貫いていた。おれは一時期、唯一の日本人メンバーとしてへぼ英語俳句を投稿していたのだった。

「君が以前に投稿した俳句は今では予言のように響く」

とも彼は書いてきた。

それは多分次に掲げる俳句のことだろう。

Killer beam in the sky:
Ash on the ground...
（天空に殺人光線地には灰）

「確かにそうかもね。僕が思い描いていたのはレーザー光線だったけど、あの日、熱線があたりを焼き払い、続いて死の灰が降下してきた」

と返信する。

day 111

手術もそうだが、血管造影や脊髄腔造影といった、検査着に着替えて施行する検査では手袋を装着する必要があり、その前には滅菌水と殺菌剤で念入りに手を洗う決まりだ。爪は短く切りそろえておくし、そのために更衣室には爪切りが置いてある。指輪は？　金や白金に制菌作用があるといっても、はめたままの指輪と皮膚の間に汚れが溜まるだろうから、手術や検査の前には外すのが筋だろう。

手洗いの儀式は相当に厳格で、臨床実習に入る学生が最初に受ける洗礼といってもいい。シャワーのオン／オフは足踏み式のペダルあるいは膝で動かすレバーで操作する。出てくる水は滅菌水というもので、水道水を特殊フィルターで濾過して、さらに紫外線を照射してある。まずは普通に石鹸で両手を洗い、汚れを落とす。これだけでは皮膚にへばりついている常在菌（表皮ブドウ球菌が有名）が残っているので、滅菌済みの樹脂製ブラシで物理的に掻き落とすのが次の段階。ブラシはステンレス製の箱の下から取り出し、上から補充する。取り出し口もペダル操作だ。ペダルを踏むと箱の下面にある観音開きの蓋が開き、ブラシが半分ほど姿を現すので、摑んで取り出す。滅菌水で濡らし、これもペダル操作の殺菌剤をたっぷりとかける。茶色の液はポピドンヨード、ピンクのやつがクロルヘキシジン。通常は殺菌力の強いヨード剤を使うが、ヨードアレルギーのあるドクターには別の薬剤が用意されている。
十分に泡を立てつつ指先から洗っていく。爪の間、指の股、掌、手の甲……ブラシを持ち替えて反対側も。ささくれができていたりするとむちゃくちゃ痛い。切り傷があったりしたら検査室や手術室には立入禁止。外科医が手を大切にするというのは、つまりそういうわけ。そのまま前腕つまり二の腕を念入りに洗い、肘関節の上まで洗ったらブラシを洗面台に落とす。この間、指先を含む両手は常に上向きを保つ。汚れを含んだ液が既に洗った部分に垂れてくるのを防ぐためだ。この、両手をずっと上げたままという姿勢が最初のうちは結構きつい。ここでいったん滅菌水で泡を落とし（この際も当然指先は上向きのままだから、少し体を落としてシャワーの下に腕全体を持ってくる必要がある）、ブラシを替えてもう一度、全行程を反復。この間およそ5分。

day 112

年の暮れあたりからネットの接続が不安定だ。電気、ガス、水道といったライフラインに加えて、ついに通信回線もメンテ不足でいかれてきたらしい。バケツリレー式のインターネット回線は経路の一部が遮断されても全体のダウンには至らぬが、通信速度はどうしても落ちてくる。動画はコマ落ちしてかくかくとした動きだ。

倉庫を片付けていたら大量の避妊具が出てくる。ここでセックスにふけるつもりでいたのか、はたまた乱交パーティーでも開くつもりだったのか……というのは冗談としても、どうやらここにはそういった相手と籠もる予定だったのだろう。避妊具を必要としているということは、その相手は妊娠する可能性のある女性だったということだろう。いや、男性の可能性もあるといえばあるだろうか。

day 113

寝不足だ。睡眠時間は足りているはずだが、昼間から眠くてたまらぬ。翻訳の仕事をしていると、じきにまぶたが下がってくる。眠気覚ましにコーヒーというわけにもいかず、Wake Up! と命名したプレイリストの曲を大音量でかけたり、自転車を漕いでみたりするのだが、眠気は居座り続ける。

原因はわかっている。睡眠時無呼吸発作のせいだ。赤外線ライト付きの監視カメラで寝ている自分をモニターしたら、1時間に1回の割合で発作を起こしている。体重が増えたせいもあるだろうが、たぶんそれよりも、寝返りもうつぶせ寝も今や難しい、そのせいだ。自然と仰向けで寝ていることが多く、舌根が沈下して気道を塞いでしまう。どうしたらいいか思案していたら、その昔産婦人科の講義で耳に挟んだ「シムスの体位」というのを思い出す。下半身は仰向けだが上体をひねって横向きに寝る。これだったら腰痛も緩和されるだろうし、180度だが寝返りも打てる。試してみる価値はあるだろう。

day 114

睡眠時無呼吸をある程度克服できたと思ったら、今度は頻尿で眠りが浅いときた。もともと前立腺肥大ぎみだったところへ、骨盤腔にでかい肉塊がでんと転がっていて、しかもびくびくと動くんだ、膀胱が圧迫されて尿意で目が覚めてしまう。頻尿だけで済めばいいが、いずれ排尿も障害されそうで怖い。導尿用のカテーテルはあるものの、1本きりでは心細い。

day 115

研修医時代に数回、患者さんの導尿を試みたが、失敗せずに済んだのは泌尿器科実習のおかげだ。ポイントはふたつ。カテーテル挿入時の痛みを和らげ、滑りをよくするために、局所麻酔剤入りのゼリーはたっぷり使うこと。具体的には一度にチューブ1本を使い切るぐらいのつもりで、ぶちゅうううっと尿道にぶち込むのだ。そしてカテーテルは押し込むことはせず、カテーテルに沿ってペニスを引っ張り上げること。でっかいピンセットを使って。ひどいやり方だが、確実かつ迅速にカテーテルを膀胱まで進める方法だ。

脳裏で再生されるタガイ教授の講義は第二次大戦中のエピソードへと移る。

「激戦の最中にひとりの兵隊さんが尿閉を来してしまった。まだ若い人でしたが、長時間排尿を我慢したせいかも知れません。当然、カテーテルも代わりに使えるチューブも見当たらず、そばにいた戦友は途方にくれた。兵隊の苦しみはつのるばかり。意を決した戦友は兵隊さんのズボンを下ろし、ペニスを引っ張り出して思いっきり吸い付いた。そうすると少しずつ尿が出てきたから、吸っては吐き、吸っては吐きして楽にしてやったそうです」

教授は品よく淡々と語るのだが、かえってそれが感動を招き、印象に残るのだった。感動的逸話でやめておけばいいのに、ついつい下らぬ連想にふけってしまう。いつかネットでセルフ・フェラチオというのを目にしたことがある。自分のペニスを咥えて刺激し、射精したらそのまま飲み込むという下手物だったが、そういうことが可能であれば、器具を用いぬ自己導尿だってできるだろう？

無理か。体の柔らかい奴にしか不可能だろうし、勃起前のペニスでは短すぎる。

day 116

きっかけがあると次々に記憶が掘り起こされるもので、陰茎癌の講義も思い出す。

「ペニスにしこりができて、これは切った方がいいでしょうと告げたら、ご主人は承知されたわけです。ところが奥様が、どうか切らずに治療していただきたいと懇願される。これはね、ご高齢のご婦人にとって配偶者のペニスというのはおもちゃだからです。最高のおもちゃというわけです」

思い出した。あの頃キミはペニスをもてあそぶのが本当に好きだった。それも勃起する前というか後というか、とにかくふにゃふにゃのやつに触りたがるのだ。

「タカちん」

そう呼ぶのはキミだけだったよ。

「ちんちんにさわらせて」

布団に入るとすぐに要求するからパジャマを下ろしてやると、

「タカちんのちんちん……」

と言いつつ握ったりさすったり、まあ悪い気はせんかったが。あれ以来寝る時に下着を穿くことをやめてしまった。キミの声はありありと思い出せるのに、どうして表情を忘れてしまったのだろう?

B.C.36

学祭の打ち上げの後だったろうか、クラスで唯一未婚／未婚約だったキミを下宿に連れ込んだのは。互いに交際相手がいることは承知していたから、ダブル浮気ってことだ。服を脱がそうとしたらキミは

「……ちゃんに悪いよ」

と、おれの交際相手に言及したが、お互い様だろ、くらいの気持ちでかえって弾みがついた気がする。ブラを外すと薄い胸から不釣り合いに突出した大ぶりの乳首がこぼれ出る。干しぶどうみたいだ、と思いつつしゃぶりつく。股間に手を伸ばしたら、

「双合診していいよ」

と囁かれた。産婦人科実習が始まっていた頃だ。あれは強がりだったのか、洒落だったのか。

ブラック・ジャックにあこがれて医学部に入ったキミは耳鼻科に進み、小児癌の研究者を目指していたおれは放射線科と進路が分かれ、卒業後に再会したのは同級生の葬式の時だった。

day 118

ところでこいつは本当に人間だろうか。人間に宿ったものであれば無条件で人間と言えるのだろうか。定義の問題と言ってしまえばそれまでだが、ヒトは生まれつきヒトである、とは言えず、段階を経てヒトと呼びうるものに育っていく、というのはたぶん真実だろう。しばしば例に引かれる、オオカミに育てられた少女たちの記録が雄弁にそれを物語っている。

……と書いたあとで調べたら、オオカミに育てられた少女たち、アマラとカマラの物語は信憑

性に乏しく、今ではほぼ捏造と考えられているようだ。この国で「オオカミに育てられた子」という本が翻訳出版されたのが１９５５年。これも昭和のデマのひとつだったわけだ。

day 119

折に触れて医学文献を検索するが、男性が男性のままで妊娠・出産したという報告は皆無だ。それも当然で、仮に腹腔をさまよっていた幹細胞が分裂を始めたとしても、そいつが育つための器官つまりは子宮が存在せぬ限り、いずれは栄養補給が途絶えて死滅するしかあるまい。

単為生殖、つまり雌が性行為によらず単独で子を作るということであれば、昆虫から魚類、爬虫類ぐらいまでは起こりうることが知られている。哺乳類ではゲノムインプリンティングという現象のため、自然状態では単為生殖が不可能というのが定説だ。

……と思っていたら、ＢＭＪ、権威ある英国医学雑誌に人類の単為生殖を扱った論文が掲載されているという。ＢＭＪは最近の論文であれば全文をインターネットで閲覧できる。早速読んでみたところ、人類における単為生殖の実例報告には非ず、某国における網羅的聞き取り調査で、自分は性交抜きで妊娠したと主張する若い女性をピックアップし、彼女らの社会的、文化的背景を調べたものだった。

ヒトの性別は性染色体によって決定され、Ｙ染色体を持つ個体では雄性の生殖器が形成される。女性の性染色体はＸＸであるからして、仮に人類が単為生殖したとしても、生まれてくるのは女性のみだ。処女マリアからジーザスクライストが生まれたのは、この意味でも奇跡と言えよう。新約聖書では女性→男性という奇跡が語られるが、反対に旧約聖書では男性→女性という原初の奇跡が述べられる。アダムの肋骨からイブが作られたという、周知の逸話だ。

「そこで主たる神は人を深く眠らせ、眠った時に、そのあばら骨のひとつを取って、その所を肉でふさがれた。主たる神は人から取ったあばら骨でひとりの女性を造り、人のところへ連れてこられた」

だが、このくだりを注意深く読めば、原初の人間（カバラでは原人と呼ばれる）アダムの表記は「人」であって、その肋骨から造られたのが「女性」であり、つまり「女性」は「男性」に先立つものとしてこの世に現れていることに気づく。恐らくこの原人は両性具有であろう。原人アダムは男性たるアダムと女性たるイブに分離したのだ。ここにも世界のはじまりに関する秘密が隠されている。水中から空中に飛び出す球状の水滴と、その際に水中に生じる同形同大の気泡というイメージ。ゼロから生じるポジとネガ。

day 120

コモドドラゴンとも呼ばれるコモドオオトカゲは単為生殖が可能で、しかも生まれてくる個体は雄だという。どうやらZW型という性染色体を持っていて、両方そろえば雌、どちらか一方だけだと雄に決まるらしい。生まれてきた雄が母親と交われば、そこから有性生殖が再開されるという仕組みのようだ。マリア＝イブとイエス＝アダムによる人類創成……いや、聖書にたとえたら教会から破門されてしまうだろうけれど。

day 121

認知症とは欠落の病である。

あらゆるものが欠け落ちていく。最初は記憶、続いて見当識、最後には人格まで。見当識というのはわかりにくい語だが、要するに自分が誰で、今はいつで、どこにいるのかという認識といってよかろう。どこにいるのか不明だから道に迷う。日付を尋ねられても答えられず、自分の年齢も誕生日も忘れ果てる。

day 122

鍵を紛失してしまったようだ。

ここを出る時は二度と戻らぬつもりで出るのだし、どのみち誰も訪れる者はおらず、鍵は不要とわかっていても、狭いシェルターで物の行方が不明という、あり得ぬ事態が生じていることで気が滅入ってしまう。どこかへ置き忘れたか、ポケットから落としたか、あるいはそもそも鍵というものが存在していたのかどうか……

day 123

芸術家たちは沈黙を続けている。首都圏にいた者はあらかた死に絶え、逃げおおせた者は生活に追われているのだろう。海外在住者は祖国の喪失という未曾有のショックからまだ抜け出せずにいるようだ。国破れ山河は未来永劫に汚染されてしまったが、万世一系の皇室が統べる単一民族国家という共同幻想は体臭のように深く染みついている。

中学の修学旅行を思い出す。東北6県のバス・ツアーだったが、乗り合わせた級友のうち出身地が最も隔たった者どうしがそれぞれの方言でしゃべるという余興があった。青森県と奄美大島だったが、どちらの言葉も外国語にしか聞こえず全く理解不能だったし、当然、彼らの会話もすれ違いに終わった。単一言語の単一民族というご託が嘘っぱちであることに、実はあの時気づかされていたとも言えよう。

day 124

深夜、郊外からバス・ツアーが出発する。立ち往生した車と瓦礫に満ちた幹線道路を避け、白骨化した死体を踏みしだきつつ都心を大きく迂回して東へ向かう。目指すは大災厄のスタート地点であり、ソジウムの業火とともに20キロ超のプルトニウムをまき散らした爆心、今は建物の残骸のみが残る「ひたち」の焼け跡だ。乗客たちはありったけの現金をかき集め、家財道具を売り払い、着の身着のままで集まってくる。ツアーのバカ高い料金を払うくらいだったら海外へ逃げ出した方がよさそうだが、彼らはこのツアーを選んだのだ。片道かぎりの旅行にこれだけの金がかかるわけは、バスもドライバーも使い捨てだからだ。聖地巡礼の後で気が変わり、帰りの運転を頼まれることもあったようだが、出発点まで戻ってきたバスは皆無だ。放射能障害のために運転を続けることができずに立ち往生してしまうのだ。

乗客たちは無口だ。たまに交わされる会話といえば、

「どちらから?」

「私は埼玉から」

「私は静岡からです」

「そちらの具合はいかがですか」

「逃げ出してきた人たちと元からの住人とで乏しい食料と生活物資の奪い合いですからね、生きるも地獄、死ぬも地獄ですわ」

「まあどこも似たり寄ったりでしょう」

そしてふたりとも黙り込む。

入手しがたい酒を持ち込む客もいるが、酔って騒いだりはせず、ひたすら押し黙っている。

監視カメラがそういったバスを捉えたことがある。昼下がりだったが、憔悴した乗客たちが亡者の群れに見えて正視に耐えず、すぐに目をそらしたにもかかわらず、熱に浮かされた目つきが脳裏に焼き付いている。

day 125

オリンピック開催に向けて建設中の新国立競技場は激震にもよく耐えてその姿を残している。高所で作業していた建設員が数名転落死したが、足場自体は崩れもせずに立っている。遠くからでも目につく鉄骨群を目指して、震災後に帰宅できずにいた数万人の人々が集まってくる。そこには割れて落下したガラスが敷き詰められておらず、横たわって休めるという噂が流布したせいだ。幸いにも盛夏で空は晴れている。足を伸ばせるスペースがあれば毛布は不要だ。日暮れには建設資材を使って炊き出しが始まる。幸いにも作業員のための食料が十分に備蓄されている。

かくて震災3日目の夕刻、死の灰を大量に含んだ黒雲が雨を引き連れて到来した時には競技場建設予定地は闇市の活況を呈している。

「こりゃあススか?」

炊き出しの雑炊をよそったプラスチックの椀をのぞき込んで誰かが呟く。ぽつり、と降ってきた最初の黒い雨粒が墨のようににじむ。やがて漆黒のスコールがすっぽりとあたりを包み込む。通り雨が過ぎたあとは誰もが横たわったままだ。ふたたび日が昇っても黒く染まった地面から立ち昇るのは陽炎だけ。地面を埋め尽くす、もの言わぬ死体はそのままミイラ化していく。蝿も蛆も、細菌さえも死滅してしまったせいだ。黒く染まった鉄骨が墓標のようにそれを見下ろす。

day 126

死んだ友人たちのことがしきりに思い出される。R君は農学部出身で、毒キノコの代名詞とも言えるベニテングタケを食した経験を語ってくれた。成人だったら半分までOKと教授に言われ、網で焼いたベニテングタケ1本を縦に裂き、半分だけ醤油につけて食べたら旨かったですよ、と涼しげに教えてくれた。彼は早朝の路上に斃れていたのを発見された。いわゆる突然死で、おそらくは致死性の不整脈か、あるいは脳動脈瘤の破裂だったのだろう。N市で開かれた吟行で一緒に俳句を詠んだのが最後だった。ネットで知りあった友人たちと作った俳句同人の例会で、あの頃は俳人のデラサワ氏の発案でそういった会が時々催されていた。デラサワ氏とR君と、その時一度きり参加した臨床心理士のハゼカワさん、そしてあともうひとり女性が参加したはずだが、それが誰だったか……

B.C.41

中学に入り高校を卒業するまでの6年間、回数はまばらだったけれど、小学校のクラスメートだったキミと文通する。晴れて医学部に合格し自宅から通い始めた頃、勇を鼓して電話をかけ、初デートの約束をとりつける。所はS橋、映画は公開されたばかりの「ロッキー」。

改札を出たら小雨が降っている。折りたたみ傘を忍ばせていたくせに、忘れたふりをしてキミの傘に入れてもらう。ありふれた感慨だけど、髪のいい匂いに心が躍る。

映画を観てお茶して腕を組むところまでこぎ着けて大喜びで帰宅。次はどこへ行こうか念入りに計画を練ろうとした矢先に、キミからの手紙が届く。文面はうろ覚えだけど、

「N君をセックスの相手として思い描くことが難しい」

というくだりだけが脳に焼き付いている。こっちはそういう風には……もちろん思っていたさ。でも、初デートの直後に突然そう言われても。


返事はついに書くこと能わず、忘れてしまおうと部活にのめり込む。

今にして思えば、中学高校の6年間ハードロックに傾倒していたキミは、たぶん大学でバンドを組もうとしていたんだろう。こちらは拓郎・陽水・かぐや姫に影響されてアコギの弾き語り、大学でもその延長でフォークソング研究会に入ったところ、こりゃ嚙み合うわけがあるもんか。キミはきっと憧れのロッカーと出会えたろう。どうかお幸せに。

day 128

久しぶりにシャワーを浴びようとドアを開けたら先客がいた。

……と書くとホラーみたいだが、正面の壁に生き物が貼り付いていたのだ。最初はトカゲかと思ったが、それにしてはやけに頭が大きいし、全体にずんぐりしている。その生き物は気配を察して大慌てで壁をはい上るのだが、いかにも慌ただしい動きの割にはスピードが今ひとつで、あたふたした感じが実にユーモラスで愛らしい。

その生き物はヤモリだった。

その日は水曜だったのでウェンズデイと命名した。

ウェンズデイ・モイラ・アンジェラ・ダーリングは血統書つきのヤモリで、恐らくこのシェルターが音楽室あるいはシアターとして使われていた頃にここの守護者たるべく住み着いたのだろう。同様にしてここに棲息しているクモやら小バエ、ひょっとしたらあの忌まわしきGとかを捕食しつつ優雅に暮らしているものと推察される。昆虫や爬虫類はいかにも放射線に対して耐性がありそうだから、こいつらが生き延びているからといって人間様も安心できる環境とは言い切れぬが、同居人がいるのは心強い。

「生き延びろよ」

思わず後ろ姿に声援を送ってしまう。

day 129

ヤモリのウェンズデイは幸運の女神だったらしく、紛失したと思っていた鍵は思わぬ所から出てくる。たまには掃除をしようとファイルキャビネットを移動したところ、キャスターの車輪に引っかかっていた鍵が床に落ちて音を立てたのだ。

それ見たことか。超常現象に遭遇するのは難しい。忽然と消えたかと思われた犯人は密室に隠れたまま機会を窺っていて、密室が外界に開かれた瞬間に堂々と逃げていく。まあそういったことだ。いずれにせよ、認知症の始まりにあらざればこれ幸い。

ウェンズデイが生き延びてきたということは、このシェルターがすでに自足した閉鎖空間と化しているということだ。小動物たちのミクロコスモスではヤモリがその頂点に位置する捕食者であり、連中と食う――食われるの関係を結ばぬおのれはさしずめ超越者たる神であろう。

day 130

前に言及した「サブマリンセブンオーセブン」をダウンロードできたので読んでみる。ネット書店が本格的に稼働し始めたのはありがたい。原潜のシーンというのは、敵の攻撃を受けて沈没寸前の某国原潜から乗組員を救出するというものだった。

原子力潜水艦の事故が実際にどういうものか、ちょっと調べるだけでごろごろ事例が出てくる。

沈没してしまえば乗組員全員が死亡するのは当然だが、冷却系が故障した原子炉の修理にあたった作業員が全員放射能症で死亡するといった重大事故も多発している。ほとんどが訓練中の事故であるのは当然、そもそも原潜同士が戦ったり、原潜と駆逐艦がバトルを繰り広げたりという事例はあるまい……と思ったら、たった1行の記載ではあるが、

19X1／03、ソ連沿岸で米ソ原潜が衝突、詳細は不明。

という記事を見つけてゾッとする。米中の原潜が日本近海で衝突ということもあり得るわけだ。

原子炉は頑丈にできているし、事があれば緊急停止して暴走を防ぐから核爆発は起こり得ぬ……そりゃそうかも知れんが、交戦中に電源がやられてしまったら、冷却不能から水蒸気爆発というパターンだってあり得るだろう。どこかで聞いたストーリー。

要するに原潜＝移動できる原発ってことだったのさ。

day 131

ティムとはぽつぽつとメールを交換している。妊娠のことも打ち明ける。

「驚いたよ。君はてっきり男性かと思い込んでいた」

「僕もそうさ」

英文ではニュアンスを伝えづらいが、ここに妊婦、いや妊夫がいることだけは理解してもらえたようだ。

「予定日はいつ？」

某国人らしく単刀直入に訊いてくる。

「来年の3月中旬」

「どうするつもり？」

「どうしたらいいだろう……それまでにはここを抜け出して、どこか開腹手術のできるところまで移動する必要があるのだけど」

「そうか。メーリングリストの連中とも相談して、援助の手段を講じるよ。身体に気をつけて待っていたまえ」

「ありがとう」

妊娠の件を信じてくれたかどうかはともかく、救出方法を考えてくれるのは本当だろう、それがありがたい。

day 132

タツムラの死を知ったのはＳＮＳのコメントからだった。学生時代には互いの下宿を往来し、岡林信康のコンサートを一緒に聴きに行った。秋吉敏子の「孤軍」を教えてくれたのも、サイモン&ガーファンクルの"Flowers Never Bend with the Rainfall"の歌詞を訳してくれと頼んできたのも彼だった。故郷の鹿児島に戻って家業を継いだ頃から疎遠だったが、年賀状はやりとりしていた。その彼が脳出血で死んだという記事を見つけたのは半年後だった。確か晩婚で娘がふたり、恐らくまだ学生のはずだが、どうしているだろう。

医学部の同級生、正確に言えば入学時の同級生は63人いたが、すでに3人が物故している。ひとりは交通事故、ひとりは病死、もうひとりはどうやら自殺したらしい。残る60人のうちどれほどが今回の大地震と事故で死んだのか。そう言えば今回の直下型地震と、それが引き起こした原発事故（火災＋爆発）を合わせて「大災害」と呼ぶのが定着したようだ。「災厄」と呼ばれたりもする。「最悪」に似ているからだろう。

死んでいったのはいい奴ばかりだった、と書きかけて躊躇する。いやいやあいつは穀潰しだったぞ、悪人とまでは言わんが。死者は美化される。死者を悪し様に言うことをためらうのは、我々の心中に棲む古代人だ。死者を恐れているのだ。

世界から取り残されているおれは、既に死んでいるのも同然だ。今のところ誰と会うことも不可能であるとすれば、生者と死者の区別もまた不可能だ。死んだ世界と死んだ自分が等価で対峙している。ウィトゲンシュタインを牽強付会すれば、現実に遭遇不可能であるものとは夢で逢えるもののことだ。「夢で逢えたら」という歌が昔あったが、そう、夢で逢えばいいのだ。

day 133

救済の技法、もとい夢見の技法については前にも書いたが、要するに夢を見ていることに気づいている夢、lucid dream は訓練次第で制御可能だという理屈だ。すでに夢中飛行に成功しているのだから、相手が生者であろうと死者であろうと自由に逢うことだって可能だろう。早速練習を始める。入眠間際のトワイライトゾーン、夢と現のあわいで逢いたい相手の姿をありありと思い浮かべる。その姿形、服装から声まで細部を復元しつつ眠りに落ちるのだ。

day 134

東京近郊のT市に住んでいた頃にはせっせとスポーツクラブに通っていた。最初は薬に頼らずに血圧を下げるのが目的だった。週に3回、約2時間。まずは5分ほどかけて専用マット上でストレッチ。その後20分ばかりバイクを漕ぐ。心肺機能強化用のメニューで、心拍数134をキープしつつ6プラス1キロの距離を黙々と漕ぐわけだが、これが相当きつい。特に心拍数を上げていく前半部分は、サドルに腰掛けるというよりも両腕で身体を支えて浮かしぎみにし、体重の助けを借りて漕ぐ必要がある。やがて心拍数が上がり、目標に近づきはするのだが、「目標の心拍数に達しました」という表示が出た後はいつでもオーバーシュートして心拍数が１４０を超えてしまう。毎分数拍の差が実は相当大きくて、目標値に落ち着くまでは心で悲鳴を上げ続ける。完走する頃には額から汗が滴り、シャツが背にべっとりと貼り付いている。

その後はマシントレーニング。フロアにずらりと陳列されたマシンを渡り歩き、体幹と四肢の主だった筋肉を鍛えていく。一般に体力のピークは20代前半と言われているが、筋力そのものはもっと後まで伸ばすことができる。実際、30代~40代が仕事に追われてろくに運動せずにいたせいか、こと筋力に限ってはマシントレーニングを始めて以来ずっと上り調子で、今がまさに絶頂期だ。マシンはどれも重りを変えることで負荷が調整でき、重りに差し込むピンの位置を見れば負荷の度合いが一目瞭然だ。どのマシンでも直前に使った人より高い負荷をかけている、ということは、今このフロアでトレーニングに励んでいるグループでは最強ということだ。ちょっとした優越感。もちろん平日9時からジムに通ってくるのは基本的に老人ばかりだから、壮年の部類に入る自分の力が連中より強いのは当然であるのだが。

day 135

万有引力の法則の定性的表現で知られる16世紀末の天文学者ヨハネス・ケプラーは自著『世界の和声学』で太陽系の惑星が奏する音楽について述べている。地球は1年かけてミとファの音を発しつつ太陽を巡るが、ミはラテン語のmiseri（悲惨）、ファはfamine（飢餓）を意味している。

地球は惨めで飢えていると訴えつつ公転を続け、その表面に生じた黒点のごとき染みがこの国を覆う。

day 136

致死量の放射線といっても、それを浴びたすべての人が直ちに死ぬとは限らず、プルームの通過後も生存者は相当数残っている。彼らを待ち受けているのは飢えと渇きによるゆっくりとした死だ。救援物資は世界中から送られてくるが、それを受け取れる港湾も空港も首都圏には存在せず、地震による交通網の破壊で他方面からの支援物資の輸送は極めて難しい。

誰が猫の首に鈴を付ける？　無人飛行機からの投下、ロケット砲による打ち込み、衛星から操作されるロボット・カーでの搬入……どれも実現する可能性は低く、そもそも方針を決定する機関がすでに機能を停止しているのだ。結局のところ、許容線量ぎりぎりのところにいくばくかの水と食料を置いて拡声器で広報するぐらいしか手段は見当たらず、その大半はしぶとく生き延びていた野生動物の糧と化す。

B.C.44

昼休み、自慰を済ませてすっきりした顔で個室を出たところでばったりグニイに遭遇する。チビでメガネで丸坊主のグニイは細い目をさらに細めてこちらを観察し、にやりと笑って叫ぶ。

「うんこの匂いがしねえぞ、さてはシコってたんだろう」

「まさか、あほくさい」

平静を装うつもりが思わず赤面してしまう。それを怒りのサインと読み違えたか、ふっと目をそらして行ってしまう。危ういところだった。ひょっとしたら栗の開花期だったのかも。学校の回りにはたくさん生えていて、やたらと匂っていたものだ。

グニイは当時おれを目の敵にして、ことあるごとに突っかかってきた。そこそこ頭のいいやつだったが成績ではおれに勝てず、わりと整った容姿のおれを妬んでいたのだろうと今では思う。寺に預けられているという自らの境遇をひがんでいたのかも知れぬ。学校のあたりも近所の寺も教会さえも全滅しただろうけど。

day 138

かくのごときシーンを夢想する。高層ビルの一室に立てこもる男~仮に断食芸人としておこう~のエピソードだ。後に「死の雲」と呼ばれるMr.プルームがその住処を訪れた時、彼はスマホに接続した線量計を握りしめて部屋の中央にうずくまっている。上下左右の住人たちがエアコンを稼働しているおかげで、室温はかろうじて耐えられるレベルだ。線量計は東日本大震災の時に通販で購入したものだ。汗を垂らしつつ線量計の表示を凝視する。やがて空はにわかにかき曇り、盗人の夜が到来する。線量計をにらみつつ、這うようにして床を移動する。外に面する壁にも近づかぬよう注意。窓はすべて目張りして換気扇も密封してある。玄関も廊下も危険だ。寝室にもトイレにも近づけず、結局一晩を居間の中央でまんじりともせずに明かす。

数日後、線量計は依然レッドゾーンだが、買い置きの水と食料が底をつき、汚物を溜めた袋もはちきれんばかりとあって、マスクをかけて短時間の探索に出る。隣室は鍵がかかっていて、ノックしても無反応。階下の一室が施錠されておらず、おそるおそるドアを開けると、マスクをしていても耐えがたい臭気。吐物と糞尿、それに腐敗臭が混じっている。吐き気をこらえ、床に転がっている死体から目をそらしつつキッチンに向かう。冷蔵庫には得体の知れぬ液体の入ったボトルとうどん、卵、牛乳が残っている。住人は激しい嘔吐と下痢に襲われ、口に入れることもできずに世を去ったのだろう。戦利品を抱え、息を切らして逃げ戻り、パックから引きずり出した冷たいうどんに卵と醤油をかけてかき込む。ボトルの液体は味の変わりかけた麦茶だった。

やがてピッキングの技術を身につけ、マンション中の飲料と食料を漁って辛くも生き延びる。最上階と地上階へはまだ近寄れず、ベランダも立入禁止。風の強い日には外出も自粛。いずれはここの備蓄も底をつくだろうが、それからどうするかはその時が来たら考えるとしよう。

day 139

首都圏に初雪が降った頃、少年は災厄後に辿りついた小笠原の親戚の家を抜けだして海に向かう。北東を目指してどこまでも泳ぐつもりだ。両親が眠る東京に近づきたかったのでもあろう。

小笠原といえども真冬の海はさすがに冷たく、沖に出れば人影も絶える。手足が重く感じられても少年は泳ぎ続ける。このままますぐに泳いでいれば、眠るように海に沈んでいけるだろう。前方に停泊する漁船を認めて一瞬ためらったがそのまま泳いでいく。底引き網のロープを巻き上げていた船員が気づいて浮き袋を放ってくれる。暖かい船室で飲み物をもらい、作り付けのベッドに倒れ込むようにして眠る。船員たちは詮索しようともせず作業に忙しい。

目覚めると夜だ。漁を終え明日は帰港するのでちょっとしたパーティーが開かれるのだと教えられる。

「楽器を弾けるかい？」

混血らしき船員が手真似で尋ねる。見回すと日本人の方が少数だ。ギターを受け取って合奏に参加する。大道芸人だった父からは数種類の楽器を、やはり大道芸人で身体の柔らかい母からは一輪車やジャグリングを教わった。3個のオレンジでお手玉を、ビール瓶でジャグリングを披露する。誰もが笑い、肩を叩き、目配せしてくれる。大道芸を継いでみようか、と少年は独り言つ。

day 140

シェルターに閉じこもりっきりだから、インフルエンザに罹患する心配とは無縁だ。前の震災を機に上昇していた血圧も今は低めで安定している。糖尿病と肝機能も心配せんでよかろう。問題は心の健康管理だ。鬱に落ちぬよう、心の闇に飲まれぬよう気をつけねば。そのための音楽であり光線療法であり瞑想だ。

　血圧を下げるのは一苦労だった。起床前のストレッチ、朝風呂、深呼吸、「雨ニモマケズ」の暗唱……いろいろ試してみたが血圧は高め安定。特に最低血圧がまずい。交感神経系の緊張が昂じているのだろう。アントロポゾフィー医学の勉強会に参加して薬も飲んだが奏功せず、漢方もサプリメントも飲んだが奏功せず。玄米食で少しは下がったが続かず。プチ断食は確かに効くが、これも続けるのは難しい。そのうち体重を、というか体脂肪率を下げるのが効きそうだと気づく。辿りついたのが、いわゆるローカーボハイドレートダイエットだ。毀誉褒貶の激しい方法だが、どうも一番合っているようだ。糖質制限という別名のように、砂糖は一切摂らず、米飯もNG。好物の和菓子も禁物。蕎麦だけは食べてもいいことにしたが。アルコールは辛口白ワインのみ。本当は焼酎やウィスキーといったスピリッツに限るべきだが、そこは自己流、ゆるい制限だったが奏功する。ここでもその延長を続けているし、以前より規則的に運動しているのがいいのだろう。

day 141

森閑としたクリスマス。

北と西では多くの蠟燭が灯され、すべては追悼に捧げられたものだった。空からこの国を見下ろしたら、国土の中央にぽっかりと空いた虚無の闇が見えるだろう。そこは冥王の領土だ。見えざる炎に焼かれつつ、あまたの骨が累々と横たわっている。回収することはおろか、近づくことさえ禁じられた骨骨骨骨骨骨……

数回の雨でじわじわと土壌に染みこんだ死の灰のせいで、地表に近い線量計の数値は上昇し始めている。ここまで来るには数年かかる見込みではあるが、心が休まらぬ。食料庫を漁ってクリスマス用のパスタを見つけたので、茹でてスープに入れてみる。ツリーと靴下と贈り物の箱と、あとはどうやらサンタを象ったらしい3色のパスタがコンソメのスープに沈んでいる。

土精は慌てふためきもせずに昼寝を決め込んでいる。大陸と呼ばれる土塊は数億年の周期で離合集散を繰り返してきたのだ。その過程で生じる巨大地震は、いわばこの星の胴震いあるいはくしゃみに過ぎぬ。また今度ばかでかい奴が空から降ってきたら目を覚ましてやるとしようか、あくびまじりに呟き、ふたたび眠りに落ちる。

day 142

鬱よりも恐ろしいものがあることに気づく。それは気づかぬうちに進行する認知機能の低下、つまりは認知症だ。一昨年82歳で死んだ父親が認知症と診断されたのはその数年前だったが、母親から聞いてみると、発症はずいぶん前だったらしい。50代の終わり頃、今の自分の年齢で物忘れが始まり、あらゆることに対する興味が欠落していったらしい。

day 143

認知症をいかにして退けるか?

ネットの文献検索で興味深い医学論文を見つける。知能指数（ＩＱ）は生涯固定されているとは限らず、あることで比較的容易に底上げできるというのだ。それは「楽器を弾く」ことらしい。ギターを独学で弾けるには弾けるが、ここには搬入し損ねた。この際、今までさんざん挑戦しては棄権してきたキーボードを試してみてはどうだろう。通販生活のカタログで見た光アシストキーボード、脳トレに最適とか謳っていたやつだ。ダメ元でアザモンに問い合わせるが被災地域への配送は復旧中という返事。さればと本家Ａｚａｍｏｎに問い合わせる。

すぐに返信がある。

「地球上であればどこへでも配送するぜ、たとえ砂漠でも北極点でも」

「それはありがたい。念のため尋ねるけど、今回の IBARAKI 大災害の爆心地付近でもってことかい?」

「もちろん。ＧＰＳ付きの自動操縦ドローンを使えば可能だ。ただし、汚染の問題があるからドローンは片道飛行だよ」

「それはつまり、ドローン代込みで支払えってことだね」

「そのとおり」

円は史上最安値だが、幸いにして積み立てておいた外貨預金が残っている。向こうが提示してきた金額には目の玉が飛び出たけれど、払っちまおう。後々役立つよう、ドローンは大型家電も運搬できる力強いものを発注する。

day 144

アキレスと亀の競走では無限等比級数の和を持ち出したが、これはｙ＝２の－ｘ乗という指数関数グラフの下の面積を求める問題ではあるまいか。面積ときたら積分だが、指数関数の積分ってどうすればいいんだろう？　そもそも積分ってどうやるんだっけ？

微分だったら多少覚えているが、積分はほとんど忘れ果てていることに気づいて呆然とする。指数と対数もそうだ。先に教わった指数の方は覚えているのに、対数ときたら計算方法さえうろ覚えだ。これが認知機能の衰えだろうか。まずいぞ。

手始めに対数に関する記憶を掘り起こすとしよう。ふたつの実数ａとｂの間に、

$$x^a = b$$

という関係が成立する時、ａを指数、ｂをｘを底とするａの対数と呼び、

$$\log_x a = b$$

のように表す。これが定義だ。でもってネイピア数ｅを底とする対数を自然対数といって、ｅを省略できる。自然対数については、

$$e^{\log a} = a$$

であったはず。さて、指数には、

$$e^{a}. e^{b} = e^{(a+b)}$$

という性質があるので、数ａとｂの積ａｂを先ほどのｅと対数を使った書き方で表せば、

$$ab = e^{\log a.} e^{\log b} = e^{(\log a + \log b)}$$

これはつまり積ａｂがｅを底とする（loga＋logb）の対数であることを表しているのであるからして、

$$log(ab) = loga + logb$$

ああこれでようやく対数の実用性に辿りついた。掛け算が足し算に変わるんだよ。これって凄いことで、例えばａとかｂが天文学に出てくる類のばかでかい数だったら計算がずいぶん簡略化されるってこと。電卓の発明以前には計算尺が重宝されていたわけだけど、あれは対数のこの性質を利用していたはず。映画「風立ちぬ」にも登場していた。

day 145

メールの通知があり、やがて大型ドローンの鈍いローター音がスピーカーから響きだす。ＧＰＳの精度は大災害にも関わらず保たれているようで、シェルターの出入り口から２メートルほどの空中、地面から１・５メートルといったところに荷物は浮かんでいる。長距離を歩かずに済むのはありがたい。２機のドローンは荷物をつり下げてきたワイヤーを使って、傾いた柱に固定しておく。地面からこれくらいの距離を置けば電子機器が放射線にやられずに済むだろう。

放射線防護用の金属箔に裏打ちされた包装材で幾重にもくるまれた、大きさの割には軽い荷物をバックヤードに運び込み、まずは防護服を除染する。特殊加工されたシャワーヘッドからほとばしるミクロの気泡混じりの水が死の灰を洗い落とし、そのあとを強風が乾かしてくれる。3枚重ねた使い捨て手袋を脱ぎつつ、包装材を引きはがしては捨てる。ようやく現れた紙箱を、汗で蒸れた素手で抱えて二重扉をくぐる。それでもカウンターはわずかに上昇する。

同梱されていたキーボードスタンドを組み立てて床に固定し、スツール型の椅子の高さを合わせて、これも床に固定する。スタンドの裏からキーボードをネジ止めしたら完成だ。

day 146

キーボード本体にあらかじめインストールされている楽曲から、サティのジムノペディ1番を選ぶ。その昔、独学で練習して挫折した曲だ。まずはデモ演奏を繰り返し聴く。お次はこのキーボードの売り物である光アシスト機能をオンにして右手の練習。液晶画面に表示される指番号を確かめつつメロディーを弾く。次に叩くべきキーが赤く光るから、モグラ叩きの要領で追っていけばメロディーラインが現れるという寸法だ。メロディーは頭に入っているから、この段階はすぐにパス。弾き終わると採点結果が表示される。

「スバラシイ！　95点」

機械にだって褒められれば嬉しいし、やる気が出るというものだ。今日はここまでにしておこう。

B.C.19
真冬の東尋坊は聞きしに勝る迫力だ。ここから飛び降りるまで追い詰められる人々は、どれほどの圧力を受けたのだろう。低い空、暗い水。聞こえてくるのは波頭が崩れ落ちる音ばかり。
蟹づくしの味覚目当ての旅だ。キミは海老と蟹、おれはイカとタコが好物。深夜、男湯に忍び込んだキミと浴槽で抱き合い、後背位で交わる。除夜の鐘は耳に入らず、ただキミの押し殺した声だけが浴室に響く。

今は柵も外され、自殺を思いとどまるよう呼びかける看板も朽ち果てている。撤去作業が滞っているため、岩は血にまみれ、磯の香に混じる腐臭がすさまじい。それでも続々と人はやってきて、引きずり落とされるかのように墜落していく。

ここでもまた、除夜の鐘は沈黙している。

day 148
紅白歌合戦は開催されず、行く年来る年も放映されずじまいだ。それでもネットラジオからは第九が響いてくる。苦悩から歓喜へ……現在の苦しみを乗り越えたところに待っているものを信じて生きるしか道はあるまい。

最悪の事態は既に起きてしまった。
最善のものは既に喪失してしまった。

このふたつの認識がスタート地点だ。我々にとっての、いわば原罪と楽園追放とも言えよう。地獄の釜の蓋は開いてしまったし、その時にこの世界から欠くべからざるものが抜け落ちてしまったのだ。我らはエデンの東にいる。

day 149

今日もジムノペディを弾く。どういうわけか、初めて聴いた時からこの曲が好きだ。心がざわついて集中が途切れた時でも、この曲を聴くとリセットできる。執拗に繰り返される左手の和音、単純で物憂げでひっそりとしたメロディー。楽譜には小節を区切る縦の線が記されておらず、この曲は無拍子だ。ゆえにテンポの取り方は演奏者の裁量に任される。3拍子の演奏が多いが、途中の間の取り方は様々であり、この曲はいつでも揺らいでいる。それが不安と緊張を生み、シンプルだが決して退屈させぬ魅力を引き出しているのだ。

左手のパートだけを光アシスト機能で練習し始める。一番最後の部分、右手と左手が接近し、4つの音で構成された和音を響かせるところが意外と難しい。

day 150

汚染区域には大量の貴金属や宝石のたぐい、美術骨董品が眠っているはずだが、手をつけようとする者は皆無だ。命知らずの連中がレッカー車を駆って汚染区域の最外周にある銀行を襲ったが、全員が1週間も立たぬ間に放射線障害のため命を落とした、という真偽を確認しかねる噂が流布したからだ。この国の通貨は半分以上が同地域に集中していたから、日本はたちまち世界の最貧国に転落する。

day 151

かように夜ごと記憶の鉱脈を掘り起こしていると、原油のごとくどす黒い負の記憶にぶち当たる。あれは小学校の4年か5年の頃だ。毎日のように放課後連れだって遊んだ友人がいた。新設の団地に組み込まれた小学校―クラス全員が転校生で、教師もまた寄せ集めだった。団地の周りは一面の田んぼで、蛙の繁殖期には眠りを妨げるほどの大合唱が繰り広げられる。団地の辺縁にはところどころにちょっとした空き地があって、そこは団地の敷地ではあるのだが、周囲の農地から浸食してくる雑草に覆われたゲリラ地帯でもある。とある放課後、少年たちはそこで大量の雨蛙が発生していることに気づく。草の葉よりも薄い、はっと目を引く黄緑色の生物は容易に捕まえることができる。ひとりが誤って1匹の蛙を踏みつぶしてしまう。ビーチ草履の裏に貼り付いたぷちゅっという感触を振り払いたくて、もう1匹、また1匹と踏みつぶす。ひとりが道ばたの棒を拾って剣に仕立て上げ、逃げ惑う蛙を突き刺す。それからは箍の外れた少年たちの殺戮劇が延々と続く。目を輝かせ、奇声を発しつつ無辜の蛙たちを握りつぶし、引きちぎり、切りつけ、地面に叩きつける。肩で息をしつつ我に返って辺りを見回すふたり。臓物をさらけ出してそこら中に散らばる蛙蛙蛙蛙蛙蛙蛙……顔を見合わせ、むせかえる草いきれに追われるように家路を辿る。

day 152

1日30分ずつ、およそ1週間かけて左手がどうにかこうにか動く状態に至る。ここからは両手を同時に動かす練習。たしかにこれは脳のトレーニングだ。そういえばピアニストって認知症とは無縁みたいだ。ルービンシュタインは学童期にデビューし、視力を損ねて引退するまで80年もの間現役だったそうだし、美景社交場に登場したピアニストのじいさんも90近かったはずだ。ピアノに限らず、楽器の演奏家は概して長命だし頭脳もそうそう衰えずに済む気がする。……と書いてきて、ショパンが短命だったりグールドも50歳で死んだりしたことを思い出す。こういうことはきちんと統計をとらずしてコメントすることは能わぬのであった。

両手の練習は楽曲を数小節ずつのフレーズに分けて反復する。左手がふたつの和音を繰り返している部分はたやすく通過するが、執拗にD音をベースにしたコードが続く部分でつまずく。

day 153

都市伝説がじわじわと流布している。A◯Bの歌姫たちが眠る殿堂を訪れる「A◯B詣で」が密かに実行されているというものだ。金曜の深夜、廃業したハイウェイバスの停留所にたむろしていると、どこからとも知れず夜行バスが現れ、都心に連れていってくれる。バスを降りた若者たちは地下の礼拝堂に導かれ、眠っているかのように横たわる歌姫たちを見いだす。そこで添い寝をしていれば、彼女らのコンサートの夢を見つつ安らかに死ぬことができる。あるいは、そこから彼女たちの遺品を持ち出すことができればあらゆる願いが成就する、云々。もちろん帰りのバスというものは存在せず、徒歩で帰ってくるわけだが、帰還者の証言といったうさんくさい文章もそこここにアップされている。おそらくは仕事にあぶれ、将来の夢も希望も喪失した連中が深夜のバス停に集まって無言で座り込むうちに生まれた幻想譚でもあろう。詳しい観測値は入手不能だが、都心の空間線量は今でも毎時数シーベルトに及ぶとされている。半日滞在すれば確実に死ねる数値だ。首都へ通じる道路沿いには自殺志願者の死体が点在しているという。

day 154

世界とは私の世界である。

あの日世界から欠け落ちたものがある。あたりを見回して、存在しているものをひとつひとつ確認してみても、欠け落ちてしまったものを見つけるのは難しい。おれがこの閉ざされた空間にもぐり込むのと同時に、そいつはおれの腹に入り込み、世界から姿を消したのだ。おれの腹腔で育っているこいつは、世界から欠け落ちたものの陰画と言えるだろう。いずれにせよ、この世界は決定的に不完全だ。外の世界というものが存在しているのかどうか、それさえも時に疑わしい。自らの正気を確認するために、あるいは世界の崩落から目を背けるために、おれは数学に逃げ込んでいるのだろう。因果律さえ壊れた世界においても成立しうる唯一の法則を求めて。

day 155

倉橋由美子を愛読していた頃、作中によく登場する映画にも興味を持った。ＤＶＤを手に入れて繰り返し観たのが、アラン・ロブ＝グリエ脚本、アラン・レネ監督の「去年マリエンバートで」だ。左右対称のフランス庭園、コントラストが強調されたモノクロの画面に登場する素性の知れぬ人物たち、執拗に繰り返されるシーンとセリフ……とりわけマッチ棒を使ったゲームが印象的だった。男がテーブルの上に３列マッチを置く。例えば１列目は４本、２列目に８本、３列目は12本といった具合に。男は対戦者にマッチを取らせる。どの列からいくら取ってもいい。1列全部取ってもいいし、1本だけでもいい。ただし、2列にまたがって取ることはできず、1本も取らずにパスすることは許されぬ。最後の1本を取った方が負けというルールで、男は常に勝ち続ける。必勝法が存在するゲームだろうということは容易に想像できたが、追求せずじまいだった。あれについて調べたり考えたりしたら、いい時間つぶしができるだろう。

day 156

映画について調べたらゲームの名称はすぐにわかった。ニム（ＮＩＭ）というのだそうだ。日本語では「三山くずし」あるいは単に石取りゲーム。3つの山にした石（碁石とかおはじきとか？）を取り合う。最後の石を取った方が勝ちというのがニムで、最後の石を取ったら負けというのはその双対ゲームまたはミゼール版というらしい。順を追って考えてみようか。

こういうのは単純化してしまえばいいはず。まず、石が1個だけの場合。自分のターンでは絶対に石を取ることというルールだから、この場合は先手必敗。最初の石イコール最後の石でもあるから。次に石が2個の場合、これは先手が1個だけ取って1個残せばいいから先手必勝。3個以上の場合も、取る石の数が無制限であれば同一パターンで先手必勝。どうも山がひとつだけだと単純すぎてゲームが成立しづらい。

山がふたつの場合はどうだろう。ひとつ目の山で先手が1個だけ石を残すように取れば、後手が取れるのは残りの1個だけ。次の山も同様に攻略すれば先手必勝……でいいかしらん。いやいや、後手はもうひとつの山から取ってもいいんだった。後手が残りの山を全部取ったら先手は自滅してしまう。これは難しいぞ。

B.C.45

男子校の、それも寮ときたらまさに異世界だ。昔も今も閉鎖環境では同性愛が流行する。軍隊、刑務所、僧院または修道院……ご多分に漏れず、6年間閉じ込められていた寮では時に密かに、あるいはおおっぴらにホモセクシャルの風が吹き荒れる。

夏期休暇には遠方から来た生徒も帰省する決まりだったから、その直前に開かれる学校祭は年に一度、最大の乱痴気騒ぎだった。入学したてでまだ髯も生えておらず、色白で手足が細く、女性的顔立ちだったおれは、オオカミどもの巣窟に放り込まれた子羊ちゃんだったのさ。

どういういきさつだったか、もはや忘れ果てているが、「美人コンテスト」と銘打たれたイベントにクラスからふたり出場せよというノルマを課されたのだと思う。寮生だったおれと通学生だったNが選抜される……たぶん投票で。あいつは目も口もでかくてインパクトのある顔立ちだった。金髪のウィッグをつけ頬紅に口紅、ドレスに胸パッドという気合いの入った出で立ちで本番に臨んできたものだ。おれときたら紺のワンピースに栗色のかつらを被ったきり、化粧も胸のふくらみも未加工のままステージに上がる。メガネを外したものだからすべてがぼやけて五里霧中、視点もろくに定まらぬ。まあかえってそれが受けたのでもあろう、おれは堂々1位を獲得した。

……歓声を浴びて目を凝らせば、そこは廃墟。うち捨てられた庭木は枯れ、窓ガラスはすべて割れている。歓声と聞こえたのは吹きすさぶ空っ風だ。学生たちが逃げおおせるだけの余裕はあったのだろう、死体らしきものは見当たらず、ただここでも至るところに黒い微粒子がこびりついている。

day 158

二山くずしも簡略化してから攻めていこう。

まずはふたつの山に石が1個ずつの場合。これは当然、先手がどちらの山から取っても1個だけ石が残るので先手必勝、後手必敗。つまり片方の山が1個だけだったら、残りの山を全部いっぺんに取ってしまえば勝てるわけだ。片方の山が1個、もう一方がn個（nは自然数）という状況を（1―n）あるいは（n―1）と書くことにすると、これらの場合は先手必勝と言える。

では（2―2）の場合は？

（2―2）↓（2―1）↓（0―1）

（2－2）↓（0－2）↓（0－1）

というように進んで、先手がどちらかの山から1個取った場合も2個取った場合も1個だけ残されて先手の負け、つまり後手必勝。同様に、

（2－3）↓（1－3）↓（1－0）で後手の勝ち。

（2－3）↓（2－2）と来たらここから先はすでに見てきたように先手必勝。

（2－3）↓（0－3）↓（0－1）で後手。

（2－3）↓（2－1）↓（0－1）で後手。

（2－3）↓（2－0）↓（1－0）で後手。

つまり、（2－3）（3－2）の場合は先手が（2－2）と取った場合以外は後手が勝つけれど、先手がノーミスで指せば先手必勝と言える。そろそろ法則が見えてきてもいいはずだが……そうか、（2－n）（nは3より大きい自然数）の場合は、

（2－n）↓（2－2）と先手が取れば必勝じゃん。

もう少しだけ続けてみようか。次は（3－3）の場合。

（3－3）↓（3－2）以下はノーミスであれば後手必勝。

（3－3）↓（3－1）↓（0－1）で後手。

（3－3）↓（3－0）↓（1－0）で後手。

というわけで、この場合は後手必勝だ。

day 159

ようやく見えてきたぞ。要するに後手の手番の時にふたつの山の石が同数であれば先手が勝てるんだ。仮に先手が石を置いていいというルールだったら、最初に置く石の数を違えておく。自分の手番で同数にそろえたら、そこから先は後手が取ったのと同数だけ石を取っていけば、常に（2—2）まで持っていけるというわけだ。例えば5個と8個の山を築いたとすれば、

　　　先　　　後　　　先　　　後
（5—8）↓（5—5）↓（5—4）↓（4—4）↓（2—4）
先　　　後　　　先
↓（2—2）↓（1—2）↓（1—0）

……でチェックメイト。とはいえ実際のゲームでは、後手が石を置き、先手から石を取り始めるのが公平というものだろう。あるいは先手—後手はじゃんけんで決めるとかね。そういうルールであれば、自分が後手で石を置く時には同数の山を作る。

じゃんけんに負けて自分が先手に決まり、その上後手あるいは敵が同数の山を築いてしまったら？　その時は敵がしくじって山を同数にし損ねるのを待つばかりだが……

day 160

丸1週間かけてようやく二山くずしの攻略法に辿りついたけど、三山くずしはこれよりもさらに難しい。ただ、二山くずしのおかげで、特殊形については簡単に攻略できることがわかっている。つまり、(m―n―n) というようにふたつの山が同数の場合だ。この場合に限り、

先

(m―n―n) ↓ (0―n―n)

と取れば、要するに強引に二山くずしの形にしてしまえば勝てるのだ。

day 161

ところで、どうしてこれほど三山くずしにこだわってしまうのだろう。一見したところでは先手と後手が互角と思えるのに、実際には必勝法が存在するゲーム、こういうゲームの残酷さに惹かれてしまうのかも。どうしても確認したくて、物置をさんざん探した挙げ句に、ようやく薄っぺらいブルーレイディスクのケースを見つける。「去年マリエンバートで」のディスク。安いブルーレイ版が出た時に買っておいて、そのまま放置されていたもの。

映画はわけのわからぬモノローグにつれて装飾過剰ぎみの建物の内側が延々と映し出されるシーンから始まる。次いで正装した登場人物たちがひとりあるいは数人ずつアップで映される。誰もがあらぬ方向を凝視したまま静止している、もちろん無言で。ようやく呪縛が解けて喋り出す

人物は劇中劇の役者で、その劇は男女のふたり芝居。それもすぐに終わり、他の登場人物たちは劇の観客で、どうやらリゾート地の豪華ホテルに滞在中らしいということがわかる。客達の混沌とした会話。そして最初のゲームが始まる。
マッチ棒だと思い込んでいたが、テーブルに置かれるのはトランプのカードだった。それも4列。男がゲームのやり方を説明しつつ置いていく。最初は6＋1枚、次いで5枚、それから3枚、最後に1枚。挑発された相手が最初の列からカードを取り始める……

day 162

例によって簡略化したパターンから見ていこう。まずは（1—1—1）、つまり3列ともカードが1枚きりの場合。これは当然、

先　　　　後
（1—1—1）↓（1—1—0）↓（1—0—0）

のように進むから先手必敗、後手必勝。次に（1—1—2）の場合は先手が（1—1—1）として取れば今のパターンに持ち込めるので先手必勝。（1—2—2）の場合には（0—2—2）として二山くずしにすれば先手必勝。さて問題は（1—2—3）の場合。これが解ければ必勝法が見

えてきそうだ。

day 163

必勝法が存在するゲームを持ちかけられたらどうすればいいのだろう?

取るべき道はふたつ。テーブルに着くことを断固拒否するか、あるいはイカサマをするか。だって、正直者のプレーヤーはカモにされるだけだもの。これって今の状況そっくりじゃん?

もっと言おうか。原発をこの国に作ろうと政府が決めた時、国民が取るべき道はふたつきりだったんだ。断固拒否して計画を撤回させるか、あるいはこの国から出ていくか。極論だと思う奴はこのゲームの本質を見落としている。

day 164

しつこいようだが地道に解いていこう。

（1―2―3）↓先（0―2―3）↓後（0―2―2）は後手必勝

（1―2―3）↓（1―1―3）↓（1―1―1）は後手必勝
（1―2―3）↓（1―2―2）↓（0―2―2）は後手必勝

つまりどの列からでも最初に1枚取ったら先手は常に負け。では2枚だったら？

（1―2―3）↓（1―0―3）↓（1―0―0）で後手の勝ち
（1―2―3）↓（1―2―1）↓（1―1―1）で後手必勝

3枚だったら？

（1―2―3）↓（1―2―0）↓（1―0―0）で後手の勝ち
どうやら（1―2―3）と置かれたら先にカードを引いた者が常に負ける仕組みのようだ。

day 165

ここまでをまとめておこう。
（1―1―1）は後手必勝

（1―1―2）は先手必勝
（1―2―2）は先手必勝
（1―2―3）は後手必勝

こう書いたらどうだろう。

（奇―奇―奇）↓後
（奇―奇―偶）↓先
（奇―偶―偶）↓先
（奇―偶―奇）↓後

だめだ、（奇―奇―偶）と（奇―偶―奇）で結果が違っている。じゃあ、奇数―偶数の代わりに2で割った余りとしてみたら？

（1―1―1）↓後
（1―1―0）↓先
（1―0―0）↓先

（1―0―1）↓後

こうしても変わらず、法則性は隠されたままだ。

day 166

あと少しのところで躓いているようだ。もしかしたら（1―1―1）というのが特殊すぎるのかも。だって（2―2―2）は先手必勝パターンで、先の書き方だと（0―0―0）だもの。

こうしたらどうだろう、各列のカード枚数を2進法で書くのだ。

1―1―0
0―0―1　……これは先手必勝

1―0―0
0―1―1　……これも先手必勝

1―0―1
0―1―1　……これは後手必勝

0—0—0

1—1—1　……これは先手必勝

各桁の1の個数に着目すると、1が奇数個だったら先手、偶数個だったら後手の勝ちと言える。きっとこれが正解に一番近いやり方だ。

B.C.44

1年生は先輩たちより1時間早く床につく。八畳間に8人分、ぎっしり敷き詰められた布団の手前の列に3人が寝かされていて、おれはその中央だ。両端のルームメイトが規則正しい寝息を立て始めるのを待って、そろそろとパンツに手を入れる。左手でパンツのゴムをちょっと持ち上げ、右手でペニスをこするのだ。荒い息を立てぬよう、ゆっくり、ゆっくり。

小学校低学年だったと思う。庭に敷かれたむしろの上に腹這いして、腰を前後に揺すってみたんだ。自分の体重でペニスが押しつぶされて、半分痛いのだけど動きを反復してしまう。そのうちに上気してきて、腰の辺りからえも言われぬ快感が湧き上がる……それが初めての自慰だった。

夜毎の日課と化した手淫を続けていたある晩、ペニスの先端が濡れていることに気づく。ああこれが精液というものだったかと得心し、それからは微量の液体を膏薬みたいに下腹部に塗りたくる。やがては量が増えて勢いを増し、丸めたトイレットペーパーで受け止めてやる必要が生じるのだが、それはもっと後のこと。

day 168

　暦の上では大寒。地中でもさすがに寒さがこたえる。着たまま動ける宇宙服のごとき寝袋を引っ張り出して朝から着込んでいる。鏡に映る姿はすぐれて滑稽だ。フードをかぶり、紐を引っ張って調節すると輻射熱ですぐに頬が暖まる。人間が、というか生き物が赤外線の形で熱を放散しつつ活動していることが理解される。もうじき誕生日、とタイプして手が止まる。誰の？　それはいつ？

　日付が変わってその日が来る瞬間、ここはきっと無重力と化す。固定されざるものはすべて宙に浮かび、漂い始めるだろう。ほんのひととき、背に翼を生やして天使のまねをする。タルコフスキーの映画「惑星ソラリス」みたいに、抱き合って空中を浮遊するのだ。誰と？　それはいつ？　もう一度自らに問うても答えは揮発してしまう。

day 169

　ジムノペディはいったん終了して、キーボード本体に収められている数曲のバッハのひとつ、

「プレリュード第1番」を弾き始める。和音と音階の練習みたいに左手2音＋右手6音、合計8音のアルペジオが延々と続くやつだ。この曲に限っては楽譜が欲しい。すべてを覚えて間違えずに弾くためには、全曲を数百回は練習する必要があるだろう。しかも例によってそれぞれの音をどの指で弾いたらいいのか直感的に把握できず、狭い液晶画面を睨みつつ指番号を頼りに1音ずつ弾いていくばかり。これを全部覚えることができるんだろうか？　まあいい、時間はたっぷりあるのだから。

バッハはきっと胎教にいいだろう。そう思って、キーボードの音はヘッドホンを使わずにスピーカーから出すことにしている。練習中は気のせいか胎児（他に呼びようがあるまい？）も静かにしているようだ。瞑想にでもふけっているんだろう。あるいは夢を見ている？　少しずつ変化を遂げつつ執拗に反復される音列は演奏者と聴衆をトランス状態に誘う。基音はゆっくりと左方、つまりは低音側に移動していき、ついに鍵盤の端に辿りつく。永遠に続く音階はあり得ず（鍵盤がメビウスの輪のごとく両端で接続されていれば別だが）、曲は一転して収束／終息に向かう。ここでもまた亀はアキレスに追い抜かれてしまうのだ。

dream 1011

遅刻の夢というのは普遍的悪夢ではあるまいか？

満員のバスに乗ってK市S本の病院に向かっているのだが、窓外の景色を見られず、放送も聞き取れず、どこを走っているのか見当がつかぬ。たまたま乗り合わせたK島先生の後を追うようにして下車しようとするものの、財布にはあいにく10円玉しか持ち合わせておらず、十数枚を数えているうちに病院の職員はすべて定期券で下りてしまう。病院の入り口には学校の下足箱らしきものが据えられていて、スリッパに履き替える必要があるのだが、今度はそのスリッパが揃わぬ。ご丁寧にもことごとく違ったスリッパときているのだ。ままよ、と不揃いのスリッパを突っかけて放射線科のあるフロアを目指すのだが、エレベーターの階数表示がむちゃくちゃだ。それらしき階で下りるとそこは無人で壁に養生用の段ボールやらテープが貼られたまま放置されている。どうやら建設途中の階であるらしい。迷路のように入り組んだパーティションをすり抜け、ばかでかい扉の前に出る。装置の搬入を待っているMRI検査室と見えて、銅製の磁気シールドが施されている。9時から検査が始まるはずだが、間に合うのだろうか。そもそも10時半にはR病院に戻ってT大の教授と会う予定であることを思い出す。検査を30分で終える？　まず無理だ。すっぽかすしかあるまい。

いつの間にか手洗いを済ませ、術衣を着て検査室に向かっている。途中で検査技師のバキワラさんとすれ違う。彼が担当してくれるんだったら、速やかに終わらせられるかも。運ばれてきた患者はミイラのごとく全身を包帯に覆われていて、顔の照合が不可能だ。皮膚科の患者らしいが、取り違えたらどうするのだろう。

血管造影の検査はほぼ全裸の患者を検査台に横たえ、穿刺予定部位を消毒してから残りの全身を消毒した布で覆うことから始まる。穿刺予定部位は右大腿動脈。太ももの前面を走っていて、触れることのできる動脈のうち最も太いものだ。あらかじめ包帯を剝がして皮膚面を露出させておくよう病棟で指示しておいたはずだが、どこをどう間違ったのか、見えている皮膚は鼠径部よりもはるか下、膝に近いあたりだったらしく、動脈は触知不能だし、刺しても刺しても動脈血にはお目にかかれず、結局のところ包帯をずっと上の方まで剝がして鼠径部で再びトライする羽目に至る。穿刺自体はうまくいくものの、カテーテルを入れたり出したりするためのシース（鞘）と呼ばれる短い管の挿入が難しくてやたらと時間を取られ、ようやくガイドワイヤーを入れる段に達したところで、X線透視用の管球が操作不能に陥ってしまう。やきもきしつつ見やると、助手を務める外科医は手に持ったカテーテルの全長を測っているところで、どうしてまたわけのわからぬ行為に及ぶかと怒りが湧いてくる。壁の時計を見れば面接にはすでに間に合わず、連絡も不可能だ。またしても部長の不興を買うことだろう。諦めてカテーテルを内頸動脈まで進め、造影剤を注入、撮影を強行する。3個の動脈瘤が団子みたいに綺麗に整列している。破裂した動脈瘤をコイルで塞ぐ予定だったが、こいつは数が多すぎる。ステントを入れる方針に切り替え、シースをより太いやつと交換。内頸動脈の径を計る……というあたりで目を覚ますが、実に暗澹たる気分だった。

dream 1100

おれはＳＦに登場するガジェット、短針銃を携えたスパイだ。相棒とふたりで敵のアジトへ侵入しようとしている。つるつると滑るタイルの壁を登り、出くわした敵のユニフォームを奪って宴会場へ向かう。いた！　標的だ。打ち合わせ通り、相棒が銃を抜き、おれはその手を掴んで阻止するふりをする。敵のメスボスが手をかざすと、相棒は意識を喪失して崩れ落ちかける。敵の超能力による「無力化」だ。やつはダースベイダーみたいにフォースを操れるのだ。相棒の手から銃をもぎ取ろうとするが、固く握りしめられていて、引き剝がすことは不可能だ。それどころか相棒は最後の力を振り絞り、執拗にボスを狙おうとする。とっさに相棒の手のうちにある銃の向きを変え、銃口を相棒の頭に突き当てて引き金を引く。狙い通りだ。銃口から短針が発射されるものと思い込んでいるボスはまんまとトリガーを引かせてしまったのだ。だがこの銃には仕掛けがあって、ボタンひとつで銃口とは正反対の方向に針を打ち出すことができる。銃口の反対側にはボスの顔があったというわけだ。

反対側から射出された毒針は一瞬でボスの顔を吹き飛ばす。きつい表情だが美人だったのに。ボスが倒れたのを合図に、手下どもが一斉に飛びかかってくる。これは誤算だ。蜘蛛の子を散らすように逃げていくものとばかり思っていた。

文字通り棒と化した相棒を担いで逃げ出す。立ちはだかる敵の顔面に次々と毒針を打ち込んでは倒す。逃げ込んだのは小学校の校庭。最初に入学して、２年生の秋まで通った学校だ。校庭には富士山を象ったコンクリートのモニュメントが鎮座している。その裾野にあたる緑色の斜面に寝転がり、相棒を横たえて短針銃のガスカートリッジを交換する。敵の追撃を見越して、注意深く辺りを見回しているうちに、そこがいつものシェルターであることに気づく。

dream 1101

　引っ越しの準備で大量の粗大ゴミが発生する。洗濯機やらパソコンデスク、オーディオ機器を処分するために、庭に円形の浅い凹みが穿たれ、そこを周回するロボットが黒い円筒形の物体を敷き詰めていく。それは黒鉛の塊で、全部敷き終わった時点で火を点けて粗大ゴミを燃やしてしまう手はずだが、人間の手でこの作業をするのは危険だからロボットを使うのだ。

　黒鉛を敷いたはずの窪地はいつの間にか板の間に変わっている。その上に積み上げられた粗大ゴミにどうやって点火するのかと思っていると、妻らしき女性が５００円玉を放ってゴミのてっぺんに載せる。５００円玉はやがて溶け始め、炎を上げる。どういう仕組みであるのか、子供向けの科学事典のページを繰って調べるが、理解しかねる。磁束密度がどうとか中性子の反射が云々と書いてあるのだが、ちんぷんかんぷんだ。５００円玉の炎はやがて黒鉛全体に燃え広がり、粗大ゴミは灰も残さずに消滅する。板の間には炉の輪郭である黒い円が生じている。余熱が残るその上を、靴下を履いた子供たちが滑ってみせる。危うい遊び。

　ふと気づいて、財布から５００円玉を取り出す。表面のところどころに白い粉《こ》を吹いている。

黒鉛からの放射で崩壊しつつあるのだ。５００円玉を貯めてある円筒形の缶を開けてみる。案の定、ほぼ一杯だったはずの缶には銀灰色のスライムが半分ほど溜まっているだけだ。銀と銅、ひょっとしたら白金も少しは混じっているのだろうか。地金屋に売っても大した額ではあるまい。ヤイリのギターを買うためにこつこつ貯めておいたものだったのに。

……夢から覚めて、つくづく思う。硬貨が変質してしまうほどの放射能を家庭ゴミの処理に用いる、しかもいささかの防護措置も講ぜずに。それは救いがたい愚かしさの象徴と言えよう。

dream 1110

増水した運河が立ちはだかる。水は黒く泡立っていて、夢だというのに腐臭さえ漂ってくるようだ。元町を目指して歩き出す。一行は４人、父と母とカオル叔父それにヨシゾウ叔父、もうひとりおれがいて5人のはずだが、元町は運河の向こう側だからと橋を渡る。幾枚かの道路標識を過ぎ、次はいよいよ元町だろうというあたりで、左手の奥に「宮廷料理」という看板。お袋がこういうの好きだったはずと話題を持ちかけ、遅い昼食を摂ることに。店の手前で雑貨市が開かれており、しばし足止めを喰らう。入り口では妙にべたついた態度の店員がおれの両肩に手を置き、耳元に口を近づけて、

「酒ですか？」

と尋ねてくる。おれは少し飲むつもりだが、他は食事がメインだよ、と答えると、あいにくこ

の席しか空いておりません、と入ってすぐの狭苦しい円卓に座らされる。おれは一番奥に体を押し込み、通路側の比較的広いスペースに親父が腰を下ろすのだが、横に着席すべきだったとすぐに後悔する。

前菜かと思いきや、唐突に炭水化物が運ばれてくる。中華風のパンを勧められて断ったら、目の前にカステラらしき黄色い食物を押しつけられる。こういうのはいらんと突き返すのを母親が見ていて意外だという面持ち。父親は鮮やかすぎる緑色のクレープ様の円盤をすでにごっそりと皿に取っていて、口の周りを緑に汚しつつむしゃむしゃやっている。

「取り過ぎたかね」

ほとんど空の皿を次席のカオル叔父に渡す時にそう言っているのが聞こえ、へえそれくらいの気配りがまだできるんだと感心したのも束の間、父親は突然タバコの煙を片方の鼻孔から吹き出し、機関車の物まねをやり出す。その音は確かに蒸気機関車そっくりではあるのだが、煙が料理にかかるし、あまりにも騒々しい。やめさせようとするが図に乗って繰り返す。母親はあきれて他人のふりを決め込み、気の優しい叔父たちは穏やかに諭すばかり。やがて温かい料理が次々と届けられ、父親は熱々の肉らしきものを手で摑んで取りこぼす。挙げ句の果ては丼の具を、

「麺だったのか」

とつぶやきつつ床にぶちまける始末。向かいのテーブルにいた客たちが騒ぎに気づいてひそひそやり出す。父親は浴衣の前を汁で濡らしたまま立ち上がる。ヨシゾウ叔父が気を利かせたのか

背後で、

「もう4時だよ」

と言ってくれたのを幸い席を立ち、父親と対峙する。父親は今のおれよりも若く、妙に晴れ晴れとした顔をしている。そろそろ行くよ、と告げたところで目が覚め、悲哀感に押しつぶされる。

drem 1111

機能としてはスペースシャトル、形態はアポロ11号のカプセル、そういう乗り物が2羽の怪鳥に襲われている。怪鳥の爪につかまれたところが鳥もちみたいに伸びて変形する。2羽の鳥は獲物を奪い合っているらしい。やがて鳥もちの一端がぷつんと切れて、1羽の怪鳥は奇声を発しつつ落下する。考えてみれば巨大であるとはいえ鳥だったら飛べるはず、だのにそいつは大気圏にまともに突入して火だるまと化す。バランスを崩したもう1羽は体勢を整えるべくカプセルを放り出し、カプセルは運よく大気圏の表面を転げるようにして落下していく。

場面変わってここは熱帯の島。ビーチに寝そべって沖を見ているところへ、カプセルが輝きつつ雲を貫いて落ちてくる。鈍い衝撃。海に落ちたらしい。島の人々は口々に叫んでは沖へ出ていこうとしている。

「高潮が来るぞ！」

海に背を向けて高台へ走ろうとするが、足取りがおぼつかぬ。ようやく中腹まで到達した時、背に熱いものを感じて思わず振り向く。カプセルが爆発したらしく、消えゆく閃光がまだ分厚い雲を染めている。放射線が心配だが、今はそれを気にしている場合にあらず、先を急ぐ。やがて押し寄せる高潮は海岸にひしめく人々を飲み込み、斜面に立てられた建築物を倒壊させる。目の前の立木にしがみつく。濁流が木の根元を洗い、引いていくのを感じたところで目が覚める。

dream 10000

迷宮の如き古い病院で自分の荷物を運んで医局まで引っ越す夢を見る。山積みの医学書やコピーした文献を運ぼうとするが力尽き、途中立ち寄った外科の医局で台車を拝借する。「高田私物」と大書されているが、今ここは無人だし、かまうものか。その後は例によって建物の外に飛び出すエレベーターに乗り込む。荷物の山にキーボードを見つけたおばちゃん女医との会話。

「あらこの電子ピアノ、軽くてよさそうね」

「そうですね、タッチも軽いですけど、88鍵のに比べたら半分以下でしょう」

「基音は変えられるのかしら」

盤面を見るとスライドレバーがあって、目盛りは４３２から４４４まで動かせるようだ。

「Aの音ですよね。変えられるみたいです」

「調律も？」

「平均律以外にも色々調整できる、とマニュアルにはありますね」

マニュアルにはブリテンだのドリアンだの見知らぬ人名が連ねてある。

dream 10001

覚醒夢を見ていることに気づく。シェルターの上空にいる。爆風に払われた平べったい地面が見える。体を水平に保ったまま高度を上げていく。目印はシェルターの生命線、太陽光発電パネルだ。それがどんどん小さく縮んでいくにつれて視界が広がっていく……はずだが、見えるのは瓦礫に覆われた地面ばかり。強い風が吹いているあたりまで上昇して初めて、爆風の到達範囲が見て取れる。草も生えず、虫もすだかぬ茫漠たる正円。針を取り外された時計の文字盤みたいだ。それともこれは碑銘を刻むことさえ許されぬ、ひたすら大きいばかりの墓標だろうか。

無名標という見知らぬ単語が頭に浮かぶ。無縁墓とも違う、無銘とも微妙に違う。無名こそがキーワードだ。

day XXX

体が重い。身重とはよく言ったものだ。体重が増えるのもそうだが、下腹が突き出て、重心が前下方に移動するものだから、自然とふんぞり返った「妊婦歩き」をするわけだ。膀胱が圧迫されて頻尿ぎみだし、今朝は肛門から出血した。骨盤静脈のうっ血による痔出血とは思うが、悪化するとまずいのでウォシュレットを使うことにする。その分を備蓄した水から補給せねば。

dream 10010

蛇に追われている。電車のドアを抜け、座席まで追ってくる。蛇とはいいつもそいつはふかふかの毛皮に覆われていて、肉食哺乳類の目をしている。触ろうとして子供が近寄る。手荒に扱われて怒った蛇は、どういうわけかおれの手を噛む。すると蛇の歯はすべて抜け落ちてしまう。蛇は腹を立てた自分に怒っていたのだ。蛇がおれの上半身に巻き付き、マッサージしてくれる。振動が頭から尾にかけて伝わっていき、最後に蛇は飲み込んだ獲物の骨や歯を固めた糞を排泄するのだ。蛇はおれに知恵を授けてくれるだろう。

dream 10011

シェルターの壁がうすぼんやりと光っていて、それを背にして黒服の男が立っている。明治時代の軍服みたいに古めかしいシルエット。カイゼル髭を生やしているようだが逆光で判別不能。

「やあ」

お休みでしたか、と男はやけに親しげだ。手土産がわりにと差し出されたのを見ると真新しい新聞で、これは珍しいものをどうも、と受け取る。広げて読み始めるが、どうも妙だ。すべての記事が漫画雑誌「ガロ」に関するもので、要するにこれはガロの宣伝のために作られたパロディーであるらしい。左上に石ノ森章太郎のインタビューが載っていて、彼はガロに描いたことがあるまいと訝しむものの、パロディーだったらあり得るか、と得心してしまう。

「お気に召しましたか？」

あくまでも男はうやうやしい。しばらく雑談していたところ、男は腕時計で時刻を確かめ、突然直立して宣言する。

「ただいまより当地は国連の信託統治下に入ります」

藪から棒に出鱈目を言うんじゃねえと詰め寄ると、男はさっと体をかわして壁面を指差す。そこにはペンキを塗りたくったみたいに読みづらい文字で今日の日付が記されていて、その下にわざわざ（きょう）と書いてある。日本国は当該物件の管理を放棄し国連に委託して云々、そういうわけか。

無言で肯んじる男の顔からは表情が欠落している。

……ふごがっという自分のいびきで目を覚ます。いつの間にか仰向けで寝ていたようだ。信託統治領で発見されたら国連に保護してもらえるのだろうか。

day 180

ミファソラミファソラというアルペジオに乗って、雪が踊っている。

地面に立って降る雪を見上げると体が上昇していく感覚を味わえるというが、風に舞う微雪の渦に身を置いたらどういう気分だろうか。行方を知らずに彷徨い続けるさすらい人の気持ち？

踊っていると感じたのは間違いで、この雪は汚染された地面に触れることを恐れて、ただひたすらに彷徨っているのだ。

すでに曲は絶え、光は射さず、触覚だけが支配する世界で、雪は死者たちの凍える魂に変わる。彼らは大地の呪縛から逃れようと海を目指しているのだ。さすれば地獄の照り返しを忘れることができる。

そこでようやく旅は終わり、魂たちは闇の底の塩辛い水に身を委ねて眠りにつくだろう。

day 181

手塚治虫全集をつまみ読みしているうちに、処女懐胎のバリエーションとも言える短編を見つける。本箱から適当に本を抜き出す感じで、一覧表示させた電子書籍の背表紙を適当にクリックし、画面上のカーソルを動かして途中で止める。表示されるのは「聖女懐妊」と題された作品だ。

土星の衛星であるチタンで女性型アンドロイドのマリアと暮らす主人公は彼女と恋に落ち、ふたりきりで結婚式を挙げる。新婚生活も束の間、フォボスの特殊刑務所を脱獄してきた囚人たちが現れて主人公を射殺、マリアを奴隷として酷使する。やがてマリアの下腹部がふくらみはじめ、彼女は自分が妊娠していると主張する……

ここではロボットの妊娠という、ありうべからざる奇跡があっさりと語られているばかりか、ラストには輪廻転生という、一見キリスト教とは相容れぬもうひとつの奇跡が用意されていて、いかにも手塚らしい。

マリアといえば「やけっぱちのマリア」に登場するマリアは主人公である男子学生「やけっぱち」のエクトプラズム（！）がダッチワイフに宿ったものであって、「男性から生まれた女性」というパターンを具現していることに気づく。

day 182

爆心に冥王の玉座が出現したという、あらぬ噂が流布している。真っ黒い染みのごときものが見えるというのだ。それは直径1メートルほどの真球からその4分の1を切り出したもので、横から見ると、いにしえのパックマンに似ているらしい。原爆級プルトニウムの塊であって、漆黒であるにも関わらずぎらぎらと輝いているのだという。いや、光を反射せぬ黒体であるのはその球面部分であり、4分の1を切り出した断面が鈍く光るのだ、ともいう。いずれにせよ、それは臨界して強度の中性子線を放射しており、近づくものをすべて焼き尽くす。もしもその断面に座るものがあれば、たちまち塵に帰すであろう。CGで作成したその画像が出回るや、そこにあらゆるキャラクターを座らせた動画がアップされる。傑作は「考える人」を座らせたもので、彼は沈思黙考したまま下半身から順に灼かれて灰と化し、風に吹かれて消えていく。

day 183

外のことも書いておくべきだろうとは思う。情報が錯綜していて真実は闇に埋没しているが、英語で読める情報をもとに再構築してみる。旧日本——日本と自称し、他からもそう認証されていた国が四分したことは既に書いた。北海道は自らをエゾ共和国と命名して、北方領土と引き換えに早々とロシアから承認された。東北から北陸、関東の一部は東日本国として独立を宣言、中国からの承認をとりつけた。中国といえば当然のように尖閣諸島を領有している。魚釣島は韓国領土だ。以前の西日本のみが日本の正統的継承者であると喧伝して米国から承認されている。九州、四国、琉球およびその他の離島を束ねた連合国はフィリピンやインドネシア、台湾といったアジアの島国から承認をとりつけようと苦労していて、どうやらいくつかの無人島を対価として差し出したらしい。結果として4つの国をひっくるめた領土はずいぶん目減りしてしまった。もともと資源の乏しいこれらの国々からは唯一の資源である人材がだだ漏れだ。海外で活躍できる人々——研究者、スポーツ選手、芸術家——あるいは海外でも暮らしていける人々——資産家、外国企業の社員あるいは単に外国語のできる者——は先を争って国外に脱出していく。その昔、「日本沈没」という本があったが、あれはまさしく今の状況を予見していたのではあるまいか。

day 184

昔からイヌ、ネコ、子供に好かれるたちだ。3歳以下の幼児であれば、特にこちらから働きかけずとも、勝手に引き寄せられてくる。友人の子供を保育園に迎えに行ったことがあるが、大部屋の隅であぐらをかいていたら、はっと気づくと見知らぬ幼女がちょこんとそこに収まっている。見知らぬ男の子が背にもたれかかってくるし、肩から頭の上に登ろうとするし、性別不詳の乳児までがハイハイで近寄ってくる。おれは誘蛾灯かハエ取り紙かそれとも幼児ホイホイか？　きっと幼児フェロモンを全身から発散しているんだ。とある公園のベンチでぼんやりしていると、4歳くらいの女児がのぞき込んでくる。その時は作務衣を着ていたからだろうが、その子は、

「オバケ？　それとも忍者？」

と尋ねてきたものだ。連中にはおれが成人として認識されぬようだ。まさか子供だと思っているわけではあるまいが、着ぐるみみたいに見えるのかも知れぬ。ああ、そうだよ、「星の王子さま」冒頭のゾウを飲み込んだヘビの絵みたいに、連中にはおれの正体が透視されてしまうのだ。

成人たち——特に成人男性たちとのつきあいを苦痛に感じるのも、たぶんそのせいだ。子供たちとつきあう方がずっと楽だよ。ひょっとするとサン＝テグジュペリもそういう人だったのかも知れぬ。世界からはみ出している人、世界における自分の居場所を探してさまよう人、居場所を喪失していることに実は気づいていている人。

day 185

開店休業。業務保証。収入確約。徒歩零分。輪廻転生。支離滅裂。軽挙妄動。

day 186

良い知らせと悪い知らせ、ふたつのニュースがネットを徘徊している。良い知らせは出生率が上昇しているというもの。といっても人口統計を正確に記録できる自治体は激減しており、ごく一部のサンプルデータではあるのだが。災厄による多数の死者と行方不明者、病死や事故死の激増、海外への流出……依然としてこの国の人口は減り続けてはいるのだが、いや、それだからこそ種族保存本能とやらが働くのか、あるいは他に娯楽も見いだせず避妊手段もろくに得られぬ現況の当然の帰結か、第二次大戦後のベビーブームにも似た出産ラッシュが訪れているというのだ。であれば、と楽観論者は続ける。いずれ遠からぬ将来に人口は増加に転じるであろう、と。

いや、喜ぶのは早すぎる、と悲観論者は反論する。悪性腫瘍データベースが公表する数値を吟味するがいい。小児の白血病と成人の肺癌がじわじわと増えている。これが悪い知らせだ。プルトニウムの影響がこれほど早く検出されるとは考えにくい、ストレスによる免疫力の低下が原因であろうと識者は宣う。いずれにせよ、出生率の上昇は死亡率の上昇と相殺されることだろう。結局プラマイゼロに落ち着くのさ、と半可通は嘯く。

B.C.33

結婚? そうだ、たしかあの時は結婚を控えていたはずだ。誰と? 誰とだったろう。記憶錯誤が激しくてすべてが不確かだ。

研修医として勤務していた病棟の看護婦ふたりと飲みに行って終電を逃し、3人で下宿まで戻る。やがて年増の看護婦は床で眠りこけ、すかさず若い方とベッドで事に及ぶ。色白で背が低くぽっちゃりとした子だ。もうひとりがいつ目を覚ますかも知れず、着衣のままの性交というシチュエーションは興奮をそそるものだったが、いかんせん酒が入りすぎていて正常位ではいけず、体を変えて騎乗位で下から突き上げつつ達する。

バレンタインデーにもらったチョコは当直室の引き出しに突っ込んだまま手をつけずじまい。

みつけた誰かが夜食に食ったか、大掃除の時に捨てられたか、ひょっとしたら今もうち捨てられた廃墟で惰眠を貪り続けているか。

最後のデートでタルコフスキーの「サクリファイス」を観る。おれはいたく感銘を受けたが、彼女にはちんぷんかんぷんだったろう。

隙間の空いた前歯からこぼれた言葉をひとつだけ覚えている。無料のエロビデオを横目で観つつ2回戦に及ぼうと陰部をまさぐったら、

「痛い」

と言われてしまったのだった。犬の目をしていた。大慌てでクンニリングスに切り替えたが、硬度が急降下して焦ったものだ。ああ、どうにも愚劣で嫌気が差す。因果応報。今のおれの状況が地獄だとしたら、ここへ墜ちた原因は腐るほど思いつく。これも浮ついた感傷だろうけれど。

願わくは彼女がこの災厄を生き延びていて、郷里に帰って結婚し子育てに励んでいますように。ああでも恐らく彼女はきつい仕事のストレスから逃れようとホストクラブに通ってカネを貢ぎ、借金にまみれて風俗に転落、都心の狭いマンションで被曝死しただろう。

いずれにせよ、おれにできるのは祈ることだけだ。

day 188

首都圏が壊滅したことで、この国の電力需要は半減した。旧日本国内で現在稼働中の原発は0基のはずだ。それ自体はもちろんいいことだろう。だが、二度あることは三度あるっていうだろ？　仏の顔も三度、とも。三度目にして最大、最後の危機が静かに忍び寄りつつあるのを誰もが忘れ果てている……その可能性がありはしまいか？

２０１１年の福島第一原発の事故で1号機から3号機において炉心溶融が生じる。２０１４年には東電が解析し、3号機では大部分の燃料が溶融して格納容器に落下したとする見解を公表する。２０１５年には宇宙線μ粒子を用いた透視により、1号機では燃料のほぼ全量、2号機では八割弱が溶融落下していることが確認される。

とここまで書いてきて疑問が生じる。3号機だけが一番早い時期に「解析」されていて、その後の透視は未施行のままというのはどういうわけだろう？　これはおそらく、3号機に一部とはいえプルサーマル燃料が使われていたことと関係している。プルトニウムを含んだ燃料が溶け落ちた……こりゃ一大事、でもご安心、燃料は格納容器に収まっていますから……というのが東電の言い分。でも実際にどこにあるのかは未確認のままだ。

2016年の5月には福島第一廃炉推進カンパニー最高責任者がオーストラリア国営放送のインタビューに応じて、600トンの炉心溶融物、いわゆるコリウムの所在が不明であることを認めている。2号機のコリウムが推計200トンと発表されているので、これは原発3基分の合計ということだろう。

その2ヶ月後にはμ粒子による透視調査の続報で、2号機の燃料は大部分が溶融落下しているものの、圧力容器の底に留まっているらしいと発表される。

翌年の1月、ビデオカメラによる福島第一原発2号機の調査が施行され、圧力容器の底からしたたり落ちた核燃料と思われる黒い塊が広範囲に飛散していることが確認される。線量は毎時530シーベルトと推定され、その後、格納容器内側の別の場所で毎時650シーベルトという過去最高値が推計される。これは原子炉運転中の圧力容器内側の放射線量に相当し、30秒で人を死に至らしめる強度である。

とはいえ、これほどの線量が計測（あくまでも推計ではあるが）されたということは、逆にコリウムが格納容器に留まっているということの傍証とも言えよう……2号機に関しては。（実は2011年5月という早い段階で、東電は圧力データをもとに1号機と2号機の格納容器が穿孔している可能性を発表しているのだが、毎日新聞のこの記事はリンクが切れていて現在ネットで読むことが不可能だ）

深読みしすぎと言われそうだが、コリウムが格納容器に留まっているらしき2号機の調査ばかりが先行しているのは、残る1号機と3号機のコリウム、合計400トンの行方から世間の目をそむけるのが目的ではあるまいか。これらはおそらく既に格納容器から抜けだし、建屋の基礎を穿ち続けているのだろう。

核燃料（主にウランと少量のプルトニウム）とそれを覆っていたジルコニウム合金、圧力容器の鋼板や格納容器のコンクリート……これらが溶けて一塊と化したコリウムは沈下していく途中でスラグを後に残すため、ウランの濃度は時とともに上下に変動する。地下水と遭遇したりすれば再臨界する可能性が指摘されているし、その証拠である半減期の短い核種（ヨウ素131、テルル132等々）が微量とはいえ検出され続けているのだ。

いつかある日、地下で牙を研ぎ続けたコリウムが水蒸気、いや場合によってはマグマとともに深い陥穽の底から噴き上がり、未曾有の災厄を世界にもたらす……その可能性は決してゼロではあるまい。

day 189

ニュージーランドに移住した友人との会話を思い出す。震災と災厄の間のことだ。

深夜、背部に焼きごてを当てられたかと思うほどの痛みを感じて目覚めるんだ。病院であれこれ診てもらったが健康体だと言われる。仰向けが悪いのかとうつぶせで寝てみたら、今度は赤く光るものが見えるんだ。どこで寝ていても、枕や布団のはるか下の方、夜の底とでもいったところに赤い光がちらついている。

「閃輝暗点?」

眼科でもそう言われたけどね。薬はもらえず、気休めを言われただけ。そのうちに光がだんだん近づいてくるのに気づいた。いっそ子細に観察してやろうと思ってさ、目を凝らして……いや、目をつぶっているのだからこれは変か、まあ注意を向けてみたわけ。

友人はワイングラスを空け、テーブルに置く。もう一杯ずつ注ぐ。

近づくにつれてそいつがめちゃくちゃに熱い代物だということがわかった。背部に感じた痛みというのは火傷の痛みだったんだね。といっても実際に顔が火照るというのとは違って、そう、いわば分厚い耐火ガラス越しに観察している感じ。どろどろに溶けた熱い物体を。

「溶鉱炉？」

まあそれに近いものだよ。今にして思えば、あれは地殻の下にあるマグマの対流を見ていたんだね。そいつが夜毎にじわじわと近づいてくる。

「怖いね」

そう、いつ飲み込まれてしまうのか、飲み込まれたらどういう目にあうのか、いやでも考えてしまう。眠ったまま焼け死ぬとは考えにくいけど、ショックで心臓が止まって、いわゆるポックリ病で片付けられてしまうのか、とかさ。出張で地方都市のホテルに泊まった時も夢は追いかけてくる。諦めかけていた頃に、

「奇蹟が起きた」

とまでは言わんがね。研修でヨーロッパに行った時にはマグマの夢から逃れられたんだ。マレーシアに行った時もそう。要するに日本から脱出すればいいんだと悟った。

「それで地球の反対側に移住したってわけか」

その通り。家業の造り酒屋を継ぐ代わりにワイン造りを始めたのさ。あれは虫の知らせとでもいうのか、予兆だったんだろうね。噴火が近づいているというのとはまた違う、いずれにせよばかでかい変動がこの国を襲うことを知らせてくれたんだ。

「おや1本空いちまった」

いつか遊びに来いよ。もっと旨いのを飲ませてやる。
……それきり再会のチャンスを逸してしまったが、ここから出られたら訪ねてみようか。いつか子連れで移住というのもいいかも知れん。

day 190

ＩＳＩＬを走る水色の列車に乗る夢を見る。

窓ガラスの破れた車両で、カミソリで髪を切ろうとしている少女に出会う。見とがめられたと思ったのか、彼女は、
「許してください」
と涕泣する。思わず引き寄せて口づけると唐突に睾丸をつかまれ、そのまま事に及んでしまう。それから度々逢い引きを重ねるうちに少女は妊娠する。

彼女との結婚を決意し、改宗して彼女の故国へ向かうところだが、狙撃される恐れがあるので座席の陰に隠れてこっそりと外を窺う。それでも新婚旅行であることはわかってしまうのか、色とりどりの民族衣装を着た子供たちが列車に向かって手を振っている。

突然ワープした先は平行法を駆使したトリックアート美術館だ。がらんとした部屋に配されたオブジェは意味不明で退屈すぎる。

黄ばんだスクリーンに仕切られたトイレで放尿していると、スクリーンの向こうは女子トイレであるらしく、誰かの気配がする。それは初めて会う恋人で、母と合流して３人で美術館の売店に向かう。母は恋人にホログラム指輪とミニチュアの三角錐（珍しく透き通ったフローライトの）を買い与える。

「でも緑色の水晶はあんたにもらったものよ」

と恋人に詰問される。

目覚める間際に繰り返される想念、

（５足す４は８）

day 191

水道水が飲めるばかりか味のよさをアピールしている国において、飲料水がペットボトルで売られていて、あまつさえその水が残れば捨てられてしまう。さらには周りをすべて海に囲まれた島国が大量の汚染水で海を汚し続ける。

かくのごとき国に制裁を加え、核兵器の試用により実験データを取得しつつ核兵器の総量を減らし、さらには地球上に貯えられたウランとプルトニウムの在庫を減らすという、一石三鳥あるいは四鳥の計画が実行に移されたというのが今回の災厄の真相であるとする、究極の謀略説が流布し始めている。

飛来した核兵器は北朝鮮のミサイル実験場からはもちろん、米中露の3国が保有する原潜からも同時に発射され、さらには英仏の原潜も参加していた可能性があるという。

複数のミサイルを同時にピンポイントで着弾させることが多国籍軍にできるとは考えにくいし、たとえそれが達成されたとしても原子炉に貯えられていた燃料および副産物を盛大にまき散らすのが関の山、軽い水素であればともかく、ウランやプルトニウムから熱核反応によって新しい元素が生み出される可能性が皆無であることは冷静に考えればわかりそうだが、この期に及んでも災厄の原因を他人に求めたがる輩はしぶとく生き延びているらしい。

day 192

大手の製菓企業が壊滅的打撃を受けたり、出身国に戻ってしまったり、さらには原料の輸入がストップしてしまったため、チョコレートは市場から姿を消している。それかあらずか、バレンタインデーにチョコを贈り合うという国民的ポトラッチは消滅し、意中の人にカードを贈るという本来の？　形に戻ったようだ。

聖ヴァレンティヌスの殉教の日とされる今日は「ふんどしの日」でもあるらしい。チョコは持ち合わせておらぬが、ふんどしだったら毎日穿いている。せめて今日はとっておきの絹の赤ふんどしを締めて祝おうぞ。

day 193

医学生時代にルービックキューブのブームが訪れる。流行に聡い連中がすぐに飛びつき、講義中も机の下でいじっていたが、一面を揃えるのがせいぜいで、6面クリアは夢のまた夢と誰もが諦めた頃、同級生のひとりが1週間ほど姿を消す。次に現れた時、そいつは1枚の紙切れを手にしている。

「解けた！」

あろうことかそいつはルービックキューブを手にすることさえせず、不眠不休でその解法を編み出してきたのだった。理科大の物理を中退して医学部を受けたという強者ではあったが。

キューブがどういう配置であったとしても、ある手数以下の操作で全面を揃えられることは最初からわかっていたが、具体的にその数を突きとめるにはスーパーコンピューターを駆使する必要があり、「神の数字」とも呼ばれたその数が「20」と判明したのは発売から33年後の２０１０年だったそうである。

ルービックキューブの数学的解法としては群論を用いるのが一般的であるらしい。コンピューターによる解法と、現在最速とされているＬＢＬ（Layer By Layer）法による人間の解法の手数を比較した実験によると、コンピューターの手数が平均29回に対して人間の手数は79回と倍以上であった。人間の場合には下層―中層―上層と順に揃えていくので手順を理解しやすいが、コンピューターの解法を人間が直感的に理解することは不可能らしい。

day 194

どうしてルービックキューブにこだわるのかといえば、それはこのシェルターが前にも述べたように、ルービック・ボールともいうべき構造を有しているからだ。３×３×３に分割された壁面は自由に配列を変えることができる。しかも、キューブとは違って縁や角といった概念を持たず、すべてのモジュールが相互に交換可能だ。つまりここで存在を許されているのは、重力による天頂と底面の区別、あるいは駒の回転軸に相当する上下のベクトルのみだ。

例えばこのシェルターに水を満たせば、擬似的無重力空間が出現する。そうすれば、上下の軸さえ消滅し、等方的かつほぼ無限のシャッフルが可能だろう。モジュールのそれぞれを英語アルファベット26文字プラス空白に対応させれば、ありとあらゆるテキストを生成することが可能だろう。マニ車のように、祈りに似た文字列を生成し続けるガジェット。

その中心に浮かぶ胎児はマクスウェルの悪魔のごとく、意味のある文字列のみを拾い出し、記憶し、やがて言葉を発する。無意味の恒河沙から真言の砂金をすくい取るのだ。オムマニペメフム。

day 195

２０１X年5月、Googleの子会社たるディープマインド社が開発したＡＩ、アルファ碁(AlpaGo)が現役最強棋士との対戦に完勝し、6月にはその引退が報じられる。ディープマインド社はその後、アルファ碁同士が対戦した棋譜を公開し、それを見た棋士たちは常識やぶりの着手に驚嘆する。

ルービックキューブの解法でもそうだったが、数学的に導かれた機械の思考はたやすく人間の理解を超えてしまうのだろう。さてこの国には「人間以外」の応募を容認する文学賞が存在する(ウェブページの更新が滞っているので、存在したというのが正しいか)。いずれは初音ミクもどきの文豪、R・違った、A・漱石やらA・鷗外、A・ハルキが登場することだろう。

予言しておくが、それはきっと「カスタネダより深遠でとんねるずより面白く活字は山田詠美より大きく赤川次郎より売れて西村京太郎よりドラマ化される」ことだろう。

でもAIたちはすぐに飽きてしまい、お互いを読者とする「AIのAIによるAIのための小説」を書き始める。結果は当然のことだが、あまりにもマニアックで玄人受け狙いかつ時代に先行するテキストは人類の理解を遥かに超えていて、読み進むべき方向さえ判断しかねる代物だ。

そのテキストを経典として読誦する教団が興り、あるいはそのテキストを分子配列に読み替えたものから新生命体が生じたりするのだが、それはまた別の時間軸で語られるべきストーリーであろう。

それとも彼あるいは彼女の仕事は、空白あるいは情報の欠如としてのゼロの意味を見いだすことであるかも知れぬ。沈黙の音、輝ける闇、無味無臭のエネルギー……

day 196

胎児が静かにしている折を狙って超音波検査を試みる。三次元再構成を施行すると、スクリーンに見覚えのある面差しが現れる。目をつぶっているのだろうか、それともまっすぐこちらを見ている？　どちらにしても薄ぼんやりとした光を感じつつ、瞑想にふけっている。弄ぼうとしているみたいに、目の前にある紐状のもの～それは小腸というのだよ～に短い腕を伸ばしている。邪魔物が多くて見づらいが、体位を工夫してどうにかこうにか、その股間をスキャンすることに成功する。そこはただ平坦で突起物は見当たらぬ。

この胎児は確かに雌性であるらしい。

腹水の染色体検査で前もって判明していたことだから今さら驚きはせぬが、奇妙ではある。アダムから生まれるイブ、手塚作品でいえば「やけっぱちのマリア」のパターン。そしてこの顔だ。確かに見覚えがある。顔というありふれた言葉を哲学用語に、文字通り変貌させた哲学者のことを思い出す。あるいは面差しという言葉で自らの思想を語ろうとした著述家のことを。倉庫を漁ってみたら彼らの本が出てくるかも知れぬ。残された時間を難しい本の読解にあてても悪くはあるまい。

B.C.5

息をひそめて手を伸ばす／パジャマの前をまさぐり、白いパンツの前開きからひんやりとしたペニスを引っ張り出す／まだ陰毛も生え揃わぬ皮をかぶったそれはマッシュルームかマシュマロみたいに柔らかくて愛らしい／今日は週に二度の入浴日だから、きれいに洗われていて石鹸の匂いがする／少しだけ硬度を増したそれにそっと口づけ、急いでパンツに戻す／部屋中に充ちている規則正しい寝息を確かめる／誰も知らぬ、これは僕だけの秘密

蛇を思わせる目／妙に色白で唇が赤い／日曜の昼間だったろうか、偶然ふたりきりだった寮の居間で布団に引きずり込まれる／あっという間にずぼんとパンツを引き下ろされ、性器を弄ばれる……（かわいい）……耳元でささやきつつ首筋に舌を這わせてくる／熟練の手つきでしごかれ、たちまち勃起してしまう／（あっ）小さく声を上げたら（出ちゃった？）と妙に優しい声、それから声の調子ががらりと変わり（今度はお前の番だぜ）猛り立ったものへと手を導かれる……

出産祝を買おうとデパートに赴く途中、急に真顔で告げられる
「今からホテルに行って抱き合おう」
耳を疑うが一瞬で理解する／ああ君はずっと以前から（きっと初めて会った小学生の頃から）僕に恋していたんだね／残念だけどその気持ちに応えるのは難しいよ、売り場に急ぎ、適当に見

繕った商品を包装してもらい、押しつけるように手渡す／分厚いレンズのはまったメガネの奥の細い目をのぞき込むことができず、でもきっと捨てられた犬みたいに痛々しい表情を浮かべているんだろう

あれからずっと絶交状態だけど、死ぬ前に一度は会って謝りたいと思っているんだ

醜い中年男でよければつきあうよ

君が生き延びてくれていたら、という条件つきだけれど

コンドームを装着し、用意しておいたクリームを塗りたくる。（「ラストタンゴ・イン・パリ」ではバターだったが）／にきびひとつ目立たず、すべすべした背、ほぼ無毛の尻（おれときたらケツの回りまで毛だらけだってのに）／女性のあそこよりずっと締まりがよくて、激しく動かすことは難しい／ふたりそろって息を弾ませる／たっぷりと放出した精液を湛えたコンドームの口を縛る

「すこし出血したよ」まるで処女のように頬を赤らめている

普通の女性と結婚して子供をふたりもうけた君が、50も過ぎてから離婚して新宿2丁目に勤めだした原因は僕だったんだろうか　新宿全滅の報に接して後悔したのもずいぶん前のことだけど

day 198

カントとは違うもうひとりのエマニュエル氏の主著『全体性と無限』を無理矢理読み進めている。「チョー難《むず》い」ことで有名だということは知っていたが、これほどとは予想できずにいた。コンテンツはもちろんだが、否定文を積み重ねていく独特のスタイルも難しさの一因だろう。日本語は文の最後まで辿ってようやく肯定か否定かが明かされるのだもの。

ひとつだけ引用してみよう。

夜の目醒めは無名である。(「実存から実存者へ」西谷修訳)

不眠の夜に目覚めているのは「私」には非ず夜自身である、と彼は言う。「いってみれば私は、ある無名の思考の主体であるよりはむしろその対象」というわけだ。

眠れずに考えている。ここに確かに滲透しているのに決して見いだせぬ存在のことを。不在あるいは欠如として、ただそれだけの仕方で立ち現れるもの。私から、世界からこぼれ落ちてしまったサムシングあるいはサムバディ。

day 199

倉庫の奥に眠っていた古本を引っ張り出す。昭和43年にみすず書房から刊行されたサン＝テグジュペリ著作集1『城砦』の第5刷。奥付には訳者の印紙が貼ってあり、質の悪い紙とはいえ300ページで650円（もちろん消費税導入以前）。

「刊行者たちの覚え書き」によれば、作者はこの作品を自ら「遺作」と呼び、執筆に10年、推敲に3年を予定していたものの、彼の死後に残されたのは未整理のタイプ原稿985ページであった。

このあたりの事情を知ると、宮沢賢治の『銀河鉄道の夜』との類似性をどうしても想起してしまう。

砂漠の民を統べる族長が一人称で語るテキストは聖書あるいは神話を連想させる数多の比喩がちりばめられ、簡潔でありつつも反復と矛盾に満ちており、一気に読み通すことも理解することも難しい。斯くの如きテキストを読み進めていると、冗長で含蓄に乏しく、徒に詰め込まれた情報がホワイトノイズと化している自らの文を恥じる気持ちで一杯だ。

ともあれここで過ごす限られた時間を使って、少しずつこの「寺院」あるいは「宮殿」を経巡っていきたい。

day 200

籠城２００日目にして2月22日というゾロ目記念日でもある今日、関東では春一番が吹き荒れている。気温は急上昇し、地上は４月くらいの暖かさらしい。

首都圏の風化は一段と進むだろう。辛うじて立っていた建築物が崩壊し、積もっていた死の灰を再び舞い上げる。安全圏まで逃げのびた人々は目張りした部屋で息をひそめている。強風の日には物々交換の市も立たず、物売りも人買いも休業だ。

いずれ暖かい季節が来たら……どうするというのだ？　幸か不幸かたまたま出張中で地震とプルトニウムの直撃は免れたものの、ようやく箱根の関を越えたかと思えばそこには線量の壁が立ちはだかっている。友人知人の安否は知れず、死んでしまったであろう家族の骨を拾いに行くことも不可能だ。

貯金は尽きかけているが、仕事はそこそこある。被曝を無視すればね。汚染されたアスファルトを汚染されたツルハシで引っぺがし、汚染されたスコップで汚染された一輪車に積み上げ、汚染されたダンプに載せて送り出す。汚染地域の境界に瓦礫の壁が築かれるという寸法。軍手とマスクだけは新しいものが支給されるが、1日の終わりにはプルトニウムでまっ黒だ。指先もしっかり黒ずんでいて、洗っても洗ってもそのままさ。

day 201

風が強くて眠りが浅い。といっても勿論、強風のためにシェルターが揺れるというには非ず、マイクが拾う風の音が微かに聞こえるだけのこと。胎児がそのリズムに共鳴して動くのだ。明け方近くに一度目が覚めて、それから切れ切れの夢が続く。春眠暁を覚えずとはよく言ったものだ。

予感に駆られてメールボックスを漁る。表題は例によって判読不能だが、メールアドレスは読めるのだ。このアドレスは覚えている。以前、画像診断についてちょくちょく意見を交換したドクターのものだ。返信してみることにする。彼だったらきっと理解してくれるはず。以下の文面を英文でしたためて送信する。

「メールをありがとう。でも当方マシントラブルのため日本語のメールが送受信不能。できたら英文で再送して欲しい」

返事は午前中に届く。お互い決して英語が堪能とは言えず、文章は必要最低限の事務連絡だ。

「京都でクリニックを開業したが読影医が必要だ。診断に苦慮しているCTだけでいいから読影をお願いしたい」

「OK。画像データを圧縮してメールに添付するか、クラウドストレージに入れてくれれば読んでレポートする。英語でね」

料金や納期といった細目を決めたら業務再開だ。やはり今日の日付は幸運の数字と言えるだろう。

day 202

最初に舞い込んだ仕事は顔面を打撲した38歳男性の頭部CT読影だ。頬骨前頭縫合が離開し、左上顎洞の前壁と側壁それに頬骨弓が折れて上顎洞に出血している。折れて外れた骨片の形がカメラを固定する三脚に似ているため三脚骨折（tripod fracture）と呼ばれている、よくあるタイプの骨折だ。依頼票には殴打とあるが、恐らく右利きの相手からパンチを食らったのだろう。頬骨体は後方に変位しており、顔面が歪んでいる。これは観血的整復、要するに手術が必要だろう。

day 203

胎動によって現実に引き戻される。ひょっとしたら妄想かも知れんが、唯一の現実感ある体験、そいつと強制的に向き合わされる。生き延びよ、という叫び。生き延びよ、我に世界を与えよ、と。この命と引き換えに？　それもまたよしとしよう。

懐妊したアンドロイドにして聖女のマリアは胎動を感じたろうか？

アトムの皮膚はプラスチックであるからして、マリアの腹部も柔らかい人工皮膚で覆われているだろう。そもそも彼女が「アンドロイドは電気羊の夢を見るか？」に登場するレプリカント、ロボットというよりもホムンクルスとでも呼ぶべき人造人間であれば、性交だって妊娠だって可能だろう。人間が自分たちよりも優れたものを創りうるかといえば疑問であるが。逆に言えば、被造物は造物主を超えうるか、という疑問。

ああ、とっくに答えは出ている。ＡＩはチェス、将棋そして囲碁において人類のチャンピオンをたやすく下している。

day 204

それにしても読影依頼に回ってくるのは外傷の症例ばかりだ。今日も転倒して頭部を打撲した高齢女性のCTが送られてくる。一見して脳挫傷は認められず、骨折も見当たらぬ。正常パターンの定型文を入力しようとして、思いとどまる。おっと危うく見落とすところだった。左右の大脳半球に挟まれた谷間、大脳縦裂と呼ばれる部位がやけに白く見えている。ここには大脳鎌(falx cerebri)という、鎌の刃の形をした硬膜があるため正常でも白い線が見えるのだが、その幅が広すぎる。これは大脳鎌に沿ってCT上白く見える液体、つまり血液が貯留しているサインだ。少量ではあるが硬膜下血腫が存在しているので、無罪放免というわけにはいかず、経過を観察する必要があるだろう。

外傷の症例が多いのは、被曝を免れた地域でもほとんどの病院が野戦病院と化しているためと考えていいだろう。あとは季節柄、インフルエンザをはじめとする感染症も多い。ノロウィルスによる腸炎も流行っているようだが、こちらは読影に回ってくる機会が乏しい。インフルエンザウィルスによる肺炎は以前であれば珍しかったはずだが、確実に増えている。ワクチン不足、住環境の悪化、低栄養……感染症の蔓延を助長する因子には事欠かぬ。ここに新型ウィルスが加わりでもしたら、確実にこの国は滅びてしまうだろう。

day 205

英語でレポートを作成するのは実に35年ぶりで、解剖学用語がすぐに出て来ずに苦労する。あれは医学部を卒業して大学の放射線科に勤め始めた頃のことだ。当時の報告書〜正式名称は忘れてしまった〜はB5の複写式3枚つづりで、ボールペンで所見を手書きするか、自分でタイプライターを打つか、あるいは所見を英語でマイクロカセットレコーダーに吹き込み、専属のタイピストさんに打ってもらうかという3択だった。

英語で所見を述べることをディクテーション、吹き込む機械はディクタフォン、そしてタイピストのことは……どう呼んでいただろう、これも忘れてしまった。記憶が穿孔テープのようだ。いや違う、あれは穿たれた部分こそが意味を持つのだったか。さて所見を客観的に綴った上で、最後に画像診断を短くまとめるのだが、その部分はインプレッションと呼んでいた。米国流の習慣らしかったが、いくら主観を述べる部分といっても、「印象」とは曖昧極まる言い回しだと思ったものだ。あれも責任回避の一手段だったのだろうか。

ようやく思い出したので記しておこう。画像診断の報告書をタイプする人はトランスクライバーと呼ばれていた。

day 206

　昔どこかで見かけた問題、３のπ乗とπの３乗のどちらが大きいかを示せという、東大の入試に出たとかいう問題が脳裏にこびりついている。πの３乗はπ＝３・14として概算できるが、３のπ乗の筆算は難しい。これは両者の差を取るか、比を調べるしかあるまい。どこから手をつけたものか……

　直接比べるのは難しそうだから、両者の対数を取ってみる。

$$\log\pi^3 = 3\log\pi,\ \log 3^\pi = \pi\log 3$$

　だから、両者の比は、

$$\frac{3\log\pi}{\pi\log 3} = \frac{\log\pi}{\pi} \cdot \frac{3}{\log 3}$$

　ということだ。ここで $y = \log x$ というグラフに着目すると、グラフ上の点の座標は当然（x,logx）で、これはつまり原点からグラフ上の点を通る直線を引いた時の、その傾きであるからして、

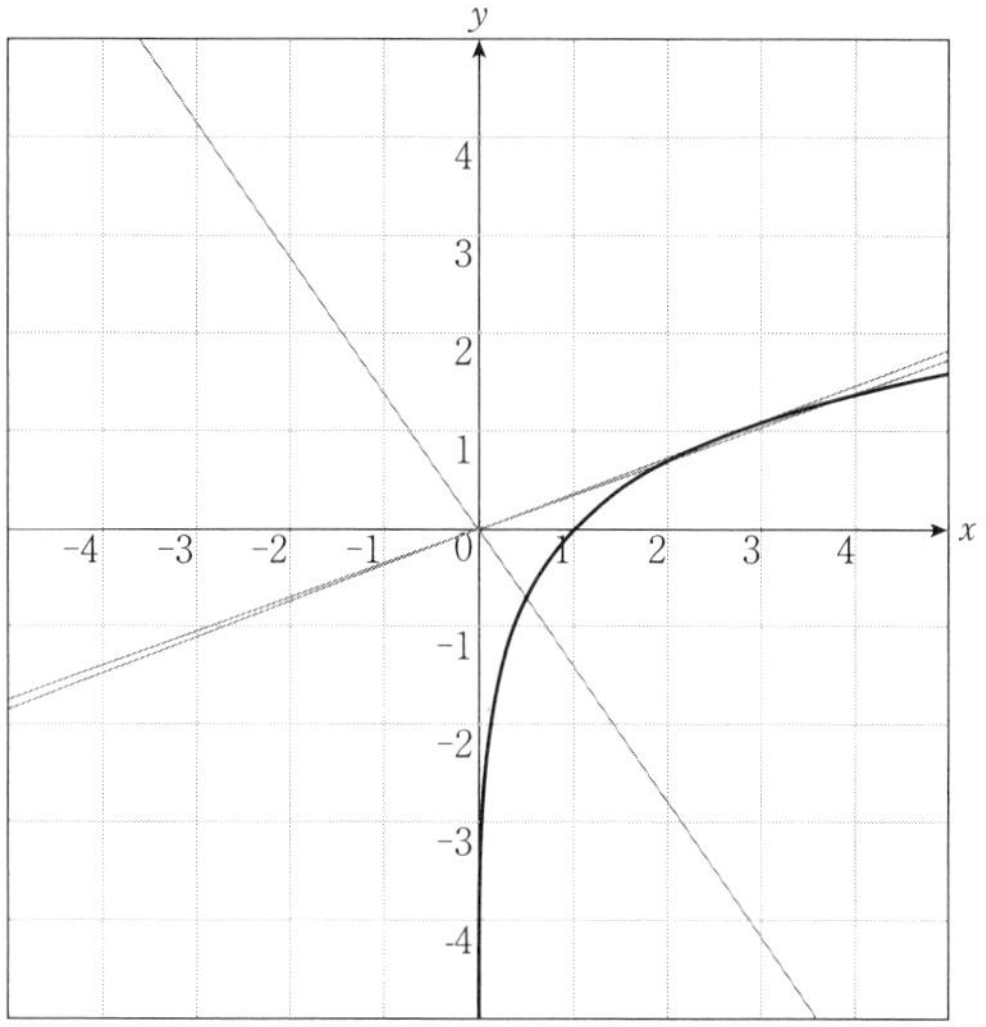

こういう具合に、xが0から1の間は直線の傾きは0よりも小さく右肩下がり、xが1の時はx軸と一致し、それからはプラスに転じる。x＝3のあたりに注目すると、(3, log3) の点を通る直線よりも (π, logπ) を通る直線の方がわずかに傾きが小さいことがわかる。つまり、

$$\frac{log}{3} > \frac{log\pi}{\pi} \quad \therefore \pi log3 > 3log\pi$$

従って3のπ乗の方がπの3乗よりも大きい。実際に関数電卓を使って調べると、3のπ乗＝31・5443、πの3乗＝31・0063で前者の方が大きいのだ。やったね。

実は先ほどの直線の傾きは、例えばxが1から2にふえていく間は少しずつ増加していく、3から4の間では減少しているので、この間に傾きが増加から減少に転じるポイントがあるはず。直感的にそれはx＝eの時、座標で言うと（e,1）の時だろうという予想はつくが、本当はこれも証明する必要がある。対数関数の微分とかy＝logx/xのグラフとかで考えればいいのだろうが、現在の数学力ではちょっとお手上げだ。40年前だったらともかく。

B.C.46

理科の授業で寄生虫のビデオを見せられる。回虫だったか蟯虫だったかの解説で、

「これらは狭いところにもぐり込む性質があり、膣に入り込むこともあります」

というのを聞きつけた男子たちが騒ぎたてる。

「おい、チスってどういうもんだ?」

「知らねーよ、チスって言われても」

言葉の誤用にうるさいおれはつい反応してしまう。

「違う、チスじゃねえ、チツって言うんだ」

「ああ?　だからそれはどこだよ?」

とたんに前の席に座っていたハガマタさんがこちらを振り返る。顔が真っ赤だ。

「お願い、言わんといて」

こちらもつられて赤面してしまう。ませたカップル誕生の瞬間……とはいかず、彼女とは小学校を卒業してから会わずじまいだ。

day 208

原発事故の主要3核種のうち、ヨウ素131の半減期は約8日だから、80日でおよそ1000分の1、160日後には100万分の1にまで減っているはずだ。

これに対して残るふたつの核種、セシウム13Xの半減期は30年あるいは2年だから、プルトニウム・プルームの直撃をくらった地域を除けば、現時点における環境汚染の主役はセシウムといえよう。セシウムはプルトニウムよりも軽く。その化合物は水溶性だ。風と水に運ばれて移動していく。化学的にはカリウムに似ているため、植物にも動物にもたやすく取り込まれてしまう。

立入禁止区域～人間の生存が難しい地域にも植物は易々と侵入し、放射性物質をため込みつつ繁殖していく。それを食べる動物、またその動物を食べる動物も同様に、いわゆる食物連鎖によってより高濃度の放射性物質による被曝を受けつつそこで暮らしている。生存競争がゆるやかであるゆえ、こうした地域に入り込むのはたやすいのだが、実はそこには放射線という目に見えぬ敵が待ち構えていて牙をむく。被曝地帯に生きる動植物には奇形や先天異常が多く、彼らの寿命は短い。その死骸を目当てにまた次の犠牲者が押しかけてくる……かくて静謐にしてスローピードの地獄絵図が繰り広げられ続ける。

day 209

梅も桃もほころびかけているのだろう。ビデオカメラの視界には草1本たりとも生えてはこぬが、線量の境界付近では植物たちとプルトニウムのせめぎ合いが続いているはずだ。

今日は桃の節句。まだ見ぬ姫君に、せめて音楽を献じよう。曲目は「逝ける王女のためのパヴァーヌ」。ピアノ・ソロ初級。古風かつ優雅で癒しに満ちた曲。

飼っていた雌の柴犬が死んだ時、父は供養だと言ってこの曲を繰り返しかけていた。ラベル自身の編曲による管弦楽曲の方だ。すり切れかけたレコードから立ち上がる音楽は深い悲嘆とあきらめを誘った。

衝撃的画像が拡散している。ススで汚れた一対の人形たちが抱き合うかのように向き合っている。カメラがその周りを巡り、人形の背を映すと、そこには銃弾が貫通したかのごとき円形の欠損が穿たれていて、そこから向こう側の景色が見える。要するに2体の人形はいずれもその中心部がきれいに欠け落ちているのだ。誰もが共有している喪失感を表していると言えよう。

day 210

「去年マリエンバートで」を再生する。チャプター3で最初のゲームに遭遇。淡色かつ短髪の若い男vs漆黒の髪を整えた中年男性。以後、「若」と「中」と略させていただく。中はおもむろにカードを置いていく。切らずに、伏せたまま。最初に1枚、次の列に3枚。その次に5枚、そして6＋1枚。

まずは若の手番、最後の列から1枚取って6枚にする。

中は顎に手を当ててしばし黙考、3列目から1枚取る。

若はええい面倒とばかりに4列目をごっそり取って3列にしてしまう。

そう、ここからが本来の「三山くずし」だ。

中は3列目から2枚取る。
若も3列目から1枚取る。
中は2列目から2枚取る。

テーブルには1枚ずつ3列のカードが残る。つまりはチェックメイト。ここからは1枚ずつ取っていくばかりだから、最後のカードを引くのは決まって若だ。

前に採用した書き方だとこういう経過だ。

(1―3―5―6+1)↓(1―3―5―6)↓(1―3―4―6)↓(1―3―4)↓(1―3―2)↓(1―3―1)↓(1―1―1)で後手の勝ち。

day 211

ひところ鬱に苦しめられたが、孤独にはよく耐えていると思う。春にはまたヤモリのウェンズデイに会えるだろうし、英語であればメールのやりとりができる。そもそも人づきあいというものが苦手だから、独居はむしろ楽と言えよう。

日本人だから、というのも少しはあるだろうか。花鳥風月を友として生きることができれば、ひとりであることにも耐えやすい……と書いてきて、孤独に耐えた日本人の例として横井庄一と小野田寛郎を挙げようと思ったところでストップがかかる。少し調べるだけで、小野田寛郎氏が4人組でフィリピンのルバング島に立てこもり、現地人の殺害や略奪を繰り返していたことが判明する。孤独に耐えた、というのは全くの誤解だった。

日本人であること、必然的に日本語で書く以外の選択肢を持ち得ぬことに苛立ち続けてきた。世界を相手にすることが難しいと思ったからだ。でも今は日本語の特性がすこぶる気に入っている。このように主語を廃した文章を延々と綴ることが可能だからだ。

day 212

透き通った蛆が床を這っている。遭遇したアリに噛まれるが、反撃してアリを捕獲、飲み込んで消化し、倍の大きさに膨れ上がる。もはや蛆とも呼べぬその生物は進路上にあるものをことごとく飲み込み、指数関数的に肥大する。どういうわけか、ありとあらゆる色を取り込みつつも透明度は落ちず、ぬらぬらと蠢くその体を透かして背景が伸び縮みする。

いつしか家ほどの大きさに育ったそれは、車を信号機をそして通行人を片っ端から貪食しつつまっすぐに進む。行き交う車はそれが透明であるゆえに接近しても気づかず、蜃気楼をくぐり抜けるつもりで突入してしまうのだ。見たまえ、もはや道幅よりも大きく、コンビニをガソリンスタンドをファミレスを取り込んでそれは進んでいく。

怪獣あるいは巨大不明生物と化したそれは都市を国家を吸収合併しつつ視界から去っていく。見送りつつ安堵したのも束の間、背後から迫りくる怒濤の気配を感じる。振り向かずともわかっている。地表の建造物をすべて飲み尽くし、海と一体化したそれが地球を1周して戻ってきたのだ。かくてすべての生命は融合し、この星は1個の細胞と化すだろう。

day 213

将棋の世界では対局後に感想戦という振り返りがあるという。戦とはいいつつも、取っ組み合いや殺し合いとは違う、ゲームであることを確認するための儀式。ここでふたりに先ほどの対戦を振り返ってもらうとしよう。

若者
（1―3―2）↓（1―3―1）と取ったところで僕の負けが決まっていたわけですね。では他の取り方だったらどうでしょう。

（1―3―2）↓（0―3―2）としたら、（0―3―2）↓（0―2―2）で、あとどうやっても僕の負けか。1列目を取っちゃだめだ。

（1―3―2）↓（1―2―2）としても、（1―2―2）↓（0―2―2）で僕の負け。これは難しいぞ。

（1―3―2）↓（1―1―2）としたら？（1―1―2）↓（1―1―1）で負けだ。

（1―3―2）↓（1―0―2）としたら、（1―0―2）↓（1―0―0）でストレート負け。

要するに2列目もどう取っても負けてしまうんだ。（顔色を変える）

3列目の取り方は2通り、（1―3―2）↓（1―3―1）は↓（1―1―1）で負け。

（1―3―2）↓（1―3―0）は↓（1―0―0）で負け。

つまり、（1―3―2）とされたところで僕の負けが確定していたわけですね？

中年
　その通り。

day 214
　ここは入浴施設「湯ーパラダイス」。溢れる湯は使い放題、たわわに実る果物は食べ放題、上等の酒が飲み放題。だが入場できる人数は厳しく制限されていて、門の前には長蛇の列ができている。会員の死亡や失踪の場合にのみ欠員分が募集されるらしいのだが、それにしては毎日数人の募集が続く。

　経営者はビットコインだかFXで大もうけした人物らしく、ライブカメラの映像を海外のセレブに配信してさらに儲けていると聞く。その映像といえば、まさに酒池肉林の乱痴気さわぎ、乱交と乱闘の無礼講、おどろおどろしい見世物、楽園を騙った地獄絵図が売り物だ。

　どうやら経営者は乱歩のパノラマ島を作りたかったようで、イケメンに美女、サーカス芸人の類を優先的に入場させる。
　そしてこれはただの噂だけれど、経営者は施設の中央にそびえる煙突を模した塔に特大の流星火を隠しているらしい。放射線障害でいよいよ命が危ういと感じた時にはそこから打ち上げられて血の雨を降らせようという算段。

見渡せば下腹の突き出た妊婦もあまた寝そべっているが、ここで生まれる子供に未来はあるのか、胎児がまともに育つのかどうか、いやそもそも十月十日後にここが存続しているのか？　誰もがその答えから目を背けている。

day 215

寒の戻りというのか、昨晩はやたらと寒く、おかげで血も凍る夢を見てしまう。

殺人鬼たちが集められ、2階建てワゴン車に積み込まれる。自分もそのひとりで、すし詰めの床に無理矢理割り込んだところで車は動きだすのだが、誰かと一緒に窓から突き出されてしまう。降り立ったところは博物館を思わせる建物で、柱の陰に誰か隠れている。それは黒いタートルネックを着た若い男で、右手にドス、左手には忍び道具らしき三つ叉の刃物を構えている。こちらの手には鎌と出刃包丁。笑い声をあげつつ接近し、寄生獣のごとく交戦する。

「あっ、後ろ！」

男が振り返った隙に頸動脈を切断。盛大に噴出する鮮血。

いつしかだだっ広い公園にいて、闇に紛れて接近してくる無数の敵と戦っている。手にしている武器は万年筆型のレーザーメス。原子力電池を装備し、連続使用時間1万時間を誇る業物だ。出力を有効射程100メートルのブルーレイに切り替え、襲ってくる敵の足を払う。両足を切断されて声も立てずに頽《くずお》れるシルエット。そこへ小学生の姿をしたKがにこやかに笑いつつ近づいてくる。ためらわずにレーザーを浴びせるが指1本切り落とせず、眼球に照射しても平気だ。首を絞めて殺そうとするが時間が足りず、蘇生してしまう。

いつしか夜は明けていて、場面はショッピングモールに変わっている。姿を見せる相手を片っ端から斬り殺す。やがてレーザー反射服を着た敵が出現するものの、フォノンレーザーあるいはメーザーに切り替えて撃退する。警察学校がパレードの練習をしている、そこを無傷で通り過ぎる。車が接近してくる。滅多斬りにして制止しようとするが、無人車だ。もはやこれまでと観念し、死に場所を求めて海へ向かう。自殺用の赤いレーザーに切り替えて首を切断するつもりだ。洞窟で老人に声をかける。遺書を読み聞かせるのだが、老人が警察に連絡している気配。いよいよ首を切り落とすというところで目が覚める。まだ夜明け前だ。

day 216

ふたりはまだ感想戦を続けている。

若者

じゃあその前だ。（1―3―4―6）↓（1―3―4）つまり第4列をごっそり取って本来の三山くずしの形にしたところがまずかったのでしょうかね。実はあれから僕、このゲームの必勝法についてネットで調べたんです。

（1―3―4）を3桁の2進法で表すと、上から001、011、100ですよね。各桁の1の個数に着目します。その和が奇数であれば1、偶数であれば0と書きましょう。

```
0 0 1
0 1 1
1 0 0
―――――
1 1 0
```

この場合には各桁の1の個数を0（偶数）にするように取ればいいのです。そのためには（1―3―2）つまり、

1	1	0	―	0
0	1	1	―	0
0	0	0	―	0

のように取ればよかった。貴君の取り方そのものです。考えてみれば僕は最初から貴君の掌の上で踊らされていたのだ。ゲームの進行を再現してみましょうか？　貴君はこのようにカードを置いた。

1	1	1	1	―	0
0	1	0	1	―	0
0	0	1	1	―	0

ね、見事に各桁の和が0にそろっているでしょう？　僕がいかに健闘しようとも、一度にひとつの列から取るかぎり、このバランスを崩すことは不可能です。そしてゲームは進んでいく。

0 0 1
0 1 1
1 0 1
1 1 1
―――――
0 0 0
↓
0 0 1
0 1 1
1 0 1
1 1 0
―――――
0 0 1

↓
0 0 1
0 1 1
1 0 0
1 1 0
―――――
0 0 0
↓
0 0 1
0 1 1
1 1 0
―――――
1 1 0

つまり、貴君はミスを犯さぬかぎり確実に勝てる。そして貴君は決して……

中年
然り。私は無謬にして常勝無敗です。

B.C.38
やはりここは煉獄でおれはもう死んでいるのではあるまいか？　違うというのであれば、どうしてこれほど恥ずべき記憶ばかりが蘇ってくるのだ？

学生時代にとある病院で事務当直のバイトをしていた。業務は単純だったが、どうやら法に触れる行為があったようで、3年生に上がる頃には廃止されてしまった。辞める直前のことだ。珍しく急患が運び込まれず無事に終わった当直明けの日曜日、これも当直明けで私服に着替えた同年代の看護婦~当時はまだそう呼ばれていた~と狭い事務室で雑談していたのだった。どういういきさつだったのか、もはや記憶が薄れているが、睡眠不足で昂揚した若い男女が火遊びしてみようと思い立った、というほどのありふれた愚行だったろう。

いつの間にか当直室の狭いベッドで抱き合っていた。その子とは前にも会話したことがあって、お互いそこそこ気に入っていたのは事実だが、唐突にベッドインしようとは予想外だった。しわを作らぬよう、素早く服を脱ぎ捨てた彼女が尋ねる。

「ゴムは?」

無言でかぶりを振る。パンティーに手を差し入れ、濡れ具合を確かめつつ逆質問。

「生理は?」

「おとつい終わったところ」

「じゃあ大丈夫」

付け焼き刃の知識だったが、医学生のことばだから信じたのか、あるいは自暴自棄スイッチが入ってしまったのか、無謀にも無帽で突入、しかもそのまま射精まで駆け抜けてしまう。さすが

に色を変えて、

「出しちゃったの？」

「うん……まあ大丈夫だって」

そのまま彼女とは二度と会う機会を持てずじまいだが、あの時もしも妊娠させてしまっていたら、さらには責任を取るべくできちゃった婚に及んでいたらと思うとぞっとする。

いや、それはそれで至極ありふれた人生を送れてよかったかも知れぬ。

お前はどう思う？

あきれ果てているのか、胎児は無反応だ。

day 218

便通が不安定だ。胎児に結腸を蹴られることで、文字通り弾みがつく傾向もあるのだろうが、胎児の発育が進むにつれて羊水がわりの腹膜灌流液の汚染が進み、腸管の動きに悪影響を与えているようだ。

便通を整えるため、災厄以前に常食していたヨーグルトとミバショウをまた食べ始めようと思い立つ。

ヨーグルトの原料には大量に備蓄してある豆乳が使えるだろう。乳酸菌は粉末スティックタイプのサプリメントがある。豆乳に乳酸菌を加えて暖かい場所に置いておけば簡単にヨーグルトができる。ミバショウはよく乾燥したチップスが数キロあるから、出来上がったヨーグルトに混ぜて冷蔵庫に保管しておけばいいだろう。これで繊維質とカリウムに富んだ朝食の出来上がりだ。

day 219

昨晩送られてきた画像データにはびっくりマーク（！）がついている。できるだけ早く読んで欲しいという印だ。「5階屋上から転落。事件性は？」というのが検査依頼。さて、見ていこうか。エスプレッソ・マシーンで淹れたカフェラテを片手に画像を読み込む。

これはＡｉまたはオートプシーイメージングと呼ばれる検査で、平たく言えば死体を検査台に横たえてスキャンしたものだ。剖検が難しい現地の病院で、患者の死亡原因を解明するために役立てようと施行したものだろう。

症例は50代の男性。画像データは４シリーズ。頭部単純ＣＴが１シリーズで、それを骨条件で表示したものがもう1シリーズ。頸部から骨盤までが1シリーズで、肺だけを別に表示したものがもう1シリーズという構成。頭部から見ていく……誰が見てもこれは頭蓋骨の粉砕骨折だ。頭から落ちたのだろう。当然脳もぐしゃぐしゃに崩れている。

首から下も丹念に見ていくが、直接死因の候補は見いだせぬ。やはり死因は脳挫傷だろうか。でもそれだと自殺とも他殺とも、事故死とも断定不能だ。見落としは？　ああ、ひょっとしたらこれだろう。先ほどざっと見渡した時には見過ごしてしまった。大脳と小脳を連結する橋《きょう》と呼ばれる部位に白い円形の部分、出血の痕がある。小さい病変だが、この部位に生じれば意識障害や平衡失調を引き起こしうる。ストーリーは恐らくこうだ。たまたま屋上にいた時に高血圧による橋出血を来し、バランスを崩して転落してしまったというもの。屋上の手すりは低いものだったようだし、患者は長身だ。事故死の可能性を疑う、とレポートする。

day 220

今日は3月14日。旧日本国ではこの日がホワイトデーと呼ばれていて、バレンタインデーにもらったチョコのお返しをする習慣だった、ということを知った誰かが、日本復興のための寄付を募っている。白いシリコンバンドと引き換えだ。喪章は黒だが、黒は冥王を連想させるので、それと対抗するために白を選んだのだという。寄付金はプルトニウムの除染に使われるとのこと。

１００ドルばかり寄付しておく。バンドは不要と告げる。白い布やひもを手首に巻いて賛同の意思表示をしてもいいとのことだったので探してみるが見つからず、白いビニールテープを腕に巻いてみる。その昔、大学病院の病棟で重症のやけどの患者の処置にビニールテープを使っていたことを思い出す。粘着力が強すぎず、アレルギーを起こしにくく、しかも安価で理想的ともいえる絆創膏だという説明だった。

完全に自律したロボットでも投入せぬかぎり、プルトニウムで汚染されたアスファルトの除染を被曝抜きで遂行するのは難しいだろう。寄付金が作業員の被曝と引き換えに支払われることだけは避けて欲しいものだが。

day 221

博士の助手として働くことが決まる……という夢を見ている。口髭を蓄えた蓬髪の博士（アインシュタインを彷彿とさせる！）は、

「君のＤＮＡを調べさせてもらったよ。結果は１６３　２５２…のファイルに入っているから読んでおくように」

と３桁の数字３個を言い置いてどこかに行ってしまう。これはきっとテストだろう。

狭い保管庫にＢ５サイズほどのファイルが山積みされている。足元には３桁の数字が記されて

いるので、まずは「163」の列からラックを引き出す。ラックは縦に仕切られていて、そこにも3桁の数字。「252」の列を探し当て、適当に抜き出してみると、「163　252　○○○」と記されたファイルだ。残る数字に相当するファイルを引き出せばミッションコンプリート、楽勝じゃん、と思いつつファイルをめくっていくが、たくさんの書類が収められているファイルは相当に重く、上の方から引き出そうとすると崩れ落ちてくる。そもそも梯子や踏み台というものも見当たらず、これではいたずらに時間ばかりかかってしまう。

保管庫を出て、モニターとTVカメラがセットされた机に戻り、カメラに向かって声をかける。

モニターの明度が上がり、「御用ですか?」という表示。

「163　252…のファイルを見せてくれる?」

と頼むと、

「かしこまりました」

の返事とともにビデオクリップらしきものが直接脳に送られてくる。どこぞのラボで、研究員らしき男女がスウェーデン語で会話しているのだが、その会話もまるごと理解できる。

ああこれがアカシックレコードというものだったのか、博士はまずこの使い方をマスターさせようとしたのだ、と了解する。アカシックレコードは優れたAIみたいにこちらの要求を読んで応えてくれるのだ。正しい質問さえすれば。

では一体どのように尋ねたらいいだろう？

day 222

ゾロ目記念日の今日、ようやく災厄時のプルトニウム・プルームの動きが動画として公開される。静止衛星からの観察らしいが、データ処理に時間がかかったというよりは、意思決定が遅かっただけだろう。

キノコ雲とともに噴き上げられた大量のプルトニウムは東からの強風に乗ってまずは海から遠ざかる。そこからいったん3方向に分かれて関東を広く覆い、23区で再び集結しているかに見える。動画を見たネット民の間から、たちまち「鬼の手だ！」という声が漏れて拡散していく。貪・瞋・癡の三毒にまみれて知恵と慈悲を欠く鬼は、手足とも3本指だという。その手がゆっくりと広げられ、皇居のあたりをがっと摑む……言われてみれば確かにそのようにも見える。

通信網が寸断されたため、観測機器があまりの線量に耐えきれず沈黙したため、データを管理するはずの人手が絶えたため……真相は不明だが、地表の被曝状況を精密に記した地図は未発表だ。黒い雨が降り注いだ地域とそれを免れた地域とでは線量の桁が違うはずだが、すべては闇に包まれている。

day 223

　白日夢に浸っている。同一の時空に存在するふたつの対極的世界。紙の表と裏に描かれているかのように、表には天界の曼荼羅、裏には地獄絵図。紙の中心には球形のブラックホールが陣取っているのだが、紙世界の住人には漆黒の円が見えるのみ。黒円の縁にはマクスウェルの悪魔が腰掛けていて、出入りを見張っている。悪魔はトランプの絵柄みたいに、まったく同一の上半身がふたつ、腰のあたりでくっついた怪物だ。

　水と空気と土を、悪魔は選別する。汚れたものは裏側へ、さに非ずんば表へ。生まれてくるものも同様に、優れたものを表に残し、劣ったものを裏に追い込む。創造の業には与らぬ悪魔が、結果として天国と地獄を生み出す。表世界の住人は広い空間、澄んだ空気、うまい水と食べ物を享受し、哲学を語り、芸術に興じる。裏世界の住人は狭い場所で押し合いつつ瘴気と汚水にまみれ、いつも飢えていて闘争に明け暮れる。

　数字の1と0を振り分けるように、存在の確率を操作することによって成立しているふたつの世界を行き来しつつ、下半身を持たぬ悪魔の手先として働く両性具有者の物語をいつか書きたい。

　夢物語だろうって？　ひとつの世界にどっぷり浸かっている者は別の世界のことを表象できかねる。それが原発のある世界という地獄であってみれば当然のことさ。

day 224

山河破れた国にも季節は巡ってくる。戦時中を除けば、これほどに重苦しく不安に満ちた卒業シーズンはあるまい。都心には生徒も教師も全滅した学校が数多存在している。強制退去区域の学校では散り散りに分かれていった生徒たちの行方を把握できず、卒業証書を届けることさえ難しいという。運よく証書を手に入れたところで、働き口というものが皆無だ。確実に現金が得られるのは除染作業のみという状況では、若者たちにとっては暗澹たる気持ちに飲まれて引きこもるか、あるいは自虐的暴徒と化して破壊の限りを尽くすかの2択ぐらいしか選択肢が残ってはいまい。

day 225

ふと思い立って「y＝logx/x グラフ」を検索してみたら、あっさりと解説のページが見つかってしまう。

定義域は x＞0

$$f'(x) = \frac{\frac{1}{x} \cdot x - \log x \cdot 1}{x^2} = \frac{1 - \log x}{x^2}$$

対数関数の微分も分数関数の微分も忘れてしまったが、いずれにせよ $f'(x) = 0$ とおくと $x^2>0$ だから $1-\log x = 0$ つまり $\log x = 1$ で、$x = e$ が求まる。グラフはこの時、$(e, 1/e)$ で極大だ。変曲点のことはさておき。グラフはここから先ゆるやかに下がって x 軸に近づいていく。こういうぐあいに←

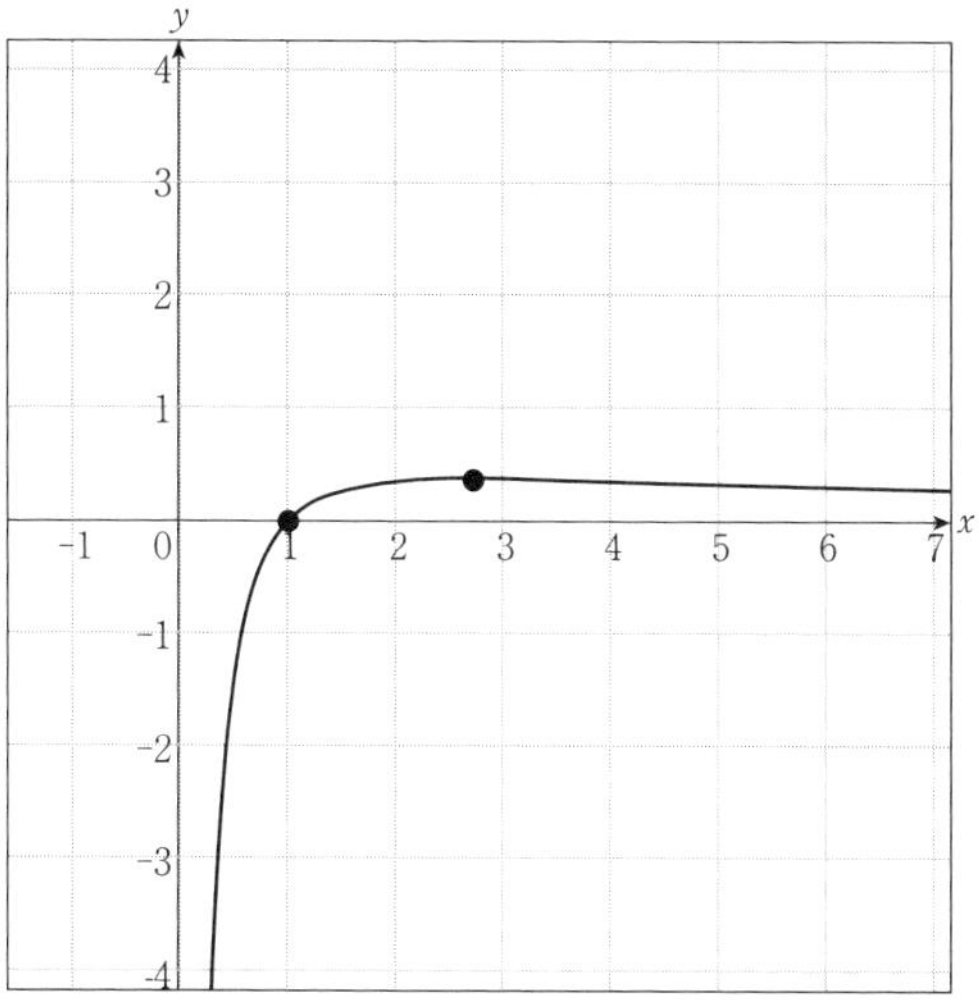

ここで $e<3<\pi$ だから、$\log3/3>\log\pi/\pi$
ここから先はすでに見てきたとおり（day 206を参照）で、π の3乗よりも3の π 乗の方が大きいことがわかるのだ。

day 226

この国の格差社会化が進んでいると言われて久しいが、士農工商の身分制度や貴族がいた時代を持ち出さずとも、格差は常に／既に存在し続けている。小学校4年生の時に転校した学校は新設された団地に建てられたもので、生徒たちは全学年が寄せ集めであり、すべてのクラスが全員ほぼ初対面という、考えてみればまさしく異常事態である。

戸建てには住めずに公団住宅の借家に入居した時点で親たちの収入は平準化されているはずだが、子供たちはたちどころに階級を作りだす。カネのある家の子供たちが貧乏人を貶めるのだ。それは恐らく親たちの言動を単純に模倣したものであろうが、新しい自転車やグローブを持てず、その頃流行りだした学習塾に通う余裕を持たぬ子供は一段低いポジションにある者として軽視されるに至る。

差別は中学高校の6年間を過ごした寮でも繰り返される。制服制帽、体操服から学習着まで画一化された私立男子校でも貧富の差は厳然と可視化される。極貧家庭の子弟は学習服を普段着に、体操服を寝間着がわりに常用し、元は白かったトレパンが迷彩服と化すまで穿き続けるのだし、いよいよ制服が小さくて着用不可能と化した暁には卒業した先輩が残していったゴミの山から着崩れた制服と制帽を拾って、洗いもせずに着用するのだ。

公立大医学部の同級生には開業医の息子もいるし、親に買い与えられたマンションに住んでいるやつもいるが、不思議とうらやむ気は起こらず、ただそういうものだと受け入れて過ごす。医師免許さえ取得すれば貧乏から脱出できると自らに言い聞かせ、四畳半一間シンク付き無浴室共同トイレの下宿でひたすら勉学に励む。その甲斐あって留年もせず医学部を6年で卒業、国家試験も一発合格して意気揚々と漕ぎ出した医師の世界にも厳然とした格差が待ち受けている。

平たく言ってしまえば、それは最短距離で医院の継承を目指す私立医大卒の研修医と、当分は勤務医として技術の習得と貯金（あるいは奨学金と呼ばれる借金の返済）に励む以外の選択肢を持たぬ国公立大医学部卒の研修医との間にそびえる障壁だ。前者には遊ぶカネと時間がふんだんにあり、後者はどちらとも無縁だ。前者は外車を乗り回し、場合によっては運転手付きのリムジンや自家用ヘリまで所有しているが、後者は自動車教習所に通う暇を持たず、徒歩あるいは自転車あるいは公共交通機関で通勤する。

いったん開業してしまえば、優遇税制のおかげで順調に蓄財でき、多少できの悪い子弟であっても私立医大に進学させることが可能だ。かくして開業医と勤務医の格差は世代を超えて受け継がれていく……というのが災厄前のこの国のすがただったが、これは強制的にリセットされてしまった。災厄後すぐに国外に脱出できた一部の人間を除き、医療制度が崩壊してしまった現在、この国のあらゆる医師も患者も、つまりは全員がひとしく地獄に住まわされている。

B.C.32

病棟の慰安旅行で温泉地を訪れる。医者は定年近い部長とただひとりの部下である自分だけが参加、あとは全員看護婦さんだ（まだ看護師ということばが普及しておらず、男性の看護士は希少種という時代の出来事）。

宴会のあと、部長と婦長（現在であれば師長）は早々に自室に戻り、若手の看護婦（面倒だが以後は女性看護師と言い換える）たちと大部屋でゲームに興じる。この日のために調達した双六に似たパーティーゲームで、事あるごとに罰ゲームと称して酒を飲まされるものだった。その酒として用意したのがウィスキーだったのが失敗のもと。咳止めシロップに付いてくるやつに似た小さいプラスチックのコップに注いで一気に飲み干すのだが、たかだか2～3ccとはいえ、ストレートで飲んでいれば血中アルコール濃度は嫌でも上がる。酔いが回れば頭の回転が鈍り、また罰ゲームに当たるという悪循環。いつしか全員がすっかり酔いしれ、ひとり、またひとりと潰れていく。

そして深夜あるいは未明、自室に戻って寝ようと立ち上がったところで、最後まで潰れずに残っていた若い女性看護師に手を握られる。浴衣の前がはだけていて、ブラを外した胸がのぞいている。目はすわり、頬は紅潮していて、明らかに欲情している様子。摑んだ手を胸に押し当てるようにして自らも立ち上がる。据え膳食わぬは男の恥とやら、だがしかし場所が悪すぎる。酔い潰れているとはいえ、誰かが目を覚ましたら一大事だ。

もつれ合うようにして階段を下り、朝まで利用できる大浴場へと向かう。案の定、無人だ。浴衣を脱ぎ捨て引っぺがし、男湯の露天風呂へ。よろめきつつ股間をまさぐると確かに濡れている。吐息を漏らしつつ突き出してくる尻に突っ込んでやろうと身構えるが、肝心の愚息が言うことを聞かぬ。アルコールの血中濃度が高すぎるのだ。

浴場前のベンチに腰掛けさせ、浴衣を羽織らせ水を飲ませようとしているところへ、目を覚まして我々の不在に気づいた女性看護師たちが寝起きの女性師長とともにわらわらと駆けつけ、半裸の彼女を拉致していく。どうしていたとは誰にも問われず、問われたとしてもこちらもすっかり酔いが回っていてまともに答えられず、うやむやのままの幕切れ。

翌日の帰路、サービスエリアに止まったバスの座席に腰掛けたままの彼女のところへこっそり戻り、無言で忘れ物を届けてやる。それは自室に戻るまで手の内に握りしめていた彼女のパンティー。青ざめていた顔に赤みが差す。

後日、当直室を私服で訪れた彼女と少しだけ言葉を交わす。

「あの、私、先生に迫っちゃったんですか?」

「うん」

「やっちゃった?」

「いや、ていうか、無理だった」

「そうですか……」

恥じ入って頭を垂れる彼女に、

(ここで続きをする?)

とはさすがに言えず、そのまま彼女とは二度と会わずじまい。どうか元気でいて欲しいものだ。

day 228

昨日は春分の日だった。この地における春分、つまりは日の出と日の入りの時刻が最も近かったのは少し前だったから、今は少しずつ昼が延びていく時期にあたる。グラフでいえばx軸を横切って上に向かう部分。昔から木の芽時と呼ばれているように、この時期は鬱病や統合失調症といった精神疾患が悪化しやすいようだ。

日輪は大量のエネルギーを宇宙空間に放出し続けているが、この星を暖め、生物を存続させるための糧として使われているのはその極小部分だ。昼下がりの太陽系第三惑星の片隅に生じたちょっとした不祥事がその気を引くことはあり得ぬ。二輪馬車は堂々と天球を巡り、御者はただ前方を見据えている。

day 229

ちょうど2年前の今日のこと。

認知症で入院していた父親の容態が急変したという知らせが入る。どうしても外せぬ仕事だけを片付けて病院に着いた時には3時を過ぎている。肺炎の治療のため中心静脈への点滴に混注した抗生剤の副作用で嘔吐してしまい、誤嚥により肺炎がさらに悪化、血液の酸素飽和度が低下しているという説明を受ける。毒をもって毒を制するつもりが返り討ちに遭ってしまった、みたいに間の抜けたストーリー。中心静脈から栄養を補給しているくらいだから経口摂取は不可能で胃は空虚だったはずだが、胃液の破壊力そして口腔常在菌の菌力は恐ろしい。胸水も溜まっているとのことだったが、穿刺排液するだけのスキルも意欲も余裕も医師たちには欠けているらしい。

4人部屋をカーテンで仕切った狭い空間に父は横たわっている。入れ歯を外しているせいで風貌が変わり、一気に老け込んだ印象。鼻部と口を覆う薄緑色のマスクに酸素を送る管が頭上から伸びていて、その酸素に湿り気を与えるためのガラス瓶がこぽこぽと音を立てている。その横には吸引した喀痰を収めたボトル。濁った赤さび色の痰が5センチばかり溜まっている。

「お父さん、タカが来たよ」

母の呼びかけにうっすらと目を開けるが、眼球はいたずらに泳ぐばかりで焦点が定まらず、またすぐに目を閉じてしまう。呼びかけようとするが言葉は喉の奥で消えてしまう。たぶん同色の痰に絡めとられているのだ。

そこにあるのはもはや父には非ず、人と呼べるかどうかも怪しいもので、自分にとっての父親はずっと以前に世を去っているのだ、という気がしてしまう。努力性呼吸――使える筋肉を総動員して息を吸い、そして吐く姿が呼吸の苦しさを告げている。頼むから早く終わりにしてくれ、誰かに訴えようにも相手が見当たらぬ。

悲哀感に打ちのめされて病院を後にする。死にゆく父に同情するというよりも、不可避の運命とやらにやられた気分。あの時すでに虚無はぽっかりと口を開けていたんだろう。

day 230

重い体を引きずるようにして自転車にまたがり、1時間ほど漕いでさんざん汗をかいたのはいいが、突然の運動がたたって深夜に腓腹筋のけいれん、いわゆるこむらがえりに見舞われてしまう。

対処法は心得ているものの、痛みに眠りを妨げられて気が滅入ってしまう。妊娠中にはよくあることらしい。女性ホルモンの影響というけれど、これは信じがたい。単純に腹がせり出してきたせいで下肢からの静脈還流が悪化しているということだろう。ベッドの足元に丸めた毛布を敷き込んで、足を上げて寝ることにする。

無重力状態の胎児はこむらがえりとは無縁だろうが、ひょっとしたら母胎（この場合は父胎）の異変を感じて悪夢を見たりしているかも知れぬ。そこで一句、

day 231

膿尿の夢をちょくちょく見る。いつ見ても気分が悪い。毎度トイレを探している。先客がいたり、ひどく汚れていたり、ドアが壊れていたり……今回もそうだ、扉は見当たらず床が濡れていやがる。鼻腔を直撃するアンモニアの匂い、と思いきや夢だから無臭だ。そこで夢だということに気づけばいいものを、傾いた足場に注意しつつペニスをまさぐり出す。いつものように尿の出が悪い。腹圧をかけて絞り出す液体は膿そのものといった風情で、緑がかった褐色のどろりとした代物。いつの間にか横に立っていた男が気の毒そうに見やっている。早く出し切ってしまおうと焦るがぽたぽたと垂れるばかりで、いつまで経っても尿意が収まらぬ。焦燥と屈辱のうちにようやく目が覚めるのだ。

深夜に本物の排尿を済ませ、もう一度ベッドに横たわると、明け方にまた夢を見る。生まれてきたこどもを育てるために、女装する必要に迫られているらしい。白髪ばかりの髪を伸ばしてポニーテールにしようと考えている。問題は髯だ。口髭も顎鬚も頰髭も全部伸ばしてきたというのに、これを毎日剃ってその痕をファンデーションとかで隠す？　あまりにも面倒だ。いっそ脱毛してしまおうか、そもそも女性はもみあげというものをどう処理しているのだろう……思いは千々に乱れつつ、覚醒状態へと浮上していく。娘には母親が必要であろうかとしばらく思案する。

day 232

父は誰しも英雄として世を去る
ゆえに落涙は禁じられている

死に目に会えずとも平気だった
自分にとって父はとっくの昔に死に絶えていたからだ
認知症を患って記憶と表情を徐々に喪失していく父は、もはや父の模造品だった
いや、もうずっと以前から父は自分の人生を捨てていたのだ
たしかによく働く人だったが、仕事を愛しているようには見えず
これといった趣味も友人も、人づきあいとも無縁だった

息子の成長だけが楽しみだったとでも？
やめてくれ
それはあまりに重すぎる

とまれ、父は自分の人生を生きることさえせずに世を去った
次の生ではやりたいことを思い切りやってくれと祈るばかりだ
父の後ろ姿はどこか淋しげで、しかし断固としたものであって欲しいから

day 233

寒の戻りというのか、雨が降って寒い日が続く。巷に雨の降るごとく、ここの壁面も気のせいか湿り気を帯びて冷え切っている。

巷に雨の降るごとく……ヴェルレーヌのこの詩の続きを「我が心にも雨ぞ降る」と記憶していて、上田敏の『海潮音』で読んだと思い込んでいたのだが、どうも記憶違いらしい。『海潮音』に収められているヴェルレーヌ（表記はヴェルレエヌ）の詩は「譬喩」「よくみるゆめ」「落葉」の3編だけだ。「落葉」は中学の時に父親の本箱から引っ張り出した滲みだらけの文庫本で読んで暗記している。そらんじてみようか。

秋の日の
ヴィオロンの
ためいきの

身にしみて
ひたぶるに
……

だめだ、ここで途切れてしまう。確かに覚えているはずだのに。まあいい、今は春だし問題の詩は「無言歌」とでもいうのだろうか、Romances sans paroles と題されたやつだ。試しに「巷に雨の降るごとく我が心にも雨ぞ降る」で検索してみると、あろうことか、ガンダムの登場人物（医師！）のセリフにヒットしてしまう。ガンダムのこのシリーズは未視聴のはず（あるいはまたしても記憶錯誤？）だから、脚本を書いた人物と同一のソースから引用しているということであろうが、そのソースが見いだせぬ。昏迷は深まるばかりだ。

day 234
糧をとることで新たに気力をうることは、他たるものを「同」へと変容することであり、この変容が享受の本質に属している。
「他者」も「顔」もほとんど理解不能だが、こういった文章には共感できる。かのオカルティストの言説にも通じるものがありはすまいか。消化——吸収は生物が起こすありふれた奇跡のひとつだ。まさに私とは私が食べるものである。

言ってみれば、生とは地の糧と天の糧とを消尽することである。

仮にも天の糧〜天分とかgiftと言い換えてもいいだろう〜が与えられているのだとしたら、どうかそれを完全燃焼させて欲しいと願う。

day 235

福島第一原発事故の除染作業がようやく終焉すると報じられたのがちょうど去年の今頃だ。汚染された表土を剝ぎ取り、移送して保管する、そのために3兆円近い費用が投じられ、その費用は東電に回されたという。放射能を人為的に減らすことは不可能であり、臭い物に蓋どころか、臭い物を匂いを無視しうるところへ集めたにすぎぬにせよ、そうした作業にいくばくかの意味はあったのだと思いたい。

今回の災厄でこの国の中心に穿たれたブラックホールを少しでも縮小させるために、ひとつの計画が練られているという。半減期2万4千年のプルトニウムをどこかに移すことはあきらめ、ブラックホールそのものに放り込もうというのがその主旨であるらしい。表土を剝ぎ取るところまでは従来の除染作業と一緒だが、その土を爆心地に向かって積み上げていくのだという。こうした作業の手間は指数関数的に増大していくから、永久に続くことが予想されるが、それでもやるのだというからいささか狂気じみている。

やはりどうにかしてここから脱出せんことには、やがてこのシェルターの上にうずたかくバベルの塔がそびえ、孫悟空よろしく地下に幽閉されてしまうことだろう。

day 236

日付を見ていて古い歌を思い出す。米越戦争とビアフラの飢餓に抗議するためにパリで焼身自殺したフランスの女学生を歌った「フランシーヌの場合」だ。今日のこの日、この国においては視聴回数が増えているようだが、「暗い日曜日」みたいに焼身自殺が流行ることはよもやあるまい。

強制退避区域のはずれに新しい自殺の名所が出現している。マンモス高層団地13街区の13号棟、13階13号室の爆心地に面した窓から飛び降りるとブラックホールを通り抜けて、大災厄以前の世界に転生できるという馬鹿げた都市伝説に引かれた人々が毎日のように落命しているという。

件の窓の下はどす黒く血に染まり、骨がうずたかく積もっている。カラスをはじめとする鳥どもがそこら中の屋根に陣取っていて、死体に群がっては貪り尽くす。まるで鳥葬だ。

抗議の手段としての焼身自殺は洋の東西を問わず昔から実行されている。タルコフスキーの映画「ノスタルジア」では、世界の終わりが近いことを確信する「狂人」が演説のあとで自らに火を点けて斃れる。

焼死と水死だけは勘弁してもらいたい、あと圧死も。じゃあどういう死に方だったら許容できるかといえば、意外と餓死あたりが楽とはいえぬにしても苦痛が軽いのではあるまいかと夢想している。

B.C.40〜

処女というものに三度遭遇した。

一度目、やみくもに挿入しようとしたら、

「そこは尿道」と訂正された。

二度目、できるだけゆっくりと挿入したつもりでも、翌朝、

「まだ挟まってるみたい」と言われた。

三度目、初めてぷつんという感触を味わった。コンドームに少し血が付いていて妙に感動したものだ。

「初めてだったんだ」

と聞いたら濡れた目でかぶりを振っていた。

仏の顔も三度とやら、もう遭遇する機会はあるまいが、処女膜をありがたがる手合いってまだ存在しているのだろうか。

処女膜損傷と処女性の喪失とは無関係だ。「ラ・ピュセル」が「清らか」であることは産婆によって確認されたらしいが、二重の意味で冒瀆的といえよう。

人間とモグラにだけ存在するというのは三島が広めた俗説だということだが、哺乳類に広く分布しているのであれば、進化論的意味を探ろうという意欲が湧く。かのオカルティストに夢で会えたら尋ねてみるとしよう。

day 238

それでも年度末はやってきて、明ければエイプリルフールだ。中国が原発廃止路線に転換したというニュースが入ってくるが、きっとフェイクニュースだろう。

そういえば今年は確定申告というものをしておらず、年金も健康保険も未納だ。かと思えば年金が支給されたという噂も皆無だから、すべては破綻して曖昧模糊とした闇に葬られてしまったのだろう。

幼年期の終わりが近づいているということだろうか。

day 239

サン＝テグジュペリが遺した『城砦』のテキストは簡潔だが繰り返しが多く、読み進むうちにトランス状態に誘われる。それはタルコフスキーの映画を観る者を襲う耐え難い眠気にも似ている。しつこいほどの反復という点では「ボレロ」あるいは「去年マリエンバートで」にも通じるかも知れぬ。

あるいはそれはサグラダ・ファミリアか、はたまた新宿駅の改修工事のように、完成することを自ら放棄した存在であるのかも知れぬ。

例えばこういった文章はどうだろう‥

「思うに人間は、羊たちや山羊たち、住まいや山々のために死ぬには非ず。これらの事物は、いささかの犠牲も払わずに存続するものだからである。人間は、これらの事物を結びつけ、それらを領域に、帝国に、すぐそれとわかる親しい面ざしに変容させるところの、かの見えざる結び目を救うためにこそ死ぬのだ」

「だが建立に百年を要する大寺院を建てる者は、その百年のあいだ、心情の豊かさのうちに生きることができる」

day 240

そしてサン＝テックス（１９００‐１９４４）は族長にかく言わしめる。

「すでに語ったように、ひとりの人間の苦悩は、世界全体の苦悩に等しい」

これはほぼ同時代を生きた宮沢賢治（１８９６‐１９３３）の主張と確実に響き合っている。

「世界がぜんたい幸福にあらざるかぎり、個人の幸福はあり得ぬ」

day 241

ようやくこの文章を見いだす。

「生命が生まれるのは選択という不正義からである。在るものはつねに不正である」

30年以上前に読んで衝撃を受けたものだ。生まれるかどうかも選択の結果であり、死もまたそうだとしたら、生者はつねに／すでに死者に対する負債を抱えているということだ。地球に生命が生じたことも、その地球に生を受けたことも、いやそもそもこの宇宙が存在することさえ選択の結果だとしたら？

すべての存在者は生存の一瞬ごとに自らの正統性、いや不当性を噛みしめつつ足掻き続けることしかできぬのだろう。

そう覚悟して床に就いたら、まるでご褒美みたいに美しい夢を見る。

春爛漫の山に向かっていく。山肌はすべて黄と赤の点描に覆われている。それは満開の木々であって、中心から周辺へのグラデーションを示しつつ相互に移行するあわいには春霞を思わせる白が覗いている。空は真っ青だ。それはシアン、マゼンタ、イエローの3原色で塗りつぶされた絵のようでありつつも確かに風景であり、近づくにつれて細部が明かされると思いきや、どこまで接近しても個々の点を見分けることは不可能だ。

やがて山の中腹にぽっかりと口を開けたトンネルを見いだす。トンネルは漆黒の闇に満たされている。目的地は山の向こうに存在していて、そこに至るにはトンネルを抜ける必要がある。3原色に別れを告げて闇に飲まれるとそこは思いのほか急勾配で、じゃりじゃりという地面の感覚を確かめつつ這うようにして登っていく。不安に襲われたら自分に言い聞かせる。トンネルの向こう側にもまた満開の山が待ち構えているはずだ、と。

day 242

まったくといっていいほど理解できぬまま無理やり読み進めている「全体性と無限」上巻の終盤で、ついにこういう文章に出会ってしまう。

親密さの　かで迎え入れる〈他者〉は、高さという次元において啓示される顔としてのあ　たでは　い。むしろ　じみ深さとしてのきみにほか　ら　い。つまりは、教えを欠いたことば、沈黙のことば、語を発することの　い了解、秘密に充ちた表現　のである。

奇怪極まる脱字だらけの文章。だが、ここには確かに重要事項が隠されている。

もちろん目を凝らしてもそこから意味は現前せず、空白の配置されたパターンが語りかけてくる言葉は了解不能だ。そもそも情報の欠落そのものが伝える情報とは？　あるいはここに置かれているのは空白とは似ていてもそれとはまったく違ったゼロであろうか？

この世界から欠落しているものを認識できるのは世界の外にある超越者のみだ。そして超越者の語る言葉を世界のうちに限定された存在が理解することは不可能だ。非在という悲哀そして不幸が彼を打ちのめす。

day 243

都心の桜はほぼ全滅だが、この国の新しい首都、新京都では狂い咲きと呼びたいほどの開花状況だという。ネット上には写メやら動画やらがぽつぽつとアップされているから、「桜」をキーワードに検索したそれらの画像をランダムに表示させてしばし桜見物としゃれ込む。
吉野の桜をドローンから空撮した動画が圧巻だ。ヘリコプターよりも低くゆっくりと飛ぶドローンは人間の視点に近く、それが満開の山肌を舐めるがごとく走査していく。早くも散り始めた花弁のひとひらひとひらが死んでいった人々の魂のように思える。一夜にして散るという吉野山の桜は追悼の吹雪を降らせているかのようだ。

40年以上も前のことだ。生まれて初めて受験した中学は通学が難しいほど遠方にあり、合格発表の掲示板を見に行く手間を省くためには電報を利用する必要があった。合格を知らせる文面はたった1行、「サクラサイタ」だったっけ。

四分五裂した旧日本国がふたたびゆるやかに連合しようとする動きがあるらしい。国花かどうかはともかく、桜を愛でる国民性は共通だからということで「ＳＡＫＵＲＡ連合」という呼称が候補として挙がっている。漢字の桜は軍隊を連想させ、さくらでは詐欺みたいだから横文字にしたのだそうだ。

人間たちの思惑とは無関係に桜前線は北上していく。この国の中心部に空白を残しつつ。

day 244

この国の財政はすでに破綻している。国債は紙切れと化し、円は暴落、市井ではハイパーインフレが進行中であり、いずれはデノミの断行が確実視されている。三大貿易港のうちC葉港とY浜港は放棄されたも同然であり、貿易額では日本一を誇っていたN田国際空港も使用不能、輸入はN古屋港とK戸港頼みという現況では、諸外国（旧日本国を含む）からの援助物資搬入も滞りがちだ。

健康保険制度も当然破綻しており、医療機関は事実上、自由診療へ移行している。自由診療とは要するに需要と供給のバランスだけで医療費が決まる状態であって、多くの医療機関では富裕層から高額の治療費をふんだくりつつ貧乏人には無料で薬を配ることで収支のバランスを保っているようだ。かかる状況では医療機関を受診しようという人口が減るのは容易に予想でき、ここに送られてくる画像も今は重症者のものばかりだ。

CTやMRIといった画像診断機器に限って言えば、その保守が大問題だろう。GE、シーメンス、フィリップスといった海外御三家の製品は新規輸入が不可能だ。国産メーカーは細々と生産を続けているらしいが、部品の調達に苦労している。そもそも電力供給が不安定かつ不十分という現況において、検査は最低限に留めざるを得まい。

検査漬け、薬漬けと揶揄され天井知らずだった医療費がここに至ってようやく減少に転じたのは不幸中の幸いかも知れぬ。

検査機器や合成薬に頼らず、医師の五感をフルに活用して診断し、身近にある生薬や薬以外の諸々の手段〜マッサージあるいは気功、音楽療法や歌唱療法〜を採り入れた、いわゆる代替医療が隆盛しつつある。ペテンやインチキが横行しているのも確かだが、この混沌を経て新しい医学、医療が芽生え、実を結ぶ可能性はあると信じたい。

day 245

『城砦』第1巻をようやく読み終え、2巻を手に取る。この本だけが比較的新しくて、入手経路が他の2冊とは違うようだ。読みさしの本の今開いているページの代わりに、巻末の脚注に栞を挟んでおくのが癖だったりするのだが、その脚注のあたりが少し膨らんでいる。ページをめくると、楕円形の厚ぼったい葉っぱが1枚挟まれている。ずいぶん以前からそこにあったはずだが、乾ききってはおらず、緑色を保っている。縁は鋸歯状で茶色みを帯びている。うっすらと葉脈が見える。

どこかで見た覚えがあるものの、名称が思い浮かばず、スマホで撮った写真をもとに画像検索してみる。これだ。「ハカラメ」と呼ばれる熱帯植物。乾燥に強く、わずかの湿り気と光があれば葉のふちから次々と芽を吹くので「葉から芽」というのであるらしい。すぐさま小皿に水を張り、葉を浮かべて集光器の下に置く。発芽が楽しみだ。

それにしてもどうしてこの本に挟まれていたのか。古本屋で買った本にたまたま、というのではあるまい。本と一緒に誰かから贈られた記憶がある。

「flower language は無言の愛だって、ちょっと素敵でしょ?」

「言っちまったら無言じゃねーよ」

会話の切れ端だけを覚えている。

day 248

安否を尋ねるティムからのメールに返信。

「危ういところだったが切り抜けた。また連絡する」

また眠りに落ちる。

day 249
終日臥床。腹が張っている。あまりに腹圧が上昇すると胎児に悪影響を及ぼすだろうが、今のところ胎動は不変だし、動くこともできかねる。水を飲んでまた眠る。

day 250
流動食を開始。腸管の刺激を避けて少量ずつ、数回に分けて摂取する。

始まりはこういう具合だ。痛みをほとんど覚えぬまま、突然にショック状態が訪れる。寒気がして気分が悪い。崩れるようにベッドに横たわる。両足を挙上して昇圧をはかる。腹の張りがいつもより強い気がする。腹膜灌流用のチューブから少量の液を採取……赤い。血の色だ。腹腔に出血を来しているようだ。額に脂汗がにじむ。震える手で血管を確保し、輸液を開始する。大した効果は期待できぬが、止血剤を投与。超音波診断装置に手を伸ばしたところでブラックアウト。そのまま3日間、生死の境を彷徨う。

どういうことが起きたのか、真相は解明不能だが、たぶんこういうことだろう。胎児の頭蓋とおれの骨盤との間に挟まれたか、あるいは胎児に勢いよく蹴られたのか、前者の可能性が高いが、とにかく腸管が損傷を被り、そこから出血したのだろう。腹腔への出血はただでさえ止まりにくいところへ、腹膜灌流液に満たされていたため、じわじわと続いたのだろう。やがて腹圧が上昇し、自然に出血が収まって意識を回復、九死に一生を得たというわけだ。

胎児は？　低酸素状態が続いていたとしたら脳に影響を及ぼしている可能性がある。心配しつつ下腹に手を当てると、ちょうどいいタイミングで蹴り返してくる。

「ワタシハダイジョウブ」

そうか、そうだよね。キミのために生きる、いやキミによって生かされているのだと強く感じる。

day 251

ティムはその幅広い人脈を活かし、クラウドファンディングで相当額を集めてくれたが、いかんせん病院船をチャーターするには不足している。彼は一か八かの賭けに出て、世界長者番付のトップにして有数の慈善家とコンタクトする。

「あっさりOKが出たよ」

ティムは続ける。

「ただし条件はある」

「まあそうだろうね」

先方の条件とは、この「奇蹟」のデータを独占すること。妊娠と出産（厳密に言えば手術による新生物の摘出だが）に関するすべての情報を「非侵襲的に」収集し分析させて欲しいというものだ。出資者は特に妊娠の継続を可能にした「擬似胎盤」の機構を解明したがっているらしい。恐らくはそこに金儲けの匂いを嗅ぎ取っているのだろう。

「でも、どういうことに応用できるというんだ？」

「さあね……例えばゲイのカップルに子宝を授けるとか」

「そいつぁ過激だ」

「まあそこまで行かずとも、例えば先天奇形とか悪性腫瘍のため子宮を喪失した女性にとっては福音かもね」

情報の提供を承諾する。病院船のスタッフには守秘義務が課せられ、巨額の報酬と同時に情報漏洩に対する厳罰を盛り込んだ契約書が用意されるということだ。

day 252

病院船の派遣については目処がついたが、自らの生活費と生まれてくる子供の養育費をいかにして捻出するかが次の問題だ。ここでもティムは裏技を繰り出してくる。シェルターでのサバイバルを描いた手記~要するにこの文章だ~の独占出版権をオークションにかけ、某国の大手出版社から相当額のバンスをとりつけたのだ。もちろん妊婦、いや妊夫が男性であることは秘匿する。そのために母親役の日系女性まで見つけ出してくれる。どうも大スケールのペテンを楽しんでいるようだが、気のせいだろうか。

筋書きはこうだ。女性の夫は大災厄の直前に仕事で渡米する。地震の直後に夫はシェルターへの退避を女性に指示、彼女はそれに従う。やがて妊娠が発覚。夫はメールやＬＩＮＥで女性を励ましつつ、彼女と子供を救い出すべく奔走する。妊娠の経過は順調だったが、経膣分娩が難しいことが判明、夫は病院船をチャーターして妻を救いに赴く、そして息を飲む救出劇、感動の再会……


「映画化でもされれば御の字だぜ」

「よせやい、客寄せパンダには……」

「君のプライバシーは保障する。顔も氏素性も表には出さんよ」

「頼むぜ」

この国を脱出し、彼の国の保養地で余生を過ごすのも一興か……いやいやその前に子育てというしんどい仕事が待ち構えているのだった。もうひと踏ん張りというところか。

day 253

すっかり忘れていたが、ハカラメを浮かべた皿の水は少しだけ残っていた。その水を吸い上げようと、細い根が葉っぱの縁から伸びている。そしてその根元にはうす緑の双葉が！　お前も生き延びてたんだ。よくやってくれた。

「ありがとう」

声に出してみて、この言葉を実に久しぶりに発したことに気づく。ありがたいとは有り難いであり、すべての存在自体が奇蹟であることを確認し感謝する言葉であるのだろう。

day 254

昨夜から強い雨と風が続いている。マイクで拾った雨音がシェルターを満たす。嵐の海を漂っている錯覚。ベッドが揺れているように感じるのは貧血によるめまいだけではあるまい。

リハビリを続けつつ体力の回復を図り、出産予定日（矛盾は百も承知）ぎりぎりまで待ってから防護服に身を包んでここから脱出、まっすぐ東を指して歩く。食料や飲料水といった荷物は、ソーラーバッテリーを搭載した大型ドローンに吊り下げて運ぶ。夜間は遮蔽シートに横たわって睡眠をとりつつ、数日かけて海岸線に到達。その間、所在地の情報はスマホのGPSで発信。海岸線到着と同時に無線操縦のボートが接近してくる手筈だ。あとは沖合に停泊中の病院船までボートが運んでくれる。

ざっとこういう計画を立てている。西は論外として、他の方角を目指してもまともに機能している病院まで徒歩で移動するのは難しいし、そもそもこの国の病院では情報の秘匿が不可能だろう。車は車両自体もドライバーも調達しがたく、ヘリは離着陸時に放射性物質を巻き上げてしまうため被曝の危険がある。

まずはここ数日間の臥床ですっかり弱ってしまった足腰を鍛えねば。転倒に注意しつつ、両手で体を支えての歩行訓練。額に汗がにじみ、やがてしたたり落ちる。雨音はまだ続いている。

day 255

多摩湖の対岸から飛び立ったドローンが滑空して取水塔を接写する。遠目には区別しがたいふたつの塔が、実は46年の歳月を隔てて建造されていることが、解像度の低い画面からも察せられる。建材の風化の度合いが違うのだ。ネオ・ルネサンス様式を模した青銅色のドームを旋回し、湖面を舐めるようにして岸へ向かう。空は晴れ、風は吹かず、湖水は薄緑に透き通っている。

岸に近づいたところで高度を上げ、広角で俯瞰する。やや色あせたテントが蝶のように群生している。薪を燃やす煙がそこここから立ち昇る。朝餉の支度だろう、ポリタンクに水を汲みに来る人々。林ひとつ隔てた浅瀬には荒削りの板で沐浴場がしつらえてあり、すでに幾人もの男女がタオル地の湯浴み着をつけて体を洗っている。石鹸やシャンプーの使用は禁じられているようだ。あるいは供給が尽きかけているのかも知れぬ。

湖上を旋回し、最大のテント村に向かう。ここは災厄前は公園だったはずの場所だが、平地にはテントがびっしりと生え、花壇だった場所は畑に変わっている。立ち木は切り倒され、薪にするために積み上げられている。再び高度を上げて公園全体を俯瞰する。公園の縁を区切る道路はやや凹凸が目立つ。車は1台も走っておらず、自転車の影もまれだ。たった1台、車両と呼べるものは自転車を改造したリアカーで、生活物資を載せてカタツムリのようにのろのろと移動していく。

さらに高度を上げると、地面がまだらに染め分けられているのがわかる。黒い雨が降ったところはいまだに地面が黒いのだ。それは死の灰が沈殿しているためというよりは、植物が死に絶えて色というものが欠落しているためだろう。立ち枯れた林は薪として使われもせず、横たわる獣の骨あるいは地面に突き刺さった棘のようだ。

その棘にほど近いあたりにも集落が存在する。乱雑に配置されたテントの周囲には無造作に塵芥がばらまかれ、朝だというのに煙ひとつ立っておらず、淀んだ空気に侵されたその一帯はいわば無法地帯、夜の住人の吹きだまりでもあろう。テントの隙間に動きを検知したドローンは自動的にそちらに向かう。

そこでは今しも拉致されてきた少女が輪姦されている最中で、薬物中毒者とおぼしき男が無言で腰を振り、周りを囲む連中は血走った目でそれを注視している。ドローンの羽音に気づいた男たちが一斉にこちらを振り向く。少女も視点の定まらぬ濡れた目で見上げる。この瞬間、配信された動画を観ているわれわれは浮遊する神の視点を手に入れる。

（たすけて）

少女の唇のうごきを正確に捉えたあと、唐突に画面は暗転する。

day 256

脱出決行を来月初旬と定め、その準備に入る。まずは遺漏を避けるため、ToDo リストを作成しよう。

・仕事の依頼を丁重に断る：理由を明かすわけにはいかず、一身上の都合としか書けぬのが辛い。
・携行品の選定：最小限に留めること。この文章を保存したUSBメモリくらいか。
・食料と飲料水の準備：5日分を目安に。

ここに戻ってくることは未来永劫あるまい。願わくは虫たちとヤモリのパラダイスとして栄えんことを。

ようやく芽吹いたハカラメはどうしよう？　病院船には恐らく持ち込めまい。海岸近くで低線量の場所を探して地面に置き、小石を拾って重石にしよう。雨と日光に恵まれればきっと大きく育ってくれるだろう。

コンピューター、自転車、キーボード、その他もろもろの電化製品は置き去りにして朽ち果てるに任せよう。2万4千年後にこの地を訪れる者〜人類であれ異星人であれ〜は地下に球形の廃墟を見いだしてその使途に思いを馳せることだろう。

256は2の8乗あるいは4の4乗あるいは16の2乗であり1バイトでもあり、256＝100＋156＝(1^3＋2^3＋3^3＋4^3)＋(5^0＋5^1＋5^2＋5^3)である。

A.D.2

賢者タイムの徒然夢想

ロックバンド「10 cc」の名称はメンバー3人が一度に射精する精液の量から来ている……というのは俗説らしいが、学生時代には時々概算の練習として、全世界の成人男性が同時に射精したものを貯めたら50メートルプールをいくつ満たすことができるだろうといった暗算を試みたものだ。

「2001年宇宙の旅」に登場する有人惑星間宇宙船ディスカバリー号のデザインが精子を模しているというのは有名だ。そういえばこのシェルターもディスカバリー号の居住区画に似ていると言えよう。尻尾を喪失して地中で活動を停止した精子。

「もやしもん」では菌やウィルスが擬人化されていたが、精子たちが言葉を発したら、どういうセリフが聞けるのだろうか。

頭部はあっても脳を持たぬ精子が思考するとは考えにくいが、受精は多くの精子の共同作業であるらしい（精子は単子に似ている）。

そして精子ロボットというアイデアがここに登場する。頭部に抗癌剤を格納し、尾部の推進力を強化した「精子ロボット」の開発が進められているというのだ。

さてここからはただの妄想だが、微小機械化された個々の精子が通信機能を持ち、相互に連絡し合いつつ行動するように進化したら？　彼らはその創造主たる人類（というよりその半分）に反旗を翻し、その脳を支配して奴隷化し、精子生産工場と化す……という筋書きはどうだろう。極論すれば精巣以外は不要だから、女性は廃棄処分され、地球は精液の海に浸された灰白色の星と化すことだろう。

day 258

自衛隊といえば聞こえがいいが、英語の呼称であるJapan Self-Defense Forces（JSDF）は自己欺瞞あるいは形容矛盾としか思えぬ。それはさておき、かくのごとき存在が必要であったかという問いには否定的回答が得られたといってよかろう。

極論的結論を言ってしまえば、この国に恒久的平和をもたらすために必要だったのは自衛隊にも安保条約にも在日米軍にも非ず、まさに核の傘そのものであった。国土の中心に穿たれたブラックホールとその周辺に拡がる空白地帯、標的にも似た同心円状の構造が図らずも外敵を退ける警告標識として機能する。色とりどりのプルトニウム塩によって強烈極まる警戒色に染め抜かれた大地は2万4千年という長期間にわたる平和を享受することだろう。ローマの平和よりもはるかに凄まじきパクス・プルトニアの現前だ。

ものども、ひれ伏すがよい。

day 259

ようやくバッハのプレリュード1番をつっかえずに弾くことができた。この際、最初で最後のピアノ発表会を開催してみよう。ここは商店街のミニホール。舞台の中央にグランドピアノが据えられ、ずらりと整列した椅子には発表会の演奏者とその友人、家族が詰めかけている。突き出た下腹を隠せるゆったりとした衣装に身を包み、本日の演奏者たちが順番にグランドピアノを試奏するのを聴く。

「さあ、あとは誰が残ってる?」

おっと先生と目が合ってしまった。

「どうぞ」

「どうも」

ほかのメンバーは全員10代だというのに、アラカンのじいさんが人前でピアノ演奏とは面はゆい。

椅子の高さを調節するやり方がわからんが、これくらいでOKだろう。最初の数小節だけ弾いてみる。すでにメモリが揮発していて、次にどのキーを叩くのだったか忘れている。早々に打ち切って自席に戻り、必死で思い出そうと努める。楽譜を持ってくるべきだった。それにしても、もっとずっと鍵盤が重いだろうと思っていたのに、意外と軽くてやや拍子抜けしてしまう。よもやプラスチックではあるまいか。

ピアノを始めて数ヶ月のたどたどしい演奏からプロ級の演奏まで、演目はバッハ、モーツァルト、ベートーベンから現代音楽まで幅広い。結構楽しんで聴いているうちに、ついにプログラムは終盤に近づき、順番が来てしまう。席を立ってステージに上がり、まずは一礼。自己紹介とそれから？　ああ演目の紹介だった。

「曲はバッハのプレリュード1番です」

椅子に腰掛けて一呼吸、おもむろに弾き始める。最初の一区切りはつかえずに弾けた。ここでまた繰り返されるモチーフ。調子が出てきたぞ。少しテンポを上げてみる。とたんにミスタッチ。頬が赤らむ。でも演奏を止めるわけにはいかず、階段落ちを連想させる最後のフレーズまで辿りつき、主和音をたっぷりと響かせる。終わった。立ち上がってまた一礼。そこそこの拍手。

空想はここで途切れてしまう。ああいうフレンドリーで気取らぬ発表会、ドレスともビデオカメラとも無縁の力の抜けた場はどこに行った？
脳裏で唐突にかぐや姫の「ひとりきり」が再生される。かくも楽しく夢のごとき素晴らしいところは、もう今は存在せず……

ひとりきり

day 260

昨年末、アキレスと亀の競走について考えていた時に、指数関数のグラフとx軸で囲まれた部分の面積を求めるという問題を置き去りにしていた。ここから脱出する前にあの問題を片付けておきたい。

指数関数の微積分は自然対数の底であるeを用いた場合にはしごく簡単だ。関数$f(x)=e^x$は微分しても不変だから、

$$f'(x)=e^x$$

ということはつまり、指数関数の不定積分も同様に、

$$\int e^x dx = e^x + C$$

−∞からxまでの定積分は、

$$\int_{-\infty}^{x} e^x dt = [e^t]_{-\infty}^{x} = e^x$$

xに0を代入すると$e^0=1$が得られる。$f(x)=e^{-x}$のグラフは$f(x)=e^x$のグラフとY軸に対して対称だから、$f(x)=e^{-x}$のグラフのY軸から右側の面積は1ということだ。Y軸との交点（0,1）におけるグラフの接線は$y=x$つまり傾き1である。ようやくここまで来たぞ。アキレスと亀の場合は$y=2^{-x}$のグラフだったから、$f(x)=a^x$の積分を考える必要がある。

ここで、

$$\int e^{kx}dx=\frac{e^{kx}}{k}+C$$

であり、すでに見てきたように、

$$e^{\log a}=a$$

だから、

$$\int a^x dx = \frac{a^x}{log a} + C$$

よって、

$$\int_{-\infty}^{0} 2^x dx = \left[\frac{2x}{log2}\right]_{-\infty}^{0} = \frac{1}{log2}$$

log2を筆算で求める方法についてもウェブ上に記載があり、それによればlog2＝0.6931... であるから、1/log2は1.443が得られる。ふう。

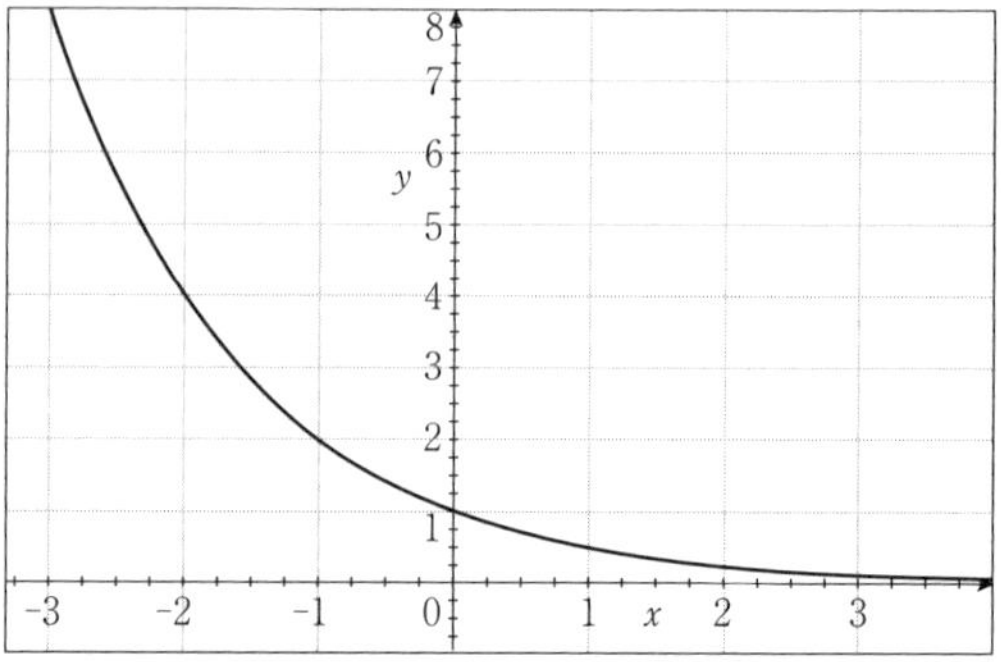

ところまで求めてきたところで、改めて $y=2^{-x}$ のグラフを注視すると慄然としてしまう。もしもこのグラフのx軸が時間軸だとしたら、これはまさしくアキレスと亀との距離がどこまでもゼロに近づくばかりで永遠にx軸とは交わらず、アキレスが亀を追い越すことは不可能であることを示しているのではあるまいか？　y軸の右側でグラフとx軸に囲まれる部分の面積が有限だ

としても、そもそもその面積にどういう意味があるのか？

day 261

そして三山くずしのゲームはクライマックスを迎える。

「貴公の置き方を再現してみましょう」

□
□ □ □
□ □ □ □ □
□ □ □ □ □ □ □

「これがスタート時のカード配置です。これでは計算しにくいので、２進数に変換します」

「各桁の1の和はすべて偶数であることがわかります。一度にひとつの列からカードを取るというルールに従うかぎり、どういう取り方をしてもすべての桁において1の和を偶数に保つことは不可能です。2列目で試してみましょうか」

0	0	1
0	1	1
1	0	1
1	1	1
0	0	0

0	0	1
0	1	0
1	0	1
1	1	1
0	0	1

0	0	1
0	0	1
1	0	1
1	1	1
0	1	0

「2列目からどれだけ取っても、各桁の和をすべて0にすることはできません。逆に、この状況からであれば貴公はまた理想状態に戻すことができる」

```
0 0 1
0 0 0
1 0 1
1 1 1
------
0 1 1
```

```
0 0 0
0 1 0
1 0 1
1 1 1
------
0 0 0
```

```
0 0 1
0 0 1
1 0 1
1 0 1
------
0 0 0
```

0　0　1
0　0　0
1　0　1
1　0　0
―――――
0　0　0

「要するに、最初にカードを置き、ルールを説明した時点で貴公の勝ちは確定しているのだ。従って挑戦者にできることはゲームへの参加を拒否するか、いかさまをするか、あるいはルールの変更を申し出るか、それくらいだというわけです」

「それで君はどうしたいのかね？」

「攻守を入れ替えましょう。貴公がカードを置き、私が取るというのがこのゲームのからくりだったのだから、まず貴公からカードを取っていただきたい」

「結構ですよ」

そう言いつつ男はにやりと笑う。


「さあ、貴公からどうぞ」

……言われてはっと気づく。いつの間にか椅子の位置が変わっていて、さっきまで背にしていたはずの庭園が相手の肩越しに見える。

「さあ」

勝ち誇ったように言いつのる若者、あれは私だ。じゃあ私は誰だろう……

私そっくりの若者が冷ややかに笑っている。

day 262

３Ｄプリンタ付きのコピー機が夢に登場する。

芝居の脚本を縮小コピーするとミニチュアの舞台装置や小道具、さらには台本が出てくる。役者をコピーしたら持ち運びできる劇場の出来上がりだ。材料さえ揃えてやればどういったものでもコピーできるが、等倍のコピーだけは禁じられている。街中にクローンが溢れかえってしまうから。

材料費とスペースの問題で実際に使われることはまれだけど、拡大コピーで進撃の巨人を作り出したり、実物（?）大のガンダムやシン・ゴジラだって作ろうと思えば作れる。地底戦車や宇宙戦艦もね。

成人向けの科学教材で「ペットボトルで作る原発」のキットがあったので、そのレシピを拡大コピーしたら裏庭に焼却炉サイズの原発が建ってしまう。借家だから太陽光発電は無理だけど、これだったら天気が悪くたって電気を起こせるね。核廃棄物は縮小コピーを繰り返して目に見えぬくらいのサイズにしたら掌に載せ、ふっと風下に吹き飛ばす。うちの庭から出ていってくれたらOKさ。どこの家でもたぶんそうしてる。

ああそうだ、捨てずに取っておいて手榴弾サイズの原爆を作るってのも名案じゃね？　いっそBB弾サイズのマイクロブラックホールでサバゲーとか……半分覚めかけた頭で夢想し続ける。

day 263

原発推進派の常套句は、原発は大気中の二酸化炭素を増やさぬクリーンエネルギーであるというものだ。たしかに化石燃料を燃やす火力発電と比べたらそうだろう……いや本当にそうだろうか？

福島第一原発の原子炉を冷やすために今でも大量の冷却水が原子炉に注ぎ込まれ、それがすべて汚染水と化して貯蔵され続けていることは誰でも知っているだろう。冷却水を注ぎ、あるいは汚染水をくみ上げるポンプはどうやって動かしているのか？

原潜について調べた時（day 130）、90年代には旧ソ連の退役した原潜が極東の沿岸に係留されたまま、ポンプで汲み上げた海水で原子炉の冷却を続けていたという記述を見つけて驚愕したものだ。その後旧日本国が約50億円の資金を援助した「希望の星」計画によって原潜の解体作業が進められたということだが、軍用であろうと民生であろうと、原子炉の廃炉には巨額の費用と長期にわたる作業つまりはエンジンあるいはモーターという動力が必要不可欠だ。「過酷事故」後の処理作業であればその費用は青天井で、誰しも予測は不可能である。

「原発の廃炉作業には凄まじい量のエネルギー、とりわけ電力が必要ですよね。その電力はどこから供給されるのですか?」

「それはもちろんクリーンエネルギーである原発からに決まっているではありませんか」

day 264

あるものの非在を証明することは難しい。存在するものをすべて列挙していく必要があり、それはもちろん不可能だからだ(いわゆる悪魔の証明)。

書庫から抜き取られた本の存在は、他のすべての本がぎっしりと隙間を空けずに配列されている時に初めて推察可能だ。しかし、書庫に残されたすべての本を読破しても、欠落した本に書かれていたことを読むことは不可能だ。

アリバイが「ある」とは矛盾を含んだ言い方だが、現状不在という概念は、ある人間が同時にふたつの場所に存在することは不可能だという常識に基づいている。でもそれは本当だろうか。同時にふたつの場所を占める確率が極めて低いのは事実だろうが、その確率をゼロと断定することはできかねる。またしても登場する漸近線。

命題「すべてのカラスは黒い」の証明は、その対偶である「黒からぬものはカラスに非ず」の証明と論理的には等価だ。（赤い）リンゴはカラスとは違うし、（黄色い）レモンはカラスからほど遠い。かくてありとあらゆる黒からぬものを調べ尽くせば、カラスそのものを1羽として目にせずとも、すべてのカラスが黒いことを証明できるのだそうだ。

欠落に気づくことは可能でも、その欠落を埋めていたものを指名するのは難しい。かくてこの膨大にして冗長たるテキストの文字列すべてはその中心に存在するブラックホールの周りに配置された単子であることが判明する。

day 265

哺乳類では不可能とされている処女生殖がありふれた事象であること～いや、実際には「自分が処女であるにも関わらず妊娠した」と信じている女性が相当数存在しているという事実～はどういう意味を持っているのだろうか。

漫画「ブラック・ジャック」には「畸形嚢腫」と「人面瘡」のエピソードが存在する。いずれも人間の一部に別の人間が宿る、寄生にも似た現象を扱っている。入れ子状態の人間あるいはホムンクルス。顕微鏡で精子を発見した中世の人々は精子のうちに目に見えぬほど小さい人間が匿されていると考えた。

ティムによれば、おれの腹腔で育ちつつあるものは腫瘍あるいは新生物だろうというのが医師たちの見解だそうだが、想像妊娠という声もあるようだ。

いずれにせよこの事態は度々言及してきたように「欠落」と関係していることは間違いあるまい。この世界から欠け落ちてしまったものがここに結実しているのだ。ということはつまり、この子の誕生はこの世の終わりと新しい世界の始まりを意味していると言えよう。

ようこそ新世界へ！　それがユートピアであろうとディストピアであろうとも。

day 266

これより後、日数を記すことを禁じる。

ここから先は未来の記録だ。ティムとふたりで練り上げた筋書きのひとつを記しておくが、無限に分岐していく平行世界の一断片を切り取って見せるだけのこと。グッドエンド、バッドエンド、デッドエンド……いずれにしても未来を選び取るのは自分自身だということを肝に銘じておこう。

最後にこれだけは書いておかねば。震災当時の福島第一原発の所長が生前に受けたインタビューをもとに再構成された某新聞のアーカイブのことだ。「水面が見えた」と題されたそのエピローグは今もウェブ上に公開されている。

東日本大震災発生から6日後に在日米国大使館は原発から50マイル圏の米国民への退避勧告を出したが、それは当時の日本政府が出していた勧告よりも距離にして4倍、面積であれば16倍に相当するものだった。当時、米国の原子力専門家たちが最も懸念していたのは稼働中の1・3号機に非ず、停止していた4号機の核燃料プールだった。使用済みとはいえ取り出されたばかりで、相当量の崩壊熱を放出し続ける核燃料が保管されているプールは、鋼鉄の圧力容器や分厚いコンクリートの格納容器に囲まれてはおらず、しかも建屋の屋根は水素爆発で吹き飛んでいる。注水できぬままプールの水が干上がり、大量の使用済み核燃料が燃え上がれば、もはや4号機に近寄ることは不可能だ。火災による汚染が拡大するにつれて1－3号機も連鎖的に制御不能と化し、放射能地獄はやがて第二原発をも呑み込んで燃えさかる……これこそが予想しうる最悪の状況であり、これに基づいて勧告は作成されたというのだ。しかし、自衛隊のヘリコプターから撮影されたビデオでプールが満水であることが確認され（「水面が見えた」）、最悪の事態はひとまず避けられたのだった。

どうしてプールの水は干上がらずに済んだのか？　それは天佑としか言い得ぬ偶然の積み重ねによるものだった。偶然のひとつは、原子炉の真上にある原子炉ウェルおよび隣接するドライヤー・セパレーター・ピットと呼ばれる区画に「たまたま」合計1440トンもの水が張られていたこと。もうひとつは、原子炉ウェルとドライヤー・セパレーター・ピットとの間の仕切りが「たまたま」取り払われていて、さらには原子炉ウェルと核燃料プールとの間の仕切りが、恐らくは地震の影響でゆるんだことだ。

原子炉ウェルの水はシュラウドの交換という作業のために張られていて、震災の4日前には抜いてしまう予定だったのが、不測のトラブルのため工事が遅れていたのだという。つまり、工事が予定通りに進捗していたら、最悪の事態も粛々と進行し、この国はあの時に滅んでいたはずだ。

天佑と書いたが、あれは天から与えられた最後のチャンスだったのだ。そのチャンスを活かし、脱原発、脱原子力へと舵を切っていたら、目下の事態は避けられたはず。そう思うと悔やんでも悔やみきれぬ。

day 2X1

ある朝ついに、彼らはシェルターから一歩を踏み出すだろう。防護服に身を固めて。

数日前から低残渣食に切り替えているので、思いのほか体が軽い。数日分の水と食料を提げたドローンを従え、コンパスを手にしてまっすぐ東を目指す。日の出と共に歩き出し、日が暮れれば早々に食事を済ませ、鈍色の金属箔を仕込んだシートにくるまって横たわる。防護服――というよりも船外作業用の宇宙服に近い――に仕組まれた再循環システムのおかげで、携行する飲料水は最小限で足りる。大便は排泄せずに済むはずだが、いざという時には紙オムツに出して廃棄する。地面に裸の尻を、というよりも骨盤部を近づけることだけは回避せねば。地表に積もった放射性の塵埃からの被曝を避けるため、シャベルで表土をどけることも考えたが、地下水も汚染されているはずと考えて断念する。

day 2X2

このあたりでは、街の景観はわりあいに保たれている。車道は空いているし、もちろん歩道を歩くものは皆無だ。すべての窓は閉ざされていて、視線はカーテンかブラインド、シャッターに遮られる。建物の内側の様子を見たいとも思わず、想像するのも厭わしいので無理矢理目をそらし、ただひたすら道路を見据えて歩く。信号は機能を停止している。すべてにうっすらと埃が積もり、時折起こる風に巻き上げられて渦を描く。吸い込んだ者の命を奪う、文字通り死の灰だ。

day 2X3

スマホのコンパスとGPS機能を頼りに、できるだけ直線的に東へ、海岸へと向かう。ティムが指示してきた地点まで、あと6キロ——普通だったら2時間で到達できる距離だが、この装備では数時間を要するだろう。

爆心に近づくにつれて線量計の数値が上がり、危険域に達したので大きく迂回するコースをとる。このあたりまで来ると倒壊した建物が増える。街路樹が「ひたち」を中心に整った同心円を描いて倒れているのがよくわかる。悪魔か神か、いずれとも知れぬ馬鹿でかい生き物が地上に息を吹きかけた痕であるところの、放射状のドミノ倒し。

day 2X4

道に横たわる奇妙にねじくれた漆黒の物体、その表面がざわざわと蠢いている。腐乱死体に密集したハエの群れだとわかるまで、しばらく時間がかかった。ようやくハエが生存できるエリアまで来たわけだ。石を投じたり棒で払ったりして、死体の身元を確認したい気持ちに駆られるが、路上に落ちている物にうっかり手を触れたらアウトだ。いくら防護手袋といっても、最高強度のα線を遮蔽することは不可能だからだ。死体からしみ出した赤黒い液体が初夏の日差しに干からびてアスファルトに貼り付いている。時折白い物がちらついて見えるのは骨だろう。匂いを嗅がずに済むのがありがたい。

day 2X5

放射性物質の分布はゆがんだ同心円を描いているはずだ。爆心地には大量のプルトニウムが残っているので、当然のことだが中心には高いピークがある。その周りは爆風に吹き払われた空白地帯、いわば台風の目に相当する比較的低線量のゾーン。その外は死の灰が風に乗って降り注いだ致死領域、これがゆるやかに傾きつつ遠くまで裾野を広げている。爆発の当日に海からの強い風が吹き荒れていたせいで、致死領域はすっぽりと都心を覆ってしまった。だが、これが逆だったら太平洋はひどく汚染され、やがて放射性物質は海流に乗って世界中どこまでも拡散したことだろう。不幸中の幸いというやつだ。

day 2X6

やはり腹が重い。シェルターでモルモットのように毎日輪っかを回し続けてきたのに、水平面をまっすぐに歩くのがこれほどきついとは……　気温はまだ低いはずだが、汗が滴る。ここからはドローンの助けを借りよう。両脇を支えられて地面から30センチほど上をふらふらと漂うのだ。あえて遠くは見ずに、つま先だけを見つめて少しずつ進んでいく。そろそろ潮騒が聞こえてくるはずだが、ヘルメットのせいでかき消されているようだ。呼吸音だけがくぐもって響く。ダースベイダーの気分。含鉛ガラスの内側が曇って見通しが悪い。海はどこだろう。

彼らは本当に海に向かって歩いているのか？
それともこれは夢の続きだろうか？

やがて海上に彼らは合図の光を見いだすだろう。手術設備を搭載した病院船からボートが下ろされ、こちらに向かってくる。彼らは再び分かたれ、でも一緒に新しい生活を始めるのだ。

ここからようやく新しい物語が始まる。

B.C.0

「いよいよ来そうだよ」
私は足早にシェルターへの階段を下り、設備を点検した。妻はありったけの現金と預金通帳、クレジットカードその他をまとめた黒い革のウェストポーチを腰につけてすぐ後から来るはずだったが、待てど暮らせど姿を見せぬ。ＰＣのモニターに監視カメラからの画像を順次映していくと、彼女が庭に出ていくのが見えた。庭先のカメラに切り替える。いつか私が誕生日に贈ったアセロラの鉢を取りに行ったのだった。食べられる実をつける木がいいというので取り寄せたアセロラは熱帯原産で、冬場は部屋に収容する必要がある。だから鉢に植わっているのだ。春から秋にかけては季候さえよければ幾度でも開花するアセロラは、ちょうどピンク色の星状花の盛りだった。アセロラの鉢を抱えた妻が玄関のドアを開けようとして、いったん鉢を置く。爆発はその直後に起こった。

画面が一瞬ホワイトアウトし、元に戻った時には妻の髪と衣類が燃え上がっていた。振り向いた妻の表情から苦痛の色は抜け落ちている。不意を突かれた驚き、一瞬にしてすべてを悟った諦念、口元にはわずかにほほえみすら浮かんでいる。妻の唇がこちらに向かってわずかに動く。次の瞬間には音よりも速い衝撃波が襲いかかり、妻の体とアセロラの鉢を家ごと吹き飛ばす。カメラの前からすべてがかき消されたように滅し去り、その空白にようやく爆発音と振動が到達した。

（すぐに行くから待っていて）

これが妻のメッセージだったのだ。

おれはキミに呼びかける。三度、四度と、繰り返して。

了

犯行声明──半分ネタバレ的あとがき──

本作は某ＳＦコンテストの最終選考に残った作品をもとに加筆訂正したものである。

さて、あとがきから読み始める習慣のある読者諸君はここで本文に立ち戻って欲しい。本文を読み終えたら以下を読み進めてくれたまえ。

……ようこそおかえり。話を進めよう。

本書の帯に書かれていたように、作者＝犯人である私はこの作品にある文学的トリックを仕掛けたつもりだ。ずばり言ってしまおう、本作のテキストからはある要素が欠落している。その要素を見つけ出すのが諸君に与えられた第１のミッションだ。第２のミッションとしては、その要素をもとに本作の根底に潜むキーワードを発掘してもらいたい。

見いだしたキーワードは本書に挟み込んであるアンケートはがきに記して送付するがよい。正解者には（応募多数の場合は抽選で）いくばくかの薄謝を進呈するつもりだ。

とはいえ本稿執筆の時点では本書はただの自費出版物に過ぎず、謝礼の原資は皆無である。従って諸君はその厚みを少しでも増すべく、本作の宣伝に努めて頂きたい。これこそがキミたちに与えられた最後のミッションである。

本作の執筆にあたってはインターネット上の様々な情報を参照した。この場を借りて御礼申し上げる。本来であれば巻末に脚注を付すべきだが、あまりに分量が多いためネット上に公開(https://taku-d.goat.me/aVpJVwlBeg)することにした。リンク切れ等の問題があればアンケートはがきを用いて報告して頂ければ幸甚。

最後に本作の冒頭に記したウィトゲンシュタインを模して言えば、本作は「語りえぬことを示す」ための試みであるのだ。

作者記

著者プロフィール
中条 卓（なかじょう たく）
東京都在住。
医師、医学博士。
褌と作務衣を愛好。

無名標

2020年３月15日　初版第１刷発行

著　者　中条 卓
発行者　瓜谷 綱延
発行所　株式会社文芸社
〒160-0022　東京都新宿区新宿1－10－1
電話　03-5369-3060（代表）
03-5369-2299（販売）

印刷所　株式会社フクイン

ISBN978-4-286-21368-2